Joseph Brodsky

# Brief in die Oase

## Hundert Gedichte

Übertragen von
Ralph Dutli
Felix Philipp Ingold
Alexander Kaempfe/Heinrich Ost
Sylvia List
Raoul Schrott
Birgit Veit

Herausgegeben und
mit einem Nachwort
von Ralph Dutli

Carl Hanser Verlag

1 2 3 4 5 10 09 08 07 06

ISBN-10: 3-446-20733-3
ISBN-13: 978-3-446-20733-2

Satz: Satz für Satz. Barbara Reischmann, Leutkirch
Druck und Bindung: Friedrich Pustet, Regensburg
Printed in Germany

# Haltestelle in der Wüste

# Ein Judenfriedhof bei Leningrad

Ein Judenfriedhof bei Leningrad.
Der Zaun aus faulendem Sperrholz hängt schief.
Hinter dem schiefen Zaun liegen, Grab an Grab,
Männer der Jurisprudenz, des Handels, der Revolution, der Musik.

Für sich sangen sie. Für sich sparten sie. Für Andere starben sie.
Doch zuerst zahlten sie Steuern, zogen vor den Behörden den Hut.
Und in dieser ausweglos materiellen Welt
blieben sie Idealisten, deuteten den Talmud.

Vielleicht sahen sie genau hin. Vielleicht glaubten sie blind dem Gebot.
Aber sie lehrten ihre Kinder, in Duldsamkeit zäh zu werden.
Und sie säten kein Brot. Niemals säten sie Brot.
Sie legten sich selber als Körner in die kalte Erde.

Und schliefen auf ewig ein. Man scharrte sie zu,
entzündete Kerzen am Versöhnungsfest,
und hungrige Greise, mit hohem Stimmenflug,
vor Kälte atemlos, flehten um Ruhe für die sterblichen Überreste.

Und sie fanden Ruhe. Nach dem Gesetz, daß die Materie zerfällt.
Erinnerten sich an nichts, vergaßen kein Ding.
Hinter dem faulenden Zaun, auf dem Gräberfeld,
vier Kilometer vom Straßenbahnring.

1958
(Alexander Kaempfe/Heinrich Ost)

# In memoriam Fedja Dobrowolskij

Wir fahren fort zu leben.
Wir lesen oder schreiben Gedichte.
Wir sehen uns schöne Frauen an,
die aller Welt zulächeln
vom Titelblatt der Illustrierten.
Auf dem langen Heimweg durch die Stadt,
frierend, in der rumpelnden Straßenbahn,
denken wir über die Freunde nach.
Wir fahren fort zu leben.

Manchmal sehen wir Bäume,
die mit schwarzen entblößten Armen
die unendliche Last des Himmels tragen
oder unter der Last des Himmels zusammenbrechen,
der nachts aussieht wie die Erde.
Wir sehen Bäume
ausgestreckt am Boden liegen.
Wir fahren fort zu leben.

Wir, mit denen du lange
über moderne Malerei sprachst
oder auf dem Newskij Bier trankst,
denken nur selten an dich.
Wir tun uns dann selber leid,
unsere krummen Rücken,
unser stark mitgenommenes Herz,
das sich schon im dritten Stockwerk
unangenehm bemerkbar macht.

Eines Tages
wird ihm – dem Herzen –
etwas zustoßen.
Dann wird sich einer von uns,
achttausend Kilometer westlich von dir,
auf dem schmutzigen Asphalt hinstrecken,
seine Bücher gleiten ihm aus der Hand,
und das letzte, was er sieht,
sind beunruhigte Dutzendgesichter,
ein Stück Hauswand,
ein an Drähten hängender Fetzen Himmel:
Himmel, der sich auf die gleichen Bäume stützt,
die wir manchmal wahrnehmen.

1959
(Alexander Kaempfe/Heinrich Ost)

# Die Verben

Um mich scharen sich schweigsame Verben,
fremder Leute Köpfen ähnelnde Verben,
hungrige Verben, nackte Verben,
taube Verben, Hauptverben.

Verben ohne Substantive, einfach: Verben,
Verben, die ihr Leben in Kellern verbüßen,
in Kellern reden, in Kellern geboren werden,
unter einigen Stockwerken Optimismus.

Jeden Morgen gehen sie an die Arbeit,
mischen Zement, schleppen Steine herbei,
sie bauen eine Stadt, doch es wird nie eine Stadt sein,
sie bauen ein Denkmal ihrer Einsamkeit.

Sie gehen fort, wie man fortgeht in fremdes Gedächtnis,
von Wort zu Wort gemessen schreitend.
So werden, mit allen ihren drei Tempi,
die Verben einst Golgatha ersteigen.

Der Himmel ist wie ein Vogel über Gräbern,
und wie vor einer Tür, die man abgesperrt hat,
hämmert irgendwer, hämmert Nägel
in die Vergangenheit, Zukunft und Gegenwart.

Niemand wird kommen und sie vom Kreuz abnehmen.
Zum ewigen Rhythmus wird das Schlagen des Hammers.
Unter ihnen liegt die Hyperbel der Erde.
Über ihnen schwimmt der Himmel der Metaphern.

1960
(Alexander Kaempfe/Heinrich Ost)

ICH FÜHLE IMMER öfter Müdigkeit
und rede jetzt viel seltener von ihr,
o Kleingewerbe meiner Seele – brütend
im fröhlich warmen Heimwerker-Quartier.

Und welche Vögel du dir noch erfindest,
ob du sie wem verschenkst oder verkaufst,
in ganz modernen Nestern haust du, singst jetzt
mit einer neuen Stimme ganz zerzaust.

Komm Seele, klau mir doch ein Federchen!
Soll nur das Radio vom Ruhm noch triefen.
Sag Seele, sag mir wie das Leben denn
so aussah aus der Vogelperspektive.

Solang der Schnee jetzt wirbelt aus dem Nichts,
über den ärmlichen Karniesen kreisend,
zeichne, du Straße, wie der Tod aufblitzt
und du, o Vogel, sollst vom Leben kreischen.

So geh ich hier und irgendwo fliegst du
und hörst schon nicht mehr unsere öden Klagen,
so leb ich jetzt und du schreist immerzu
mit den erregten Flügeln um dich schlagend.

11. Dezember 1960
(Ralph Dutli)

## Ich wie Odysseus

Der Winter, Winter! durch ihn fahr ich jetzt,
das Vaterland mir in die Augen fegend,
so jag mich doch du Schauderwetter hetz
mich ruhig! und sei es rückwärts hin durchs Leben.

Nun also Moskau und der Morgen liegt
behaglich im Arbat wie unter Segeln,
und Fremde flitzen wie schon vordem schief
durch dieses Leuchten in den Januar-Läden.

Du Gelb von kleinem-großem Münzengeld,
Gesicht, kryptongleich du, nach Farbe lechzend,
jag mich dahin, als neuer Ganymed
schluck ich den Winter im Verbannten-Becher

und ich kapiere nicht, woher-wohin
ich mich beweg, wieviel ich noch verliere
an Zeit, wenn unterwegs ich wortlos sing:
Och Gott, was für ein Mist! und mich verirre.

Och du, mein Gott, ich will ja gar nicht viel,
och du, mein Gott, als Bettler oder Reicher –
mit dem Durchlebten atme ich ganz still
und täglich süßer, fester, reiner.

Tauch auf, tauch auf von allen Seiten, Volk,
und ich beweg mich scheinbar doch, o Freude –
ich jag mich selber vorwärts wie Odysseus, doch
in die verkehrte Richtung stets aufs neue.

So schnapp den ersten besten Menschen, red
ihm zu, künstlich erregt sein Ohr umkosend:
von deiner heutigen zur künftigen Liebe leb
gutmütiger und leide anspruchsloser.

1961
(Ralph Dutli)

## Weihnachtsromanze

Für Jewgenij Rejn, in Zuneigung

In namenloser Wehmut gleitet
das kleine Feuerschiff der Nacht
inmitten endlos öden Backsteins
fort aus dem Alexanderpark,
die scheue, kleine Nachtlaterne,
teerosengleich, macht den Trabanten
zu Häupten der Verliebten und
zu Füßen der Passanten.

In namenloser Wehmut gleiten
Schlafwandler, Trinker durch die Nacht.
Das nächtliche Moskau sucht ein Fremder,
der traurig einen Schnappschuß macht.
Mit heiklen Gästen rauscht ein Taxi
hin zur Ordynka. Schon verklungen.
Private Villen und Verstorbne
stehn eng umschlungen.

In namenloser Wehmut gleitet
trüb durch die Stadt hin der Poet,
ein trübe-mondgesichtiger Pförtner
vorm Laden für Petroleum steht,
ein alter Lüstling drückt sich hastig
durch miese Gäßchen. Mitternacht läutet.
Ein Geisterzug von Neuvermählten
in namenloser Wehmut gleitet.

Durch Moskaus Vorstadtdunkel gleitet
ein zufälliger Irgendwer,
ein jüdischer Akzent schwebt irrend
die müde gelbe Treppe her,
und von der Liebesglut zur Trübsal –
eh noch das neue Jahr begann –
treibt eine stadtbekannte Schöne,
die ihren Gram nicht deuten kann.

Ein kalter später Abend gleitet
vorbei, und Schnee fällt zitternd nieder.
Ein Eiseswind, ein bleicher Wind
umkrallt die rotgefrorenen Glieder.
Der Honig abendlicher Lichter
ergießt sich. Chalwa duftet. Droben
trägt Heiligabend auf dem Kopf
die Nachtpiroggen.

Dein Neujahrstag als Wogenreiter
durchs dunkelblaue Meer der Nacht
in namenloser Wehmut gleitet –
als seis ein neuer Lebensanfang,
als gäb es Ruhm und Licht, Erfolg
und reichlich Brot; grad so, als gings
im Leben jetzt nach rechts statt wie
zuvor nach links.

28. Dezember 1961
(Sylvia List)

## Sonett

Der Januar vor den Gefängnisfenstern,
und ich hörte Gesang von Häftlingsstimmen
in diesem ziegelbraunen Pulk der Zellen:
»Einer von unsern Brüdern ist in Freiheit.«

Noch hörst du den Gesang von Häftlingsstimmen
und Schrittgetrappel stummer Wächter,
noch singst du selber singst es wieder tonlos:
»Leb wohl, du Januar.«
Mit dem Gesicht dem Fenster zugedreht
trinkst du in Schlucken noch die warme Luft,
ich aber trotte wieder in Gedanken
von dem Verhör zum andern durch die Flure
in jenes ferne Land wo's nicht mehr gibt
nicht Januar nicht Februar nicht März.

1962
(Ralph Dutli)

# Sonett

Wir leben wieder draußen an der Bucht
und Wolken fliegen über uns am Himmel,
es poltert ein ganz heutiger Vesuv
und schüttet Staub herab in diese Gassen,
daß Fensterscheiben klirren in den Häusern.
Auch uns wird diese Asche einst verschütten.

Wie gern würd ich in dieser schwarzen Stunde
mit einer Straßenbahn zum Stadtrand fahren
und in dein Haus eintreten,
wenn dann in Hunderten von Jahren
Ausgräber unser Viertel offenlegen
möchte ich gern daß sie mich wiederfinden
als Teil von dir für immer, fest umarmt
verschüttet von der neuen Asche.

November 1962
(Ralph Dutli)

# Große Elegie an John Donne

John Donne ist eingeschlafen. Alles schläft.
Gemächer, Betten, Wände, Bilder schlafen,
Tisch, Teppich, Schlösser schlafen, Tür, Büfett,
Gardinen, Riegel, Kerzen, Mantelhaken.
Nichts, das nicht schliefe: Schüssel, Flasche, Uhr,
Brot, Messer, Porzellan, kristallene Schalen,
Glas, Nachtlicht, Linnen, Wäscheschrank, der Flur,
die Treppenstufen, Türen. Nacht in allem.
Nacht überall: in Ecken, Augen, Rock,
im Schreibtischfach, in Rechnungen, Papieren,
in Predigt, Kohlenzange, Kohle, Holz,
im schwelenden Kamin, in allen Dingen.
Im Wams, im Gürtel, in den Strümpfen, Schuhn,
im Betstuhl, hinterm Spiegel, in den Laken,
in Schüsseln, Flaschen, Kruzifixen, Truhn,
Pantoffeln, Besen. Alles liegt im Schlafe.
Im Schlaf liegt alles: Fenstersims und Schnee.
Das Nachbardach schläft fest, geschrägt zum Firste.
Die Straße schläft, das ganze Viertel schläft,
vom Fensterrahmen tödlich eingeschnitten.
Arkaden schlafen, Mauern, Säulenknauf,
Steinpflaster, Gehsteigbretter, Beete, Gitter.
Es quietscht kein Wagenrad, kein Licht scheint auf.
Umzäunung, Kette, Pflock, Fassaden schimmern.
Türklopfer, Türen, Klinken ruhn im Schlaf,
die Schlösser, Riegel, Schlüssel, Absperrhaken.
Kein Flüstern, Rascheln, Klopfen. Keiner wacht.
Es knirscht der Schnee. Es wird so bald nicht tagen.
Gefängnisse und Prunkpaläste ruhn.
Es schläft das Metzgerbeil, die Krämerwaage.
Es schlafen Haus und Hof und Kettenhund.
Die Katzen schlafen. Ihre Ohren ragen.
Mäuse und Menschen schlafen. London schläft.
Es schläft das Segelschiff. Schneewasser schlingert,
reibt sich am Rumpfe, reibt sich, treibt hinweg,

um mit dem Winterhimmel zu verschwimmen.
John Donne ist eingeschlafen. Und das Meer.
Der Kreidefelsen schläft, der Segelhafen.
Die Insel schläft, von einem Schlaf umhegt.
Dreifach verriegelt sind Gehöft und Garten.
Die Ulmen, Tannen, Kiefern: alles schläft.
Es schlafen Pfade, Bäche, Bergeshänge.
Der Fuchs, der Wolf. Der Bär ging auch zu Bett.
Der Schnee verweht die dunklen Höhlengänge.
Die Vögel schlafen alle. Keiner singt.
Die Eule lacht nicht. Keine Krähen schreien.
Nacht ist. Das englische Gefild ist still.
Es blinkt ein kleiner Stern. Die Maus geht beichten.
Nichts, das nicht schliefe. In den Särgen ruhn
die Toten still. In ihren Betten schlafen
die Lebenden in Hemden aus Kattun.
Sie schlafen. Einzeln oder beieinander.
Im Schlaf liegt alles: Wald, Gebirg und Bach.
Es schlafen Vögel, Tiere, Steine, Bäume.
Es schneit und schneit vom Himmel in der Nacht.
Dort aber schläft man auch, zu aller Häupten.
Es schläft der Engel Heer. Die Welt ruht tief
im Schlaf der Heiligen: daß sie sich schämen.
Die Hölle schläft. Es schläft das Paradies.
Kein Mensch wird jetzt noch auf die Straße gehen.
Gottvater schläft. Die Erde ist ihm fremd.
Von ihm kommt keine Gnade, keine Strafe.
Der Teufel schnarcht in seinem Panzerhemd.
In England ist die Feindschaft eingeschlafen.
Es schlafen Reiter, Engel, Sakristan.
Die Pferde schnauben, schaukeln sacht im Schlafe.
Die Cherubime schlafen Mann an Mann
und hüten die Sankt Paulus Kathedrale.
John Donne ist eingeschlafen. Und sein Vers.
Es schlafen Reime, Bilder, starke, schwache.
Die Laster haben sich in sich gekehrt.
Die Sünden liegen im skandierten Schlafe.

Kommt sich ein Vers auch wie ein Bruder vor,
zum Bruder flüsternd: rücke um ein kleines,
ist jeder doch gleich fern vom Himmelstor.
So arm, so dicht, so rein. Summiert zur Einheit.
Die Zeile schläft. Der Jambus wölbt sich hoch.
Links, rechts, wie Wächter schlafen die Trochäen.
In ihnen schläft das Bild des Lethestroms.
Dahinter schläft noch dies: des Dichters Lorbeer.
Das Unglück schläft, der Schmerz, die Not, das Leid.
Die Laster schlafen. Gut und Böse schlummern.
Auch die Propheten schlafen. Schnee fällt weiß
und sucht im Raum nach kleinen schwarzen Punkten.
Im Schlaf liegt alles. Pult. Bibliothek.
Eis des Vergessens deckt den Fluß der Sprache.
Die Rede mit der vielen Wahrheit schläft.
Die Perioden klirren leis im Schlafe.
Die Heiligen schlafen. Die Dämonen. Gott.
Des Teufels Diener. Gottes Freunde, Kinder.
Der Schnee nur rieselt leis auf Zaun und Pflock.
Sonst ist kein Laut mehr auf der Welt zu finden.

Doch da! Du hörst es? In der kalten Nacht
weint einer, flüstert, von der Angst durchdrungen.
Ist einer ganz in Winters Bann und Acht.
Und weint und weint. Wer ist das? Dort im Dunkeln.
Der Laut ist dünn, wie eine Nadel schmal.
Der Faden aber fehlt ... So einsam schwimmend
treibt er im Schnee. Nacht, Kälte überall ...
Näht Nacht und Tag in eins ... So hoch am Himmel.
»Wer schluchzt, wer weint? Bist du es, Engel mein,
der Rückkehr harrend meiner heißen Liebe?
Durch tiefe Finsternisse gehst du heim.
Schreist du dort, Engel, daß die Nacht zerstiebe?«
»Seid ihr es, Cherubime? Wie ein Chor,
ein Trauerchor klingt mir ins Ohr dies Weinen.
Wollt ihr jetzt etwa meines Schlafes Dom
im Chor verlassen?« Doch die Engel schweigen.

»Bist du es, Paul, wenn deine Stimme auch
sich sehr vergröbert hat durch rauhe Reden?
Bist du's, dein graues Haupt in Nacht getaucht?
Bist du's, der weint?« Nur Stille fliegt entgegen.
»Hat jene Hand im Dunkel meinen Blick
verstellt, die stumm regiert im Schneegewimmel?
Bist Du es, Herr? Mein Sinnen scheint verrückt,
doch weint hier eine gar zu hohe Stimme.«
Rings Schweigen. »Stießest, Gabriel, du laut
in die Posaune? Hör ich Hunde bellen?
Nur ich allein mach meine Augen auf.
Die Boten schwingen sich in ihre Sättel.
Die Welt schläft fest, umarmt von Dunkelheit.
Die Reiter nahen schon am Himmelssaume.
Bist du es, Gabriel, zur Winterszeit,
der einsam nachts hier schluchzt mit der Posaune?«

»Nein, ich bin's, deine Seele ist's, John Donne.
Ich trauere allein am hohen Himmel.
Ich werde meiner Werke hier nicht froh.
Sie lasten: die Gedanken, die Gefühle.
Du, als du hoch mit dieser Bürde flogst,
ganz hoch hinauf aus Sünden, Leidenschaften,
du wurdest Vogel, und du sahst dein Volk,
du flogst hinauf, hinauf am schrägen Dache.
Du sahst die Meere, sahst der Welt Gebiet.
Die Hölle sahst du: erst in dir, dann wirklich.
Genauso klar sahst du das Paradies.
Der Lüste traurigste hielt es umzingelt.
Du sahst das Leben. Deiner Insel gleich.
Du bist dem großen Ozean begegnet.
Geheul und Nacht umbrauste jenes Reich.
Du flogst um Gott herum – und heim nach England.
Doch diese Bürde läßt dich nicht hinauf,
von wo die Welt ein Urwald ist von Türmen,
ein Netz von Flüssen. Beim Hinunterschaun
erscheint dies Jammertal kaum noch zum Fürchten.

In jenem Land regt sich das Klima nicht:
wie eines Kranken lange Atempause.
Der Herrgott ist von dort ein schwaches Licht
in dichter Nebelnacht im fernsten Hause.
Dort gibt es Äcker. Doch sie liegen brach.
Nach zehn, nach hundert und nach tausend Jahren.
Nur Wälder, Wälder halten dort die Wacht,
und Regen tanzt im schulterhohen Grase.
Der erste Holzknecht, dessen dürres Pferd
hierher verschlagen wurde durch das Dickicht,
wird hoch vom Baume plötzlich Lichter sehn
in seinem Heimattal, die fernher blinken.
Fern, fern ist alles. Unscharf ist dies Land.
Der Blick streicht über Dächer, über Föhren.
Hier ist es hell. Kein Laut. Kein Hund schlägt an.
Die Kirchenglocken kann man hier nicht hören.
Und er begreift: die Welt ist fern. Er strafft
die Zügel, reitet in die großen Wälder.
Und alles: Zügel, Schlitten, Pferd und Nacht
verwandelt sich in biblische Legende.
So weine, wein ich denn, seh keinen Weg.
Zwar ist die Rückkehr mir dorthin beschieden.
Doch nicht in Fleisch und Blut, doch nicht als Mensch.
Als Tote nur darf ich die Welt erfliegen.
Ja, ja, allein. Welt, ich vergesse dich,
vergesse dich auf ewig in der Erde.
Mir bleibt der Wunsch, der qualvoll nur verspricht.
Mit meinem Fleisch vernähe ich die Trennung.
Dieweil mein Weinen deinen Schlummer stört,
fliegt in die Finsternis, schräg und gerade,
der unsere Trennung hier vernäht: der Schnee.
Und hin und her beschleunigt sich die Nadel.
Nicht ich: du selber liegst und weinst, John Donne.
Es schlafen Hausrat, Garten, Tiere, Engel,
dieweil der Schnee auf deine Heimstatt flockt,
dieweil der Schnee vom Himmel fällt und pendelt.«

Ein Ebenbild der Vögel, schlummert er
in seinem Neste. Seine reinen Wege
sind gut bewacht. Es waltet jener Stern,
den Winterwolken jetzt noch dicht umgeben.
Ein Ebenbild der Vögel. Rein und stet
ist seine Seele. Und die Weltmannsgeste
ist, sündig zwar, so richtig wie das Nest
der Krähe über leeren Starenkästen.
Am Morgen wird er mit den Vögeln wach.
Jetzt liegt er unter seiner weißen Decke.
Indessen wird gewebt aus Schnee und Schlaf
die Spanne zwischen Schläfers Leib und Seele.
Alles schläft fest. Aufs Ende warten zwei,
drei Verse, käuen ihre Weisheit wieder,
daß Eros nur die Pflicht des Sängers sei,
Agape aber nur das Fleisch des Priesters.
Auf welches Rad das Wasser immer fällt,
es mahlt doch stets das Korn zu Mehl und Kleie.
Sind wir im Leben manchmal auch gesellt:
im Tode sind wir ganz bestimmt alleine.
Ein Loch ist im Gewebe. Wem's gefällt,
der reißt daran, geht fort, kommt, zerrt am Faden.
Und noch einmal. Und nur das Firmament
nimmt manchmal in der Nacht des Schneiders Nadel.
Schlaf, schlaf, John Donne, schlaf ein und quäl dich nicht.
Der Rock hängt schlaff und löchrig auf dem Bügel.
Die Zeit ist um. Durch diese Wolke blickt
schon bald der Stern: der Hüter deines Friedens.

7. März 1963
(Alexander Kaempfe/Heinrich Ost)

## Neue Stanzen an Augusta

Für M. B.

1

Am Dienstag brach September an.
Nachtlanger Regen floß.
Die Vögel – alle – flogen fort.
Nur ich so einsam, tapfer, Mann –
ich schaute nicht mal hinterher.
Das leere Firmament brach nieder,
der Regen staucht das Licht so quer.
Ich brauche keinen Süden.

2

Lebendig bin ich hier begraben,
durchs Stoppelfeld irre ich abends
den Stiefel in den Acker setzend,
kopfüber tost der Donnerstag,
geschnittene Halme stehen grad
und fühlen fast schon keinen Schmerz mehr.
Die Weidenrute bohrt
ihr rosarotes Kap
tief in den Sumpf (ganz ohne Wache jetzt)
und murmelt, kippt mit einem Schlag
ein ganzes Würgernest.

3

So klatsch und gluckse, blubbere, rausch.
Ich mag den Schritt nicht hetzen.
Den Funken – du nur kennst ihn –
erstick ihn, lösch ihn aus.

Am Schenkel die gefrorene Hand
lauf ich die Hügel auf und ab schon lang
gedächtnislos, nur diesen Ton im Herzen
schlag ich die Sohle gegen Stein.
Über das Bachdunkel geneigt
schau ich hinein voller Entsetzen.

4

Und wenn schon! liegt der Irrsinn als ein Schatten
in meinen Augen und völlig durchfeuchtet
trag ich den Bart, die Mütze schiefgeraten
krönt diesen Dämmer und sie zeichnet
mit ihrem Spiegelbild den Strich
den eine Seele
nie überschreiten darf – ich will gar nicht
hinter den Mützenschirm, den Knopf, den Kragen,
hinter den Stiefel, meinen Ärmel. Horch:
einzig mein Herz das plötzlich pocht –
es weiß, ich bin irgendwo aufgetrennt: und rasend
fährt Kälte in die Brust wie in ein Loch.

5

Das Wasser vor mir murmelt seinen Reim,
der Frost will durch den Mundschlitz rein.
Sonst läßt sich nicht mal überlegen:
ist das noch ein Gesicht oder ein Ort, der abbrach
mittendrin?
So schief ist jetzt mein Lachen,
verstört die dämmrigen Knüppelwege.
Der Regenguß krümelt das Dunkel nachtlang.
Mein zweites Abbild als ein Mensch
flüchtet vor roten Augenlidern, behend
springt es auf eine Welle auf, davon

unter den Kiefern, Weidenbüschen,
sich mit den Doppelgängern mischend,
so daß ich nie abhanden komm.

6

So klatsch und gluckse, kau die Brücke, angefault.
Mag um den Friedhof her das Wassermaul
die Farbe aus den Kreuzen saugen.
Doch nicht mal so mengt spitzes Gras
noch Bläue ins sumpfige Naß ...
Auf Korndarren tret taumelnd,
tob dich nur aus im jetzt noch dichten Laub,
und längs der Wurzeln tiefer abgetaucht!
Dort in der Erde, in der Brust hier weck
alle Gespenster auf und alle Toten! Längst
sollen sie hakenschlagend keuchen
über die Stoppelfelder ins verlassene Dorf,
den angewehten Tagen winken dort
wie Hüte von den Vogelscheuchen!

7

Hier auf den Hügeln, unter Himmeln – leer,
wo alle Wege in den Wald verlaufen, immer mehr
tritt jetzt das Leben von sich selbst zurück
und schaut voller Bestürzung auf die Formen
die ringsum rauschen. Wurzeln, Dornen
verhaken keuchend sich im Stiefelschlick,
im Dorf löschen sie alle Feuer jetzt.
Über niemandes Erde irre ich, zuletzt
das Nichtsein noch um Pacht angehend,
der Wind reißt mir die Wärme aus der Hand
und Wasser klatscht im hohlen Stamm,
der Matsch verdreht das Band der Wege.

8

Mich gibts in Wahrheit nicht an diesem Ort,
ich bin beiseite, draußen, über Bord.
Die Stoppel sträubt sich, reckt sich steif
wie Haare auf dem Leib der Toten,
und überm Nest im Graswald kochen
Ameisenheere, bis sich alles gleicht.
Ja die Natur räumt das Vergangene ab,
wie sichs gehört. Doch ihr Gesicht, bei allem
Leuchten der ausgegossenen Abendstrahlen,
wirkt unwillkürlich böse, abgenagt.
Mit flacher Hand meiner fünf Sinne stieß
ich mich jetzt ab von diesen Wäldern:
nein, Herr! in meinen Augen fällt der
Vorhang, zum Richter mache ich mich nie.
Wenn ich zu meinem Unglück jetzt nicht ganz
auch meine Laune überwinde,
so hack mir, Gott, gern ab die Hand,
wie es mit Dieben tut der Finne.

9

Freund Polydeukes, hier verfloß alles zum Fleck.
Aus meinem Mund kein Stöhnen! schlicht vergebens.
Mit aufgeschlagenem Mantel steh ich hier, die Welt
fließt in die Augen, wie durchs Gitter fällt
sie durch das Sieb des Nichtverstehens.
Ich bin fast taub. Ich bin, o Gott, fast blind.
Ich hör kein Wort, mit zwanzig Watt da blinkt
der Mond. Na schön. Nicht unter Sternen-Tropfen heim-
noch himmelwärts steure ich meinen Kurs jetzt.
Soll durch die Wälder hier das Echo kein
Lied tragen, sondern nichts als Husten.

10

September. Nacht. Gemeinsam mit – dem Kerzenlicht.
Doch über meine Schulter weg: der Schatten blickt
mir in die Blätter, in den Wurzeln wühlend,
den abgerissenen. Dein Gespenst da in der Diele
raschelt und gluckert so wie Wasser
und lächelt als ein Sternlicht, das es
hereinwirft durch die heftig aufgerissenen Türen.

11

Der Lichtschein überm Kopf wird dunkler nur.
Das Wasser zerrt an meiner Spur.
Ja doch, das Herz reißts immer stärker hin zu dir
und deshalb wirds mir fern sein bald schon.
Mit jedem Mal klingt meine Stimme falscher.
Halt es für eine Schicksalsschuld und für
die gleiche Schuld daß es kein Blut mehr fordert
und nur mit stumpfer Nadel sticht.
Und wenn du auf ein Lächeln wartest – ich
werde ja lächeln! Lächeln über sich geht vor
und ist wohl dauerhafter als ein Grab für morgen
und leichter als der Rauch über dem Ofenrohr.

12

Euterpe, du? Wo bin ich hingeraten? Was
ist unter mir hier: Wasser? Oder Gras?
der Sprößling der Heidekrautleier,
zum Hufeisen gebogen das vielleicht ein
Glück verspricht das man nicht faßt.
Und eines schafft: ganz rasch und ohne daß
der Atem stillsteht vom Galopp
zum Paßgang überwechseln, so etwas
kennst weder du noch Kalliope.

1964, Norinskaja
(Ralph Dutli)

# Fragment

Naso ist zum Sterben nicht bereit.
Darum – mißgestimmt.
Chaos herrscht in seinem Geist
vom Sarmatenfrost und -wind.
Stern du, näher jetzt als Rom.
Selbst der Tod – weniger fern.
Und der Vorteil: bis nach dort
kann man bloßen Auges sehn.

Naso ist zum Sterben nicht bereit.
Näher (übern Pontos:
leergefegt, kein Schiff das kreuzt)
als dein Rom – der Horizont.
Näher auch als Rom – der Orion
der durch Wolken blitzt.
Nennst du *ihn* vielleicht dein Rom?
Er meint dazu: nochmal nichts.

Ganz genau wie Kerzenlicht
durch die Nacht hin scheint.
Nicht bereit? Und wer denn ist
ihm noch nah allein?
Nennst du *ihn* vielleicht dein Rom?
Liebst ihn, rufst ihn manchmal an?
Der ist völlig schon im Tod,
der durch Rom nicht wandeln kann.

Naso, laß Rom doch in Ruh.
Kannst es selber nicht mehr orten –
wem schickst deine Briefe du?
Doch vielleicht – längst Toten.
Aus Gewohnheit. Klar schreib nur
(nicht beleidigt sollst du sein)
die Adresse. Rom streich durch,
schreib drauf: HADES, Totenheim.

1964/1965, Norinskaja
(Ralph Dutli)

## Der 1. Januar 1965

Die Magier werden deine Adresse vergessen.
Kein Stern wird überm Kopf dir glänzen.
Nur Wind der heiser heult im Fenster
wirst hören du, wie einst.
Wirfst ab den Schatten, müde, blind,
löschst deine Kerze, legst dich hin,
denn Tage und nicht Kerzen sind
was der Kalender dir verheißt.

Was ist das? Trauer? Kann schon sein.
Ich kenn auswendig den Refrain.
Er wiederholt sich halt. Ein Reim.
Soll er sich auch in Zukunft drehn.
Soll er erklingen in der Stirb-jetzt-Stunde
als Dank der Augen und des Munds
an das, was unsern Blick so stumm
zwingt, in die Ferne klamm zu gehn.

Dann schaust du schweigend an die Wand,
der Strumpf bleibt leer, das war es dann –
und du kapierst: der Geiz ist Pfand
für das was alt ist längst.
An Wunder glauben – ist zu spät.
Du hebst den Blick zum Himmel, lebst,
da fühlst du plötzlich klar, du selbst –
bist das Geschenk.

1965, Norinskaja
(Ralph Dutli)

## Winterabend, Heuboden

Der Schnee bepulverte das Heu
unterm Dach durch eine Spalte.
Ich wühlte im Heu und traf dabei
auf einen winzigkleinen Falter.
Falterchen o Schmetterling,
übern Winter lebst du hin,
bist ins tiefe Heu geklettert,
hast vorm Tod dich husch! gerettet.

Hat sich davongemacht und guckt
wie die Fledermausfunzel zuckt,
wie hell erleuchtet bis zum Rand
steht jetzt die breite Balkenwand.
Ich nehm es her an mein Gesicht
und sehe seinen feinen Staub
deutlicher als jedes Licht,
als meine eigene Haut.

In diesem Abenddunkel sind
wir hier rundum allein.
Und meine Fingerkuppen find
ich warm – es könnte Juli sein.

1965, Norinskaja
(Ralph Dutli)

# Prophezeiung

Für M. B.

Wir werden, du und ich, am Ufer leben,
durch einen aufgehäuften Damm getrennt
vom Kontinent, den kleinen Kreis umhegen
den eine simple Lampe uns erhellt.
Wir werden Karten spielen du und ich
und lauschen wie die irre Brandung bricht,
ein bißchen husten und unmerklich atmen
wenn uns der Wind anbläst zu ungehalten.

Ich werde alt sein, aber du bist jung.
Es wird so sein wie Pioniere lernen –
es gehn nur Tage, keine Jahre um
die uns noch bleiben bis zur Neuen Ära.
In unserm Holland, grade umgekehrt
pflanzen wir beide ein Gemüsebeet
und werden vor der Türe Austern braten
und nähren uns von Sonnenkraken.

Soll über unsern Gurken Regen rauschen,
wir werden sonnenbaden wie die Eskimos,
und zärtlich fährt dein schmaler Finger auf den
noch unberührten Streifen Erde und liebkost.
Ich schaue auf das Schlüsselbein im Spiegel
und sehe hinterm Rücken Wellenhügel,
der Geigerzähler hängt, im zinnernen Rahmen
am abgewetzten schweißgetränkten Riemen.

Der Winter kommt und schonungslos verzwirnt
er unser Riedgras zwischen Dach und Leisten.
Und wenn uns einmal auch ein Kind gelingt
soll es Andrej oder dann Anna heißen.
Damit, ans faltige Gesichtchen angelehnt
nicht mehr vergessen geht das russische Alphabet,
der Anfangslaut vom Ausatmen gedehnt & prächtig
wird so in Zukunft noch bekräftigt.

Wir werden Karten spielen und dann flott!
trägt uns mitsamt unseren Trümpfen fort
die Ebbe, daß nur Uferrinnen bleiben.
Und unser Kind wird schauen, schweigen
und nichts von alledem verstehn, wie pochend
ein Falter an die Lampe prallt, und dann
wenn einmal seine Zeiten kommen
sich aufmachen zurück über den Damm.

1. Mai 1965, Norinskaja
(Ralph Dutli)

## Haltestelle in der Wüste

In Leningrad sind jetzt so wenig Griechen,
daß eine griechisch-orthodoxe Kirche
man abriß, um an ihre Stelle einen
Konzertsaal hinzusetzen. Solch ein Bau
hat heute etwas Hoffnungsloses. Dabei
muß ein Konzertsaal mit viertausend Plätzen
so hoffnungslos nicht sein: er ist ein Tempel,
ein Heiligtum der Kunst. Wer kann dafür,
daß die vokale Meisterschaft mehr Menschen
um sich vereint als mürbe Glaubensbanner?
Nur schade, daß wir jetzt von weitem nicht
mehr die gewohnte Kuppel sehen werden,
nur einen häßlich abgeflachten Umriß.
Doch hängt der Mensch nicht von der Häßlichkeit
der Proportionen ab, vielmehr weit öfter von
den Proportionen fader Häßlichkeit.

Ich weiß noch gut, wie man die Kirche abriß.
In jenem Frühling war ich oft bei einer
tatarischen Familie zu Gast,
die in der Nähe wohnte, wo vom Fenster
der Blick zur alten Griechenkirche schweifte.
Zu Anfang war tatarisches Gespräch;
doch drängte bald ein ratterndes Geräusch
sich ein, das unsre Rede erst nur zu
begleiten schien, dann rasch sie übertönte.
Im Kirchengärtchen stand ein Riesenbagger
mit einer Eisenbirne vorn am Kran.
Und klaglos gab die Kirchenmauer nach.
Nicht nachzugeben wär auch lächerlich
für eine so massiv bedrohte Mauer.

Es mochte außerdem der Bagger meinen,
sie sei ein unbeseelter Gegenstand
und also, in gewissem Maße, selber

ihm gleich. Gilt in der unbeseelten Welt
es doch als ungehörig, sich zu wehren.
Dann fuhren dort die Kipplastwagen vor,
Bulldozer ... Irgendwann an jenem Abend,
sehr spät schon, saß ich auf den Apsistrümmern.
Es gähnte durch die Löcher des Altars
die Nacht. Ich schaute durch die offnen Wunden
den Straßenbahnen nach, wie sie entschwanden
entlang der Kette bleicher Straßenlampen.
Und das, was man in Kirchen sonst nicht findet,
sah ich nun durch das Prisma dieser Kirche.

Dereinst, wenn wir nicht mehr am Leben sind,
genauer: nach uns, wird, wo unser Raum war,
ein Ding, ein Wesen solcher Art entstehen,
daß jeder, der uns kannte, sich entsetzt.
Doch die uns kannten wirds dann kaum mehr geben.
Die Hunde halten die Erinnrung wach
und heben noch am alten Ort das Bein.
Schon lange ist die Mauer abgerissen,
doch in den Hundeträumen steht sie noch.
Und diese Träume löschen, was real ist.
Vielleicht auch hält die Erde den Geruch:
Asphalt kann Hundenasen nicht bezwingen.
Was kümmert sie das häßliche Gebäude!
Für sie steht hier die Kirche und nichts andres.
Denn das, was für die Menschen offensichtlich,
das ist den Hunden restlos einerlei.
Und ebendas nennt man wohl »Hundetreue«.
Und wenn im Ernst ich jemals sprechen sollte
vom Staffellauf der Generationen,
so glaubte ich allein an diese Staffel.
Vielmehr: an jeden, der den Duft noch wahrnimmt.

Jetzt sind in Leningrad nur noch so wenig Griechen –
wie's überhaupt, außer in Griechenland,
nur wenige gibt –, zu wenig jedenfalls,

zu retten das Gebäude ihres Glaubens.
Nunmehr an das zu glauben, was wir bauen,
verlangt von ihnen keiner. Eines ist
es – allem Anschein nach –, ein Volk zu taufen,
das Kreuz zu tragen – etwas gänzlich andres.
Sie hatten eine einzige, klare Pflicht.
Sie waren nicht imstand, sie zu erfüllen.
Das ungepflügte Feld wuchs zu mit Unkraut.
»Du Sämann, halte deinen Pflug bereit –
wir sagen dir, wann Zeit zu ernten ist.«
Sie hielten ihre Pflugschar nicht bereit.

Heut nacht schau in das dunkle Fenster ich
und denke nach: Wie weit sind wir gekommen?
Und was ist ferner uns: der Hellenismus,
der orthodoxe Glaube? Was ist nah uns?
Was haben wir in Zukunft zu erwarten?
Harrt unser jetzt nicht eine andre Ära?
Und wenns so ist, was ist dann unsre Pflicht?
Und welche Opfer müssen wir ihr bringen?

1966
(Sylvia List)

## Postskriptum

Wie schade, daß mein Dasein dir nie das
bedeutet hat, was deines mir ... Wie oft
hab ich an diesem unbebauten Platz
den Kupfergroschen, der das Wappen trägt,
ins Drahtgewirr des Kosmos eingeworfen
in dem verzweifelten Bemühen, den
Moment unsres Verbundenseins zu preisen
... Aber ach, wenn einer nicht versteht,
sich selbst anstelle der gesamten Welt
zu setzen, bleibt ihm nur – wie einen Tisch
bei spiritistischen Séancen – das
zerlochte Rund des Telefons zu drehn,
bis endlich ein Phantom ein Echo gibt
auf das Gejaul des Summers in der Nacht.

September 1967
(Sylvia List)

## Sechs Jahre später

So lange lebten wir zusammen daß
der zweite Januar auf Dienstag fiel wie damals,
und wie ein Scheibenwischer übers Glas
fuhr ihre Braue staunend hoch, verjagte das
    verirrte Traurigsein ihr vom Gesicht –
    und ungetrübte Ferne zeigte sich.

So lange lebten wir zu zweit daß Schnee
vom Himmel fiel als falle er für immer
und ich, damit ich sie nicht blinzeln seh
legte ihr meine Hand über die Lider;
    die flatterten ungläubig und ganz bang
    wie Schmetterlinge in der hohlen Hand.

So fremd war beiden alles Neue daß
an den Umarmungen im Schlaf schon fast
    die Psychoanalyse sich abhanden
kam; ihre Lippen längst an mich geschmiegt
und *mein* Mund der das Kerzenlicht ausblies
    nichts andres sehend gleich einander fanden.

So lang zusammen daß die Rosen auf
den abgewetzten häßlichen Tapeten
abwechselten mit Birkenwäldchen kaum
kam beiden etwas Geld hereingeregnet,
    und dreißig Tage überm Meer hat dort
    das Rot in Zungen der Türkei mit Brand gedroht.

So lange lebten wir zusammen ganz
ohne Gerät und Bücher, Möbel, einzig
auf einem Sofa daß – bevors entstand –
das Dreieck noch ein Lot war beiderseitig,
    aufrecht über zwei Punkten meint
    verschmolzen beide zwei-in-eins.

So lange lebten wir nur wir zu zweit,
aus unsern Schatten machten wir bereits
uns eine Tür – arbeitend, schlafend, einerlei –
die beiden Flügel blieben immer zu
und plötzlich gingen wir hindurch im Nu
durch einen Hintereingang in die Zukunft ein.

1968
(Ralph Dutli)

# Fast eine Elegie

In alten Tagen wartete auch ich
im Regen in den Börsenkolonnaden.
Und sah das an als eine Gabe Gottes.
Und hatte vielleicht recht. Auch ich war schließlich
einst glücklich. War Gefangener der Engel.
Zog aus, die Ungeheuer zu bekämpfen.
Ich lauerte am Haupteingang, wie Jakob,
auf eine Schöne, die die breite Treppe
hinabgelaufen käme.
                                        Doch das alles
ist lang vorbei, auf immer. Ganz entschwunden.
Ich sehe aus dem Fenster, schreib »wohin«,
doch setze ich erst gar kein Fragezeichen.
Jetzt ist September. Vor mir liegt ein Garten.
Entfernter Donner stopft mir das Gehör.
Im dichten Blattwerk hängen reife Birnen
und gleichen Zeichen stolzer Männlichkeit.
Und wie ein Geizhals seine armen Vettern
zur Küche einläßt, läßt mein Ohr den Regen
nun dringen an den schlafgetrübten Sinn:
noch nicht Musik, doch auch schon nicht mehr Lärm.

Herbst 1968
(Sylvia List)

## Wäscherinnen-Brücke

Die Wäscherinnen-Brücke wo wir zwei
den Zeigern glichen eines Zifferblattes
die sich umarmen um Punkt zwölf bevor
sie nicht für Stunden nein! sich dauertrennen –
und heute steht auf dieser gleichen Brücke
ein Fischer, leidet ganz wie ein Narziß
und starrt, den Korken hat er längst vergessen
auf sein beweglich vages Spiegelbild.

Der Fluß macht ihn mal jünger mal viel älter.
Bald tauchen Züge eines Jünglings auf
bald laufen Runzeln ihm auf seine Stirn.
Er steht an unserm Ort. Wie recht er hat!
Alles was einsam ist symbolisiert
seit kurzem eine gründlich andere Zeit;
es ist wie eine Order für den Raum. Soll
er sich betrachten ruhig in unserm Wasser
und sich sogar erkennen. Denn der Fluß
gehört jetzt ihm glaub mir völlig zu Recht
so wie ein Haus in das sie Spiegel schleppten
um nie darin zu leben.

1968
(Ralph Dutli)

# Dido und Äneas

Der große Mann sah durch das Fenster weg,
aber für sie war diese Welt zu Ende
beim Saum von seiner weiten Tunika
die durch die Fülle ihrer Falten wie
ein angehaltenes Meer war.
                                        Er jedoch
sah weg durchs Fenster und sein Blick war jetzt
so fern von diesem Ort schon daß die Lippen
erstarrten ähnlich einer Muschel wo
das Rauschen sich verbirgt, tief im Pokal
reglos der Horizont.
                                Doch ihre Liebe
war nur ein Fisch der sicher fähig war
im Meer dem Schiffsbauch hinterher zu gleiten
die Wellen biegsam teilend mit dem Körper
und es auch einzuholen ... Aber er
trat in Gedanken schon aufs ferne Festland.
Das Meer verkehrte sich in eins aus Tränen.
Doch fängt bekanntlich im Moment der schlimmsten
Verzweiflung guter Fahrtwind an zu wehen,
der auf den Weg uns schickt. Der große Mann
verließ Karthago.
                              Sie aber stand vor
dem Scheiterhaufen den ihre Soldaten
unter den Mauern ihrer Stadt entfachten
und sah im Flimmer zwischen Rauch und Flamme
Karthago lautlos auseinanderbrechen

schon lange vor der Prophezeiung Catos.

1969
(Ralph Dutli)

# Das Ende einer schönen Epoche

# Das Ende einer schönen Epoche

Da die Kunst der Poesie schwer nach Wörtern verlangt, renn
ich als einer der tauben halbkahlen mißgelaunten Gesandten
einer Macht zweiter Sorte die mich nicht gerade erheitert
kurz hinunter um dem Gehirn nicht die übliche Kost
anzutun, reich mir Kleider und schnapp am Kiosk
rasch die Abendzeitung.

Scharfer Wind jagt das Laub. Der trübe alte Lämpchenbetrieb
dieser traurigen Gegend mit Motto – den Spiegeln der Sieg!
generiert mittels Pfützen geradezu glänzende Effekte.
Selbst Diebe wollen Orangen und scharren am Amalgam.
Übrigens das Gefühl: also schau dich doch selber mal an –
hab ich längst schon vergessen.

Eine traurige Gegend und alles für den Winter: das heißt
Träume Wände Gefängnisse Mäntel Brautkleider – vom Weiß
eines Neujahrs, die Schnäpse die Zeiger für Sekunden und ferner
Sperlingsjäckchen, ein Laugensalzkorn für den Fleck;
puritanische Sitten. Die Wäsche. In der Geigerhand steckt
bloß ein hölzerner Wärmer.

Diese Gegend steht still. Überlegst du das Bruttovolumen
all des Gußeisens Bleis – schüttelst du dir die Birne halbdumm
denkst an frühere Macht Bajonette Kosaken und Peitschen.
Alles Eisen lockt Adler an geradezu wie ein Magnet.
Selbst die Stühle aus Flechtwerk da stehn
bloß dank Schrauben und Bolzen wie reizend.

Nur die Fische im Meer kennen Freiheit und auch ihren Preis
doch ihr Stummsein verlangt von uns heute vielleicht
eigene Etiketten und Kassen. Der Raum ragt am Ende
auf als Preisliste. Der Tod schafft die Zeit. Sie braucht Körper und Dinge
deren Wesen sie sucht im Gemüse im Rohen mithin.
Auf den Glockenschlag lauscht eine Ente.

Dieses Leben in der Epoche der Vollendungen machts
dem Gemüt leider schwer. Wenn du der Schönheit
das Kleidchen hochraffst,
siehst du das was du suchtest gewiß nicht das Wunder der Wunder.
Lobatschewskij wird sicher nicht strikte befolgt im Revier
und doch muß diese Welt irgendwo sich verengen – und hier
gehts zum Endstück der Perspektive: hinunter.

Selbst die Karte Europas haben Agenten der Macht weggeklaut
und fünf Sechstel des restlichen Weltalls vergammelt und fault
in der fernsten der Fernen. Irgendwer, eine Fee glaub ich, startet
ihren Zauber um mich – jedenfalls führt kein Weg von hier weg.
Selber gieß ich mir Meßwein ein – den Diener rufen: kein Zweck –
und kraule den Kater ...

Eine Kugel in die Schläfe, den Finger an den Ort allen Irrtums
oder dann übers Meer abzuhauen – eine Art neuer Christus.
Und wie soll man besoffenen Auges, im Klirrfrost losschniefend
Lok und Dampfer nicht verwechseln? Keine Scham, eh egal:
keine Spur hinterlassen auf Gleisen wie auf dem Wasser der Kahn
die Räder der Lokomotive.

Was wird »aus dem Gerichtssaal« aufs Zeitungspapier abgedruckt?
Daß das Urteil vollstreckt ist. Der Bürger der kurz mal herguckt
erkennt durchs Zinngestell seiner Brille samt Gläsern
wie ein Mensch, bodenzu das Gesicht, vor der Ziegelsteinwand
liegt doch nicht etwa schläft. Denn die Träume, soviel ist bekannt
meiden jedes durchlöcherte Wesen.

Ja der Scharfblick der Epoche reicht mitsamt seinen Wurzeln
in die Zeiten die taub waren, blind und nicht wußten
zu unterscheiden zwischen Windelfalten und aus der Wiege Gefallenen.
Der helläugige Tschude wagt über den Tod hinaus keinen Blick.
Diese Schale ist voll, aber schade, keiner da der Tische rückt
um jetzt dich Rurik flink zu befragen.

Ja der Scharfblick der Zeit prallt bloß auf Sackgassenplunder.
Nicht mit Geist ins Geäst sich ergießen ist vorläufig unser
Ding, nur als Spuckfleck. Den Fürsten wecken? Dinosaurier doch eher.
Für den letzten Vers, äch, wird keinem Vogel die Feder geklaut.
Nur das Beil zu erwarten bleibet dem unschuldigen Haupt
und den grünen Lorbeer.

Dezember 1969
(Ralph Dutli)

Geh nicht aus dem Zimmer! Ein Irrtum, verläßt du das Haus.
Wozu brauchst du *Sonne*, wenn du *deine* Blättchen rauchst?
Hinter der Tür ist alles sinnlos, besonders – Glücksgeschrei.
Nur rasch bloß aufs Klo und dann gleich wieder herein.

Oh, geh nicht aus dem Zimmer, ruf keinen Motor.
Weil der Raum ohnehin nur aus einem Korridor
besteht und mit dem Stromzähler endet. Und kommt eine
Milka mit offenem Mund: jag sie weg! ohne sie zu entkleiden.

Geh nicht aus dem Zimmer; betrachte dich als erkältet.
Die Wand, der Stuhl: gibts Interessanteres auf der Welt? Es
bringt nichts, warum rausgehen, ja was nützt es,
wenn du abends als der Alte wiederkommst,
nur leider – verkrüppelt?

Oh, geh nicht aus dem Zimmer. Kapier doch, tanz Bossa Nova
nur im Mantel, ganz nackt, und in Schlappen die bloßen Sohlen.
Auf dem Flur riechts nach Kohl und nach Schmiere für die Skier.
Du hast viele Buchstaben geschrieben; noch einen –
und es wären zu viele.

Geh nicht aus dem Zimmer. Als einziges soll so
das Zimmer erraten, wie du aussiehst. Und überhaupt: inkognito
ergo sum, sagte die Substanz zur Gestalt, zornig und zankig.
Geh nicht aus dem Zimmer! Draußen ist ohnehin nicht Frankreich.

Sei kein Idiot! Sei das, was die andern nie waren, nie im Leben.
Geh nicht aus dem Zimmer! Gib dich einzig den Möbeln
hin, verschmelz mit den Tapeten. Sperr dich ein,
verbarrikadier dich zum Schluß
mit dem Schrank gegen Chronos, Kosmos, Eros, Rasse und Virus.

1970 (?)
(Ralph Dutli)

# Gespräch mit dem Himmelsbewohner

Hier auf der Welt
wo ich mal Eiferer war mal Ketzer,
mich in fremde Erinnerungen versetzte
wie die Maus von der Asche gewärmt,
wo ich schlimmer noch, ich gesteh,
die Kleinschrift eines Wörterbuchs benagte,
das dir fremd ist, wo ich – dank dir –
von oben auf mich heruntерseh

in niemandem mehr
eine Stelle findend die ich noch wörtlich
berühren könnte, die Kehle löchrig,
vom Nicken gewürgt kreuz & quer
eines lautstimmigen Aases, den Mund
mit Spucke besprengt statt mit Kastalischer Quelle,
schief wie ein Pisa-Turm überm Papier mich quälend
in der Nacht ringsum

geb ich dir jetzt zurück
deine Gabe – nicht verscharrt, nicht vertrunken;
und hätte die Seele Profil unter
deinem Blick,
sähst du, daß sie
auch nur ein Abguß ist der bitteren Gabe, daß
sie kein anderes Vermögen hat als was
mit ihr an dich zurück jetzt fiel.

Ich werde nicht
dich versengen mit Beichten und bittenden Worten,
den verfluchten Fragen – diesen Pocken,
mit denen die Rede schlicht
von klein auf verseucht
ist – wer weiß? – vielleicht von dir selber;
auf zuverlässige Art bist du dem Schmerz ent-
rückt, der dich nie erreicht.

Ich werde ganz gewiß
keine Antworten erwarten, Engel, Kosenamen
für ein so schwer vorstellbares
Antlitz wie deins, passend ist
wohl einzig beschwörend ban-
ges Schweigen – so geräumig, daß ein Echo
nicht angemessen wäre, nicht Gelächter
noch Geheul wie »Hör mich an!«

Das also schmeichelt mei-
nem Gehör, das gewöhnt ist an irre Mißtöne,
und erleichtert das Gespräch mit dir in schöner
Zweisamkeit.
Und es beweist
das nicht in die Arche heimgekehrte Vögelchen,
daß der Glaube nicht mehr ist als eine unmögliche
Post, die nur in eine Richtung reist.

Guck doch wie nackt und verwaist
ich knausere mit dem Herrn, und das schon
allein erspart dir großzügig jede Antwort.
Aber es bestätigt und beweist
auch, daß der in Bettlerzeugs
Gehüllte nicht mal ohne Diebstahl seine Tage
verbringt: ich spucke auf jede Camouflage.
Dort am Kreuz

heul ich nicht: »Warum hast du mich verlassen?«
Ich mach mich nicht zur Frohbotschaft!
Denn der Schmerz ist keine Verletzung
der Regeln: ohnehin macht
die Leidensfähigkeit
den Körper aus, der Mensch ist Empfinder des Schmerzes.
Doch ist ihm sein Eignes unbekannt oder er merkt es
zu spät, was seine Schmerzgrenze zeigt.

*

Hier auf der Welt
enden alle Berge – aber in der engsten Bedeutung –
nicht in Gipfeln, sondern in Abstürzen in ungeheure
Finsternis – unerhellt,
und die Lippen gepreßt kreuchst
du, deine Stigmata in Sacktuch gewickelt,
– alles nochmal! – zur zweiten Runde hinkend
an direkt vom Kreuz.

Hier auf der Welt,
von der Zärtlichkeit bis zum extremen Rasertum,
sind alle Formen des Lebens Anpassung.
Und dazu zählt
der Hoch-zur-Decke-Blick,
der Durst zu verschmelzen mit Gott als Landschaft,
in der ein Scharfschütze uns aufspürt, den langsam
*Er* uns schickt.

Wie am Rotzfaden hängt
alles am Haken der eigenen Fragen,
ob Taschendieb, Philosoph oder Barde –
hier auf dieser Welt
stinkt es wie nach Fisch
aus allen Winkeln, von der linken wie von der rechten,
nach Verschmelzung mit der Natur oder dem Mädchen
oder der Wörtergischt!

Du heilender Geist und Retter!
Ich hab mich aus bodenlosen Moser-Gefäßen
an der Brühe der Minuten vollgefressen
wie an römischen Lettern,
und neuerdings taucht
ins gierige Ohr, das vordem nicht wählerisch käute,
kein Zwitschern mehr oder Rauschen der Bäume –
ich bin heute taub.

O nein, ich bitte dich leider
nicht um deine Hilfe, obgenannte Höhe!
Es gibt keine Umarmung, die sich nicht trennen könnte
wie Mitternachts-Zeiger.
Keine Kerze entfach
ich, wenn eiserne Umarmungen sprengend
die Wecker, in Kleider verpackt, schellen
in der schwarzen Nacht!

Und in diesem Turm,
dem babylonischen Urenkel, dem Turm der Wörter,
nie vollendet, laß mich kein Dach finden, hörst du,
ich bitte dich drum!
Solche Stille fließt
dort oben, trifft den goldmäuligen Redner,
daß du, mühsam auf den Dachboden kletternd,
auf den Grund des Schachtes fliegst.

Dort oben nur eins
hör noch: wie ich jetzt dafür danke, daß
du alles nahmst was ich nicht für lange besaß
im Leben. Denn das Geschaffene, im Schweiß
erlangte Ergebnis
ist Nahrung dem Dieb und Proto-Paradies,
besser – Beute der Zeit: hast du verloren auch dies
(seis für allezeit und ewig)

irgendwas, dann
wags nicht zu flennen von verratener Hoffnung:
denn die Züge der Zeit, unsichtbar, alles andre als offen,
treten plötzlich heran
in den Dingen, und den Brustraum fühlst
du beengt von Altersfalten; diese Linien, bedaure,
wirst du nicht glätten, sie tauen wie Rauhreif
wenn du sie kaum berührst.

Zu danken versuch
ich, besser: der letzte Krümel des Verstandes
dankt dafür, daß du ihn nicht festbandest
an jene Verlockungen, grauen Gebäude und Wörterflucht,
daß dein Kartenspiel
zu meinen Vorlagen, Komplexen, Sprüngen nach vorne
nicht paßte, und ich der Macht ihrer lausigen Formen
so nicht verfiel.

*

Für nichts als Spott
und Heimzahlung hältst du das alles – ist es das? –,
für meine Angleichung ans Zifferblatt,
für Ringen & Verschmelzen mit der *Zeit* – weiß Gott
was! von mir aus, Schluß mit dem Gegrummel!
Wenns so wäre, dann nur mit der nicht-nahen Zeit, weil
ich in der Wand, hinter jeder Scheibe
ihn ahne – den Tunnel.

Na also, grab
schon! grab tiefer! nur samt dem Fleisch herausgerissen
näh ins Herz die Angst als deine Naht,
die Angst vorm Sterbenmüssen.
Näh einen Abgrund aus Qualen, scheu
keine Mühe! übertreib deinen Eifer!
Sogar der Gedanke an – wie schon? – Unsterblichkeit, er
prallt auf Einsamkeit, mein Freund.

Diesen Satz genau
will ich schreien! schauen werde
ich nach vorn – die Perspektive des Sterbens
steht immer offen dem Aug –
wer wird aus der Weite
Antwort geben? Gibts ein Echo? oder
wird er auch dort auf null Hindernis stoßen
wie auf der Erde leider?

Nächtliche Stille breitet sich aus ...
Birne auf den Tisch: der Fernstudent schlief ein.
Es wühlt in der Wirbelsäule aus Ziegelstein
die Ofenmaus.
Vorm Fenster liegt
die Schar der Bäume im hölzernen Rahmen
wie Lungenflügel auf Schul-Diagrammen,
vom Schlaf nur gewiegt.

Alles abgelöst von innen ...
Die Zeit. Und das Schicksal. Und übers Schicksal jetzt ...
bleibt nur Erinnerung an wen? sich selbst,
als leise Stimme.
Einzig noch sie.
Auch das – wie ausgebrannte Schlacke, Schotter
statt irgendwelcher Briefe, Sachen, Fotos,
Fenster, Knie –

ist plötzlich still ...
wie bitter, nicht ans Wesentliche sich zu erinnern!
Schade, ist im Christentum kein Gott zu finden –
seis nur ein Götzenbild –
der Erinnerungen, mit einer Handvoll echter
Schlüssel von alten Zimmern, ein Idol mit dem Antlitz
eines Trödlers – zum Totschlagen der ganzen
dumpfen Nächte.

Schweigende Nächte.
Krähennester, wie Kavernen in den Bronchien.
Rauchfetzen wühlen in Bruchlinien
von Krankenhausdächern.
Jede Rede ist zum Lachen
adressenlos, leider, in diesen Momenten –
ich habs geschafft, Freund-Himmelsbewohner, am Ende
noch das zu mißachten.

Passionszeit. Nacht.
Der Geschmack im Mund von diesem Erdenleben

hat in fremder Wohnung Schmutzspuren hinterlegt
und sich davongemacht!
Und das Gehirn unter Strom!
Und dort, im dreimalneunten Stockwerk
brennt noch ein Fenster. Ich kann noch so lange stochern
und weiß nicht mehr wovon

ich hier mit dir einmal
schön redete – besser: mit einer dieser Puppen
die kreuzen unter der Mitternachtskuppel.
Jetzt ein Schlußsignal
und keinem kommt nun
in den Sinn, warum so viel Schwarzes auf dem Weißen
klebt. Der Kehlkopf leer von Griffel und Kreide,
in ihm bleibt ein Klumpen

nicht von Worten, nicht Tränen:
der seltsame Gedanke an den Sieg des Schnees – Abfälle
von Licht die vom Himmel fallen voller Helle –
einer Frage ähnelnd.
Das Hirn schmeckt
bitter, und hinter der Wand von der Dünne einer Seite
schreit ein Säugling; in der Klinik drüben ein Greis, der
den Kopf ins Fenster streckt.

Passionszeit. April. Alles geht frühlingwärts.
Doch die Welt noch in Eis und Weiß bis jetzt.
Und der Blick des Kleinkinds
das noch nicht gehen kann, fast unbeweglich,
hält das Schmelzen des Schnees nie für möglich.
Und ganz unvermeidlich
muß denselben Gedanken – gerade umgekehrt –
der Alte dort in seinem Krankenhaus wälzen:
er sieht den Schnee und weiß, er stirbt
noch vor Eisgang und Schmelze.

März-April 1970
(Ralph Dutli)

Für Lev Loseff

DASS DAS SCHICKSAL ein Spiel ist war mir immer schon klar.
Wozu brauchen wir Fisch? es gibt doch Kaviar.
Der gotische Stil triumphiert hoch oben samt Spitze
als Kunst high zu sein ohne zu spritzen.
    Ich sitz am Fenster. Da draußen die Espe.
    Ich liebte wenige. Doch immer fester.

Ich meinte der Wald sei vom Holzscheit bloß ein Stückchen.
Wozu das ganze Mädchen? ein Knie kann doch entzücken.
So müde vom wirbelnden Jahrhundert-Staub
ruht auf estnischen Turmspitzen das russische Aug.
    Ich sitz am Fenster. Hab Geschirr abgewaschen.
    Ich war glücklich hier, werd nie mehr davon naschen.

Ich schrieb im Lämpchen hause der Schrecken des Sexus.
Die Liebe ist ein Akt ohne Verbum als Letztes.
Und Euklid wußte nicht daß auslaufend zum Konus
das Ding nicht eine Null trifft sondern Chronos.
    Ich sitz am Fenster. Ich denk an meine Jugend.
    Manchmal lächelnd und manchmal ausspuckend.

Ich sagte jedes Blatt zerstöre eine Knospe.
Und daß der Same, im falschen Boden rostend
keinen Sproß ergibt; Wiese und Lichtung –
eine Art Selbstbefleckung, von der Natur verrichtet.
    Ich sitz am Fenster, die Knie umarmend wartend
    in Gesellschaft meines eigenen schweren Schattens.

Mein Lied war also völlig ohne Motiv
dafür singt mans nie im Chor. Doch tief
im Innern weiß ich: zur Belohnung für solche Reden
wird keiner seine Füße auf die Schultern mir legen.
    Ich sitz am Fenster; wie ein Schnellzug verloren
    donnert das Meer hinter den gewellten Storen.

Als Bürger einer Epoche minderer Güte bewahre
ich stolz als eine ebenso zweitrangige Ware
meine besten Gedanken und der Zukunft schicke
ich sie als Erfahrung eines Kampfes mit dem Ersticken.
Ich sitze im Dunkeln. Doch nicht dümmer
als das Dunkel da draußen
ist es hier drinnen im Zimmer.

1971
(Ralph Dutli)

# Nature morte

Verrà la morte e avrà i tuoi occhi.*
Cesare Pavese

1

Dinge, Menschen auch
umgeben uns. Jene
und diese quälen das Aug.
Besser im Dunkel leben.

Ich sitz auf einer Bank
im Park. Schau hinterher
einer Familie, ihrem Gang.
Das Licht mag ich nicht mehr.

Der Januar. Winter.
Gemäß dem Kalender.
Wenn das Dunkel mir zuwider
wird, werde ich reden.

2

Zeit jetzt, ich fang an.
Unwichtig womit. Bewege
den Mund. Schweigen kann
ich, doch besser reden.

Wovon? Die Nächte, die Tage.
Oder dann – einfach nichts.
Von Dingen eher, sage
ich, von Dingen, aber gewiß

* Der Tod wird kommen, und er wird deine Augen haben.

nicht von Menschen. Die sterben.
Alle. Auch ich, bestimmt.
Fruchtlose Mühe, schwer wie
schreiben in den Wind.

3

Kalt ist mein Blut.
Grimmig, grundtief dick
wie das Eis im Fluß.
Menschen liebe ich nicht.

Ihr Äußeres: nicht mein
Geschmack. Ihre Gesichter
pfropfen aufs Leben ein
unaufhebbares Gewicht.

Etwas in ihrem Ausdruck
widersteht dem Geist.
Kriecherei könnte es lauten,
vor wem? Keiner weiß.

4

Dinge sind besser. In ihnen
gibts weder Gut noch Böse
äußerlich. Und eindringend –
auch inwendiges Wesen.

Im Innern der Dinge – Staub.
Holzwurm. Alte Asche.
Mückenlarven. Dünn gebaut.
Unbequem anzufassen.

Staub. Einzig Staub bestrahlt
das eingeschaltete Licht.
Sogar – ist der Gegenstand
hermetisch dicht.

5

Das alte Buffet von innen
wie von außen kommt dran.
Und es will mich erinnern
an die Pariser Notre-Dame.

Im Innern herrscht Nacht.
Nackenband, Bastbesen
wischen den Staub nicht
fort. Das Ding, in der Regel,

mag ihn nicht bekämpfen,
keine Spannung, es ruht.
Denn Staub ist letztendlich
nur Zeit: ihr Fleisch und ihr Blut.

6

Letzthin schlaf ich oft
bei Tag, ringsum hell.
Offenbar will mein Tod
mich erproben und hält

mir, der ich atme,
den Spiegel ganz dicht
vorn Mund – wie ertrage
ich wohl Nichtsein bei Licht.

Ich lieg reglos. Beide
Schenkel wie aus Eis.
Das ädrige Blau da
tuts dem Marmor gleich.

7

Mit der Summe seiner Winkel
überrascht es uns, ohne Tausch –
fällt immerzu das Ding doch
aus unsrer Wortwelt heraus.

Das Ding steht nicht, auch prallt
es nicht hervor. Unsinn schlicht!
Das Ding ist Raum, außerhalb
gibts das Ding nicht.

Das Ding schmeißt man hin,
verbrennt es, schlägt ein Loch,
weidets aus. Wobei das Ding
nie schrein wird: Leckt mich doch!

8

Ein Baum. Schatten. Dann die
Erde, Wurzelheim.
Knorrige Monogramme.
Lehm. Eine Kette aus Stein.

Wurzeln. Ihr Geflecht.
Stein, dessen persönliche Last
befreit und sich schlecht
ins gegebene System einpaßt.

Unverrückbar. Man verdrängt
ihn nicht, er bleibt bis zuletzt.
Schatten. Im Schatten ein Mensch:
wie ein Fisch im Netz.

9

Das Ding. Der braune Ton
des Dings. Konturenlos dort.
Dämmerung. Nichts sonst
mehr. Nature morte.

Der Tod kommt und findet
den Körper dessen Stille genau
die Visite des Todes spiegelt,
als wärs das Kommen einer Frau.

Schädel, Skelett, Sense, Schrei –
absurd, ein Lügenglauben.
»Der Tod kommt nur herein
und er hat deine Augen.«

10

Die Mutter, Christus fragend:
»Bist du mein Sohn oder mein
Gott? Du – so ans Kreuz genagelt.
Wie find ich wieder heim?

Ich tret auf die Schwelle dort,
unschlüssig, ob ichs verstehe:
Bist du mein Sohn oder Gott?
Ob du tot bist oder lebend?«

Bis er ihr zur Antwort gibt:
»Tot oder lebendig sein,
Weib, da ist kein Unterschied.
Sohn oder Gott: ich bin dein.«

1971
(Ralph Dutli)

## Liebe

Ich schreckte heute zweimal aus dem Schlaf
und ging ans Fenster, wo die Straßenlampen
den Halbsatz, der im Traum gefallen war,
mit Pünktchen, Pünktchen, Pünktchen weiterspannen,
um auch nicht einen Funken Trost zu lassen.

Ich träumte von dir, du seist schwanger. Seltsam,
obwohl wir längst nicht mehr zusammen leben,
stand ich doch schuldbewußt, und meine Hände,
die freudig nach dem runden Leib sich streckten,
die angelten in Wahrheit nach dem Hemd

und suchten Licht. Als ich ans Fenster ging,
da wußte ich genau: ich laß dich dort
allein, im Traum, in dieser Finsternis,
wo du geduldig ausharrst, bis ich komm,
mich nicht beschuldigst ob der absichtsvollen

Unterbrechung. Denn was bei Licht zerbricht,
all das geht weiter in der Finsternis.
Dort sind wir Mann und Frau, sind jenes Tier
mit den zwei Rücken, selig, so daß Kinder
als Vorwand bloß für unsre Nacktheit dienen.

In irgendeiner zukünftigen Nacht,
da kommst du wieder zu mir: mager, elend.
Da werde ich den Sohn, die Tochter sehen,
die ohne Namen sind, und ziehe nicht
die Hände fort und greife nicht zum Licht,

wer gäb mir diesmal denn das Recht, euch beide
allein zurückzulassen dort im Reich
der Schatten, wortlos vor dem Wall der Tage,
die sich doch richten nach der Wirklichkeit
und die mich wachend finden, unerreichbar.

11. Februar 1971
(Birgit Veit)

# Redeteil

## Einem Tyrannen

Er war oft hier: noch nicht in Reiterhosen –
im Mantel bloß aus Drap. Brütend, gekrümmt.
Mit dem Arrest der Kneipengäste schoß er
später die Weltkultur zur Hölle – stimmt,
er rächte sich (und allem noch zuvor
an ihr: der *Zeit*) für die Erniedrigungen, faden
Kaffee, die Langeweile, Niederlagen
beim Einundzwanzig wo er oft verlor.

Die Zeit – sie schluckte diese Rache bis zuletzt.
Jetzt sind hier viele Leute, lachen ohne Grund
und Platten dröhnen. Aber ehe man sich setzt
ans Tischchen, schaut man sich doch lieber um.
Überall Kunststoff, Nickel, nichts ist echt;
der Kuchen schmeckt nach Brom und Natron.
Manchmal vor Ladenschluß, nach dem Theater
kommt er hierher inkognito, versteckt.

Doch kommt er rein so stehn sie alle auf.
Die einen gern aus Pflicht die andern bloß vor Glück.
Mit einem Schwung des Handgelenkes schraubt
er rasch die Stimmung hoch noch ganz geschickt.
Er trinkt Kaffee – viel besseren als früher
und beißt im Sessel hockend in ein Hörnchen
so köstlich daß »o ja!« sogar die Toten wiehern
würden wenn sie auferstehen könnten.

Januar 1972
(Ralph Dutli)

## Bobos Begräbnis

1

Bobo ist tot. Die Mütze auf den Kopf.
Wie bloß erklären? Wir sind durch nichts zu trösten.
Die Nadel der Admiralität kann doch
den Schmetterling verkrüppeln höchstens.

Fensterquadrate ringsum, links und rechts
wohin du schaust. Gefragt »was ist geschehen?«
nimm dir als Antwort eine leere Blech-
dose und öffne sie: »So ist das eben.«

Bobo ist tot. Der Mittwoch ist vorbei.
Nirgends ein Platz zum Schlafen auf den Straßen,
ringsum nur Weiß. Einzig der Fluß ist frei
vom Schnee mit seinem Naß dem schwarzen.

2

Bobo ist tot, in diesem Vers liegt Schmerz.
Fensterquadrate, Halbkreise der Bögen.
Ein solcher Frost daß er mich fast zerfetzt,
mit Feuerwaffen! sollten sie mich töten.

Leb wohl Bobo du herrliche Bobo.
Die Träne paßt zum aufgeschnittenen Käse.
Dir nachzufolgen sind wir schwach doch wo
nehmen wir noch die Kraft zum Weiterlesen.

Dein Bild wird sich, das weiß ich klar voraus
bei Hitze und im Frost nur noch vertiefen
und niemals kleiner werden ganz genau
so unvergleichlich wie die Rossi-Perspektive.

3

Bobo ist tot. Dieses Gefühl: geteilt
ganz gern und doch entschlüpft es uns wie Seife.
Heute hab ich von meinem Bett geträumt.
Genau so war es, es war ganz das gleiche.

Reiß ab ein Blatt, das Datum überschreib:
die Null macht auf die Liste der Verluste.
Die Träume ohne Bobo – bloße Wirklichkeit,
die Luft kommt als Quadrat hereingepustet.

Bobo ist tot. Die Lippen auf ganz leicht
macht man und sagt: »Nicht nötig all die Stille.«
Denn nach dem Tod wird Leere herrschen weit
wahrscheinlicher – und schlimmer als die Hölle.

4

Du warst doch alles. Aber tot, verstummt
wirst du meine Bobo für immer-ewig
ein Nichts, viel eher bloß ein Leereklump.
Und das, begreif, ist gar nicht mal so wenig.

Bobo ist tot. Die Sicht des Horizonts
ist für das Aug ein Messer, wie nur leb ich.
Doch dich Bobo wird nicht Zaza, Kiki oder sonst-
wer je ersetzen. Das ist ganz unmöglich.

Donnerstag heute. Diese Leere lapp
ich gläubig, gleich der Hölle – nur viel mieser.
Ein neuer Dante beugt sich übers Blatt
und setzt ins Leere bloß ein Wort wie dieses.

Januar-März 1972
(Ralph Dutli)

## Briefe an einen römischen Freund (aus Martial)

***

Windig heute und die Wellen überpeitscht es.
    Bald ist Herbst und alles ringsum wird sich ändern.
Ja der Wechsel dieser Farben ist viel reizender,
    Postumus, als wechselte die Freundin ihre Kleider.

So ein Mädchen freut dich in bestimmten Grenzen –
    nur nicht weiter als zum Knie, den Ellenbögen.
Schönes außerhalb des Körpers – freudiger glänzt es:
    nicht Umarmung, nicht Verrat sind hier je möglich!

***

Postumus, ich schick dir also diese Bücher.
    Ist das Bett der Hauptstadt weicher? Schläfst du härter?
Was macht Cäsar? Nur Intrigen? Nichts als Kriecher?
    Ja, wahrscheinlich nur Gefräßige, unersättlich.

Hier im Garten und beim Öllämpchen noch wach ich.
    Weder Diener noch Bekannte, keine Freundin neckt mich.
Statt der Starken dieser Welt und statt der Schwachen –
    nur das monotone Sirren der Insekten.

***

Schau hier liegt ein Kaufmann, kam aus Asien: handeln
    konnte der, er war geschickt, doch unauffällig.
Schnell starb er: ein Fieber. Zu Geschäften kam er
    hergesegelt, nicht zum Ausruhn denk ich.

Neben ihm – ein Legionär, in grobem Stein bestattet.
    In den Schlachten schaffte Ruhm er dem Imperium.
Wievielmal *beinah* getötet? Doch er starb als Alter.
    Nicht mal dafür, Postumus, gibt es je Regeln.

***

Postumus, mag sein, das Huhn ist wohl kein Vogel,
    doch mit Hühnerhirnen packst du jeden Kummer.
Wirst du schicksalhaft in ein Imperium geboren,
    besser leb in der Provinz am Meer, der dumpfen.

Fern von Cäsar, fern vom Schneegestöber schlafend.
    Feig sein brauchst du nicht und leckst auch keine Stiefel.
Statthalter, sagst du, sind Diebe, nichts als Raffer?
    Besser als Blutsauger: Diebe sind mir lieber.

***

Diesen Regenguß, Hetäre, wartend überbrücken
    nur mit dir, na gut, doch bitte ohne Schacher:
Liebeslohn verlangen vom bedeckenden Körper
    ist wie Schindeln fordern frech von jenem Dach dort.

Ich sei undicht, sagst du? Und wo ist die Pfütze?
    Nie hab ich je Pfützen, Lachen hinterlassen.
Also find dir irgendeinen Ehemann, schon spritzt er
    dir die Schleier und die Decken naß und nasser.

***

Mehr schon als die Hälfte haben wir verlebt vom Riemen.
    Sagt vor der Taverne mir ein alter Sklave:
»Schauen wir uns um, so sehn wir nichts als nur Ruinen.«
    Sehr barbarisch dieser Blick, doch voller Wahrheit.

In den Bergen war ich. Für den Strauß von Blumen
    such ich einen Krug, das Wasser reinzugießen …
Was macht Libyen, Postumus? so sag – was tun wir
    dort? noch immer nichts als uns bekriegen?

***

Weißt du noch, mein Postumus, Statthalters Schwester?
    Mager war sie, doch die Beine waren fetter.
Hast mit ihr geschlafen ... Neulich wurde sie Priesterin.
    Jetzt verkehrt sie, Postumus, nur noch mit Göttern.

Reise doch hierher, wir trinken Wein und kauen
    Brot oder dann Pflaumen. Neues will ich auch erfahren.
Unterm freien Himmel dort im Garten bau ich
    dir dein Bett. Zeig Sternbilder und nenne ihre Namen.

***

Bald schon, Postumus, wird auch dein Freund, der Verse
    liebt, die alte Schuld der Subtraktion begleichen.
Nimm hervor alles Ersparte unter meinem Kissen,
    viel ists nicht, doch fürs Begräbnis wirds wohl reichen.

Schnapp dir deine rabenschwarze Stute, reite
    zum Hetärenhaus unter den Stadtwallmauern.
Gib ihnen genau den Liebeslohn, den Preis, den
    sie verlangen: sollen sie dafür mich betrauern.

***

Grün des Lorbeers regt sich und gerät ins Zittern.
    Weit geöffnet schon die Tür, das staubige Fenster.
Ein Gewebe, vollgesaugt von Sonne jetzt im Mittag.
    Einsam ist der Stuhl – das Lager leer schon längstens.

Wie der Pontus rauscht hinter dem Zaun von Pinien!
    Dort am Kap ein Schiff, es kämpft, der Wind zerfetzt es.
Die geborstene Sitzbank, darauf sitzt der Ältere Plinius.
    Eine Drossel tschilpt im Haar jener Zypressen.

März 1972
(Ralph Dutli)

## Odysseus an Telemachos

Mein teurer Telemach,
der Krieg um Troja
ist nun vorbei. Ich weiß nicht mehr, wer siegte.
Die Griechen offenbar: so viele Tote
können nur Griechen fern der Heimat lassen.
Indes erwies der Weg, der mich nach Hause
doch führen sollte, sich als allzu lang,
als hätte Gott Poseidon, während wir
dort unsre Zeit verloren, den Raum gedehnt.
Ich weiß auch nicht, wo ich mich hier befinde
noch was dies ist. Eine verdreckte Insel,
dichtes Gestrüpp, Gebäude, Schweinegrunzen,
ein zugewachsner Garten, irgendeine Fürstin,
Gestein und Gras ... Telemachos, mein Sohn!
Die Inseln sind sich alle gleich, wenn man
so lange unterwegs ist, und das Hirn
verwirrt sich mir bereits vom Wellenzählen,
das Auge, durch den Horizont gereizt, muß weinen,
das Wasserfleisch legt sich vor das Gehör.
Ich weiß nicht mehr, wie jener Krieg geendet,
und auch wie alt du jetzt bist, weiß ich nicht.

Werd groß, mein Telemach, werd groß und stark.
Ob wir uns wiedersehen, wissen nur
die Götter. Längst bist du nicht mehr der Säugling,
vor dem ich meine Ochsen zügelte.
Wär Palamedes nicht, wir wärn zusammen.
Doch tat er vielleicht recht: denn ohne mich
sind Ödips Leidenschaften dir erspart,
und deine Träume, Telemach, sind rein.

Februar-März 1972
(Sylvia List)

# Das Jahr 1972

Der Vogel fliegt nicht mehr ins Fensterchen.
Das Mädchen verteidigt wie ein Tier sein Pelzchen.
Rutsch ich auf einem Kirschkern aus so wälzt es
mich ich nicht gleich um: die Reibungskraft
wächst an, schwindet markant die Eile.
Das Herz hüpft wie ein Eichhörnchen durchs Reisig
meiner Rippen. Die Kehle krächzt vom Jahrgang heiser.
Das ist schon was das Alter bleibend schafft.

Das dauernde Altern! Grüß dich, mein Alter!
Das Blut fließt jetzt schon müßiger und matter.
Das schön gebaute Beinpaar, vor mir flatternd
quälte einst mein Auge. Von vornherein
halt ich den fünften meiner Sinne jetzt verschattet,
streif die Latschen ab, umgebe ihn mit Watte.
Den x-beliebigen der rumgeht bloß mit einem Spaten
laß ich jetzt als Objekt ins Auge ein.

Ganz richtig! Den Körper reun die Leidenschaften.
Vergebens sang er, schluchzte daß die Zähne klafften.
Im Mundraum macht die Karies jetzt bis zum Rachen
dem Alten Griechenland schon Konkurrenz.
Schlecht riecht der Atem, die Gelenke knacken,
das Spiegelglas versau ich. Vom Leichenlaken
noch kein Wort. Doch die dich einst hinaustragen
werden – zur Tür herein kommen sie jetzt.

Grüß dich, du gänzlich unbekannter junger
Stamm! Wie ein Insekt, genauso summend
fand die Zeit, die ständig heiße hungrige
an meinem Hinterkopf ihr Zuckerzeug.
In den Gedanken Chaos, Wüste auf dem Scheitel.
Wie die Zarin den Iwan im Turm zu schnüffeln meinte,
wittre ich den Atem schon von Tod und Dunkelseite
mit allen Fasern und drück mich runter in die Streu.

Dauernd Ängste! Gering der Anlaß, groß die Ängste.
Selbst wenn jedes Rad des Zugs schon längstens
an meiner Hose beigedonnert ist, kennt keine Grenze
der ungebremste Vogelflug der Phantasie.
Genau wie der zerstreute Blick des Musterschülers
nicht unterscheidet zwischen Brille und Pusteblümchen
ist kurzsichtig der Schmerz, der Tod unter vielen
Gestalten verstreut wie die Konturen Asiens.

Alles was ich verlieren konnte, ist jetzt verloren
rundweg – weg! Doch alles was ich erst im Rohen
erreichen konnte sitzt schon tief in meinen Poren.
Selbst der Kuckucksruf in der Nacht
rührt mich wenig – mag das Leben verleugnet
oder gerechtfertigt sein für lange, das räudige
Altern ist nur das Anwachsen eines neuen
Hörorgans: für nichts als die Stille gemacht.

Das Altern! Im Körper ist immer mehr Tödliches.
Was das Leben nicht mehr braucht. Möglich daß
von der sturen Stirn ganz verschwindet alles fröhliche
Licht. Und ein schwarzer Scheinwerfer badet
mittags mir randvoll meine Augenhöhlen.
Alle Kräfte, die sich meine Muskeln abgewöhnen!
Ich such mir keinen Querbalken, es zu beschönigen:
peinlich, die Qualen des Herrn auf sich zu laden.

Im übrigen geht es vermutlich um Feigheit.
Um Angst. Um dieses Tuns technische Schwierigkeiten.
Das ist schon der Einfluß künftiger Leichen-Eigenheiten:
jeder Verfall beginnt mit dem Willen
dessen Minimum die Grundlage der Statik ist.
Hab gelernt, was man schon im Kindergarten frißt.
Oj geh weg Freundeschar, wie du mir sympathisch bist!
Laßt mich raus, ich will auf freiem Feld spielen!

Ich war wie alle. Heißt – ich lebte ein ähnliches
Leben. Kam mit Blumen ins Vorzimmer, erwähn ich es:
trank auch. Trieb so manches unterhalb, auch Dämliches.
Nahm was man mir gab. Nein die Seele gierte
nicht nach Nicht-Meinem. Ich hatte den Stützpunkt,
baute meinen Hebel. Dem Raum hab ich früh unnützen
Klang entlockt, blies die Pfeife stehend und sitzend.
Jetzt wo der Vorhang fällt: sagen, wie sehr ich mich irrte?!

Hört, ihr Mannen, famosen Feinde und grandiosen
Freunde, was ich schuf tat ich bestimmt nicht bloß um
des Ruhms willen in der Epoche des Kinos und Radios,
sondern für die Mutter-Sprache, der Sprachkunst wegen.
Für eine bestimmte sorgende Priesterschaft
(zum Doktor: soll ihn selbstheilen seine Wissenschaft)
und weil ich beim Vaterland den Kelch verschlissen hab
steh ich heute in einer unbekannten Gegend.

Windig hier. Feucht und dunkel. Und windig.
Die Mitternacht schleudert Laub und Äste blindlings
aufs Dach. Mit Sicherheit sag ichs, überwind mich:
hier beschließ ich meine Tage, und ganz ohne
Haare, Zähne, Verben und Suffixe –
ich schöpfe mangels Heldenhelm mit der Sportmütze
aus dem Ozean die Welle, damit er fortspritze
und beknabbere Fisch, wenns sein muß rohen.

Das Altern! Die Zeit des Erfolgs. Erkenntnis
der Wahrheit. Ihrer Kehrseite. Des Exils endlich.
Des Schmerzes. Ich hab nichts dagegen, ehrlich,
und nichts dafür. Und wenn ers übertreibt
und mich übermannt, werd ich halt brüllen –
Blödsinn, das Gefühl abzuwürgen. Ich will ihn
vorerst erträglich finden. Glimmt noch etwas still in
mir, so nicht Verstand, nur das Blut das mir bleibt.

Das gegebene Lied ist kein Geheul der Verzweiflung.
Nur die Folge der Verwilderung mein ich nun
genauer – der erste Schrei des Schweigens um
mich her dessen Reich ich mir als die Summe letztens
der Klänge denke, hervorgestoßen vom vormals feuchten,
nun verhärtenden, der toten Natur gleichenden
Kehlkopf, der starr fast ist. Mir leuchtet
ein, auch das ist wohl – zum Besten.

Das ist es, worüber ich hier rede samt den Verben:
daß der Körper zum bloßen nackten Ding werden
muß! Nicht bergwärts, nicht talwärts, in die Leere
schau ich – wodurch sie auch beleuchtet sei.
Es ist zum Besten. Denn Angstgefühle (keine Witze)
sind dem Ding nicht eigen. So daß auch keine Pfützen
von Tränenfluß im Umkreis des Dinges blitzen,
selbst wenn es dem Tod nahe ist – ohne Heuchelei.

Genau wie Theseus aus der Minos-Höhle trete
ich an die Luft, mein Fell fürs erste hinüberrettend
und seh keinen Horizont! Ein Minuszeichen zum gelebten
Leben nur. Schärfer als jede Klinge ist
es (selbst als sein Schwert), und davon abgeschnitten
jetzt der beste Teil. So wird der Wein vom Nüchternen
entfernt, so das Salz getrennt – vom Bitteren.
Man möchte weinen. Nur worum? Bringt ja nichts.

Schlag die Trommel, verkünde dein Vertrauen
in die Schere, in der das Schicksal der Materie verstaut
ist. Nur durch das Ausmaß des Verlusts und trauernd
ist der Sterbliche – Gott gleichgeraten.
(Dieses Urteil verdient ein blankes Häkchen
wenn du bedenkst: das erste nackte Pärchen.)
Schlag die Trommel, solang du die Schlegel schwerlich
hältst und marschier im Schritt mit deinem Schatten!

18. Dezember 1972
(Ralph Dutli)

# Torso

Und wenn du dann einen steinharten Rasen betrittst,
der wie Marmor an der Sonne glüht und blitzt,
oder wenn du einen Faun mit seiner Nymphe triffst,
beide in Bronze (und sie sagen: »Uns fehlt es an nichts!«) –
so bist du endlich da, mein Freund, daheim:
das *Imperium* ist dein.

Najaden, Faune, Löwen, Feuer, Wasser, Luft
– ob Naturgeschöpf oder Kopfgeburt:
alles ist gottgewollt, doch uns übersteigt's;
also halten wir es fest – in Metall, in Stein.
Dem Weg ziehn wir den Spiegel vor; die Welt
ist am Ende, zerfällt.

Stell dich in eine freie Nische und schau
(ein Lidaufschlag genügt), wie die Zeit verrauscht,
wie das Moos sich in die Leistengegend verkriecht
und wie dicht der Staub auf den Schultern liegt.
Da! – jemand schlägt zu: Arm ab, und auch der Kopf
rollt schon, getroffen vom Stock.

Bleibt ein Torso, ein namenloses Muskelpaket.
Tausend Jahre danach: eine Maus – schon abgelebt,
mit stumpfen Krallen – hat es endlich geschafft,
aus jener Nische zu fliehn und stracks ins Gras
jenseits der Straße zu gelangen; sie kehrt nie
wieder zurück ins Revier.

1972
(Felix Philipp Ingold)

# Lagune

I

Drei alte Frauchen mit Strickzeug in tiefen Sesseln
debattieren in der Halle über die Leiden Christi;
die Pension »Accademia« segelt verpaart
mit dem Weltall Richtung Weihnacht zum Gedröhne
des Fernsehers; unterm Arm das Hauptbuch dreht der
Mann vom Empfang das Steuerrad.

II

Über die Gangway steigt an Bord, auf sein Zimmer tastend
der Gast, eine Flasche Grappa in seiner Tasche,
ein völliger Niemand, ein Mensch im Regenmantel,
der Erinnerung, Vaterland und den Sohn zurückließ;
seinen Rücken vermißt (aus Espenholz) ein dicker Knüppel,
wenn überhaupt wer! den vom Leben Verbannten.

III

Venedigs Kirchen bimmeln wie hellklingende
Teeservice aus dem Kästchen hervor als zufällige
Lebenszeichen. Der bronzene Krake
des Lüsters leckt im von Entengrün überzogenen
Spiegel die Werkbank, das von Tränen, Liebkosungen
und schmutzigen Träumen feuchte Laken.

IV

Nachts läßt die Adria per Ostwind den Canal Grande
bis obenhin vollaufen wie eine Badewanne
    und wiegt die Gondeln; kein Ochse bläst
die Nüstern auf am Kopfende, Fische bloß ragen
in die Nacht und ein Seestern mischelt am Rolladen
    mit seinen Strahlen solange du schläfst.

V

So also werden wir leben, begießen mit dem toten
Wasser und Glas der Karaffe das nasse Lodern
    der Grappa-Glut, zerteilen die Brachse
statt der Weihnachtsgans, daß uns sättigend tröste
Dein aus dem Wasser stammender Vorfahr, Erlöser,
    in dieser Nacht, der winterkalt-nassen.

VI

Eine Weihnacht ohne Schnee, Tanne und Engel
an diesem Meer, dem von der Karte beengten;
    ihre Weichtier-Schale zur Tiefe sinken läßt,
ihr Gesicht verbergend, doch gern ihren Rücken
zeigend: die Zeit, sie steigt aus den Wellen, verrückt den
    Zeiger am Turm – den einen jetzt.

VII

Versinkende Stadt wo die feste Vernunft
sich auflöst in feuchte Augen und besten Sumpf,
    wo der südliche Bruder der nördlichen Sphinx,
der geflügelte Löwe, beim Lesen und Denken
das Buch nicht zuklappt und schreit: Los, kämpfe!
    sondern glücklich im Geplätscher der Spiegel versinkt.

## VIII

Eine Gondel schlägt gegen die morschen Pfähle.
Der Laut verneint sich selber, die Worte fehlen
und das Gehör. Vor jener finsteren Macht
wo die Arme sich emporrecken wie Nadelwälder
vor einem kleinen, verschlagenen Dämon
daß der Speichel im Mund zu Eis erstarrt.

## IX

Kreuzen wir also mit der linken, samt eingeparkten
Krallen in der Armbeuge, die rechte Pranke;
so ergibt sich eine Geste ähnlich fast
wie Hammer und Sichel. Wie bei Gogol
ein Teufel der Hexe – zeigen wir sie tapfer der Epoche
die jedem Albtraum gleicht der zu ihr paßt.

## X

Der Körper im Regenmantel bewegt sich schon oft nun
in Sphären wo Sophia, Glaube, Hoffnung
und Liebe ohne Zukunft sind und schlicht
die Gegenwart von immer ist, wie bitter die Küsse
auch schmecken von Ebré und Gojimsmiezen
und der Stadt wo keinerlei Spur der Schritt

## XI

hinterläßt – wie der Kahn auf all den Wasser-
flächen, und dahinter jeder Raum gefaßt in
Ziffern Richtung Nullpunkt blickt
und keine tiefen Spuren läßt auf Plätzen
die breit sind wie ein »Lebwohl« und in engsten
Gassen schmal wie ein »Ich liebe dich«.

XII

Turmspitzen, Säulen, Schnitzereien, modellierte
Bögen, Brücken und Paläste; schau doch lieber
hinauf und das Lächeln des Löwen fällt
ins Auge auf dem vom Wind wie einem Kleid umpackten
Turm, unerschüttert wie ein Halm fern-vom-Acker,
umgürtet von der Zeit statt von Gebrüll umgellt.

XIII

Nacht über San Marco. Ein Passant mit zerknittertem
Gesicht vergleichbar in diesem Dunkel mit dem
vom namenlosen Finger gestreiften Ring kaut
an den Nägeln und schaut umfangen von der Stille
in jenes »Nirgendwohin« wo der Gedanke vielleicht
verweilen kann, die Pupille – kaum.

XIV

Dort im Nirgendwo, hinter seinen Grenzen –
den schwarzen, farblosen, möglich auch weißen –
liegt irgendein Ding, ein Gegenstand.
Vielleicht ein Körper. In dieser Epoche der Reibung
ist Lichtgeschwindigkeit Blickgeschwindigkeit weitum
auch dann wenn das Licht verschwand.

1973
(Ralph Dutli)

## Redeteil

***

Aus nirgendwo in Liebe, am zigsten Märzember,
teurer, hochgeehrter Schatz, doch ganz egal
an wen, denn dein Gesicht ist längst ver-
gessen, ich gesteh's, es grüßt Sie also diesmal
nicht Ihr Treuer, sondern niemands Freund von einem
der fünf Kontinente, der auf Cowboyrücken ruht;
Dich liebt' ich mehr als alle Engel und den Einen,
bist mir deshalb ferner als die andern; ungut
in später Nacht, tief unten im schlaftrunknen Tal,
in einem bis zu den Türklinken eingeschneiten Ort,
mich im Bettzeug windend wie ein Aal –
für nichts und wieder nichts – schrei ich in einem fort
»du-du« ins Kissen, daß es über Meere hallt,
wobei ich ohne Rast und Ruhe,
einem irren Spiegel gleich, deine Gestalt
mit meinem Körper nachzuahmen suche.

***

Glas bleibt im Norden intakt, Metall geht verschütt.
Larynx übt die Worte ein: »Mach auf!«
Mir hat die Kälte den Stift in die Hand gedrückt
– so erglühen die Finger in meiner Faust.

Fröstelnd sehe ich zu, wie im Horizont
langsam die Sonne versinkt; kein Mensch in Sicht.
Unterm Absatz splittert das Eis; ganz umsonst
bäumt sich die Erde auf – die Schicht ist zu dick.

In meinem Rachen, der bald der Sprache dient,
bald dem Lachen, dem Tee und dem Alkohol,
hallt immer klarer der Schneefall nach und nimmt
schwer überhand – wie auf der Sedòw das »Leb wohl!«

***

Ich erkenne den Wind, der das Gras überrollt
wie vor Zeiten ein rohes Mongolenvolk.
Ich erkenne das Blatt, das blutrot im Kot
liegt, dem gefallenen Fürsten vergleichbar, der tot
hinsank am Wegrand. Ein Pfeilgewitter schleißt
schiefe Hütten im fremden Land. Und meist
erfährt der Herbst von den Tränen nur dann, wenn er sie
auf seiner eigenen Wange wahrnimmt: dort – im Spie-
gel der Fensterscheiben. Hefte ich den Blick
fest an die Zimmerdecke, so fällt das Glück
jenes Sieges mit deinem kasachischen Namen ineins,
den ich als Kennwort der Horde längst auswendig weiß.

***

In der Ecke ist es warm. Ein Augenschein.
Der Blick prägt sich den Dingen ein.
Das Wasser wirkt hier klar wie Glas.
Der Mensch ist schlimmer als sein Aas.

Im Nirgendwo; ein Winterabend, weingetränkt.
Die Veranda wird vom Weidgestrüpp bedrängt.
Auf den Ellenbogen ist der Körper abgestützt
gleich der Moräne, die vorm Gletscher sitzt.

Nach tausend Jahren wird man in der Vorhang-
falte noch ein Weichtier finden, in der Stoffbahn
jenen Abdruck eines Munds, der, als er eben »gute
Nacht« zu sagen suchte, plötzlich einhielt, ruhte.

***

Ich bin im baltischen Sumpfland geboren, bin groß geworden
dort, wo die zinkgrauen Wogen stets zu zweit anrollten
– Quelle all meiner Reime. Und Quelle der kläglichen Stimme,
die wie ein feuchtes Härchen sich kringelte zwischen ihnen;
falls überhaupt. Den Kopf auf die Elle gestützt, die Ohren-
muschel in der Hand, vernimmt man nicht das Rumoren
des Meers, sondern bloß ein Knirschen, ein Knacken von Läden
und Schreinen,
den zischenden Teetopf – wenn's hochkommt, hört man Möwenschreie.
In diesen Ebenen, wo freie Sicht herrscht und keiner
sich verkriechen kann, bleiben die Herzen offener, reiner.
Bloß für den Ton ist der Raum stets ein Hemmnis. Dem Auge reicht ein
Blick: ob das Echo zurückkommt – ihm kann es gleich sein.

***

Was die Sterne angeht – die sind niemals alle.
Denn hinter jedem Stern steht noch ein Stern.
Nur so kann man bis hierher sehn von fern;
des Abends spät, ein Flimmern durch die Himmelshalle.
Das Firmament sieht ohne sie viel besser aus.
Anderseits erleichtern sie entschieden die Eroberung
des Alls. Dann jedenfalls, wenn man zu Haus
verharrt, im Sessel mit der weichen Federung.
Sagte doch ein Astronaut, der sein Gesicht
halbwegs im Schatten hielt, es gebe Leben
letztlich nirgends, und so lohne es denn nicht,
den Blick auch nur zu ihrereinem zu erheben.

***

In dem Städtchen, von dem aus einstmals der Tod über sämtliche Karten
sich verbreitete, glänzt jetzt das Straßenpflaster wie ein Karpfen;
der Kastanienbaum läßt erneut seine Stinkkerzen schwellen,
und der eherne Löwe hungert nach feurigen Phrasen. Die hellen,
längst verwaschenen Gardinen sind von den Kirchturmspitzen
vielfach durchlöchert – man sieht die winzigen Wunden und Ritzen;
in der Ferne, dumpf ratternd, eine Straßenbahn, wie vor Zeiten,
doch steigt dort beim Stadion keiner mehr aus. Mancherlei Dinge zeigen
das einzig wahre Kriegsende an: das Kleid der Blondine
auf dem schlanken Wiener Stuhl; die glitzernde Maschine,
die, an Geschwindigkeit einem Geschoß gleich, das Leben tonnen-
weise nach Süden verfrachtet – Jahrestribut an die Julisonne.

(München)

***

Du hast jenes Dörfchen vergessen, das hinter den Wäldern
in sumpfiger Wildnis liegt, wo Gärten und Felder
auf Vogelscheuchen schon gar nicht angewiesen
sind – allzu spärlich sind dort Früchte und Gemüse.
Die alte Nastassja? Gewiß längst gestorben. Und Nachbar
Pesterew wohl ebenfalls – oder hockt er, verachtet,
im Keller und säuft? Vielleicht aber zimmert er aus unsrer Bettstatt
ein Gatter? Ob so oder anders – ganz klar, daß er recht hat.
Und winters spaltet man Scheite zum Heizen, man lebt nur von Rüben;
der Nordstern blinzelt, wenn ihm die Fröste das Auge trüben.
Und am Fenster winkt keine Braut – nichts als Staub ist geblieben:
die mausgraue Leere am Ort unsrer einstigen Liebe.

***

Noch immer bleibt die Möglichkeit, hinaus-
zutreten auf die Straße, deren braune Länge
deinen Blick besänftigt mit Portalen, mit der Strenge
kahler Bäume, mit blitzenden Pfützen und Ein und Aus.
Ein Lüftchen sträubt mir auf dem Glatzkopf eine Strähne,
und die Straße läuft zu einem V aus in der Ferne,
wie ein Gesicht vom Scheitel bis zum Kinn, ein Hunde-
tier dreht bellend – wie ein Papierball im Wind – seine Runde.
Ein Straßenzug. Die einen Häuser sind wohl besser
als die andern – die Auswahl in den Fenstern größer.
Besser nur schon deshalb, weil sie dich nicht hindern,
den Verstand da draußen zu verlieren statt dort drinnen.

***

... und beim Wort »Zukunft« schießen Mäuse
scharenweise aus der Sprache Russisch und benagen
ein Stück Reibgedächtnis, das wie echter Käse
durch und durch gelöchert ist. Zu fragen,
wer oder was dort in der Fensterecke hinterm
Vorhang steht, erübrigt sich nach soviel Wintern,
und im Hirn schwingt nicht ein unirdisches »bis ... hin ...«,
vielmehr – sein Knistern. Das Leben, dem man – immerhin
ist's ein Geschenk – nicht gleich ins Maul schaut,
fletscht allüberall die Hauer und gibt Laut.
Vom Ganzen des Menschen bleibt – als Teil –
bloß Sprache übrig. Er als Sprachanteil. Als Redeteil.

1975–1976
(Felix Philipp Ingold)

# Wiegenlied von Cape Cod

## I

Das östliche Ende des Imperiums taucht in die Nacht. Zikaden
verstummen über den Rasenplätzen. Die klassischen Zitate
unlesbar auf den Giebelfronten. Teilnahmslos schwarz
der Turm samt Kreuz, wie die auf dem Tisch vergessene Flasche.
Aus dem Streifenwagen der im Ödland glänzend dasteht
klirren die Tasten von Ray Charles.

Aus dem Innern des Ozeans hervor kriecht,
sich im nassen Sand vergrabend
eine Krabbe inmitten von Schaumgespinst und Seifenblasen,
um auszukühlen. Sie schläft ein. Die Uhr auf dem Ziegel-
turm klappert mit ihren Scheren. Übers Gesicht rinnt der Schweiß.
Die Laternen am Ende der Straße wie die Knöpfe am weit
offenen Hemd, über der Brust sich auseinanderschiebend.

Schwüle. Eine Ampel flackert, macht das Auge zum Transport-
gefährt das zum Nachttisch mit dem Whisky eilt. Das Herz stockt
eine Weile und schlägt dann doch: das Blut
kehrt zur Kreuzung zurück, nach der Irrfahrt durch die Arterien.
Der Körper gleicht einer aufgerollten Straßenkarte in deren
Norden man die Braue hebt wie Verblüffte es tun.

Seltsam zu denken: du hast überlebt, doch ist es nun so. Staub so
dicht bedeckt die quadratischen Dinge. Ein vorbeirasendes Auto
verlängert den Raum um die Ecke als Rache an Euklid.
Die Dunkelheit entschuldigt das Fehlen von Stimmen, Gesichtern
und so fort, verwandelt sie nicht so sehr in welche die flüchten
als in solche die man plötzlich nicht mehr sieht.

Schwüle. Kräftiges Rascheln sich verhaspelnder Blätter treibt
noch heftiger aus den Poren den lästigen Schweiß.
Was als Punkt im Dunkel erscheint, kann nur eins sein –
ein Stern, der blinzelt.

Auf einem leeren Basketballfeld bettet ein Vogel sein Ei
statt ins verlorene Nest in diesen Ring hinein.
Es riecht nach Reseda und Minze.

II

Wie ein allgewaltiger Schah seiner zahllosen Schar
von Frauen untreu wird: mit einem Harem von andern,
so wechselte ich das Imperium. Der Vorgang war
klar nur davon diktiert daß es nach Verbranntem
roch von allen vier Seiten – schlag das Kreuz überm Bauch;
sogar von allen fünfen: so siehts das Rabenaug.

Ich blies als dein Fakir in meine hohle Flöte und eilte
durchs Janitscharen-Kommando im grünen staatlichen
Zeug, fühlte ihre bösen Klingen kalt an den Eiern
wie beim Eintritt ins Wasser. Und mit dem salzigen
Geschmack dieses Wassers im Mund
überschritt ich die bekannte Linie und

schwebte durch Hammelfleischwolken. Unten
wanden sich Flüsse, staubige Wege, gelb schimmerten Scheunen.
Wie lange Zeilen eines noch nicht geschlossenen Buches
standen, den Tau zertretend, einander beäugend
Armeen, ganz vertieft in ihre Spiele,
und wie schwarzer Kaviar schienen

die Städte. Danach war dicke Finsternis.
Alles erlosch. Die Turbine brummte, wild schmerzte der Schädel.
Und der Raum wich zurück wie ein Krebs und ließ
die Zeit jetzt voraus. Auch die Zeit wählte
als Richtung den Westen, ging zu sich heim
und bekleckste ihr Kleid mit der Dunkelheit.

Ich schlief ein. Als ich dann meine Augen
auftat war der Norden wo beim Bienchen der Stachel
sitzt. Und ich sah neue Himmel blauen
und eine gleiche Erde. Sie lag wie alle flachen
Sachen es von Geburt an immer tun:
nackt und staubig um und um.

III

Einsamkeit lehrt die Essenz der Dinge, denn deren Wesen ist auch
nur Einsamkeit. Die Haut auf dem Rücken ist dankbar der Lederhaut
auf der Sessellehne für das Gefühl der Kühle. Die Finger
in der Ferne auf der Armlehne werden hölzern. Eichener Glanz
bedeckt die Knöchelchen der Gelenke. Das Hirn scheint zu springen
und schlägt an den Rand wie der Eiswürfel im Glas.

Schwüle. Auf den Stufen des geschlossenen Billards blitzt
einer aus dem Dunkel auf mit bejahrtem Schwarzengesicht
indem er ein Streichholz anreißt. Die weißzahnige Kolonnade
des Kreisgerichts, zum Boulevard hin gebleckt
versinkt abwartend, von Autoscheinwerfern beleckt
nur durch Zufall, im üppigen Laub. Und für alle

sichtbar flammt im Dunkeln wie auf Belsazars Fest
der Schriftzug »Coca-Cola«. Im zugewachsenen Kurpark setzt
eine Fontäne ihr Plätschern fort. Manchmal eine flaue Brise;
unfähig den Ruten eine simple Roulade zu entlocken
raschelt sie mit einer Zeitung am Gußgitter, doch kein
Zweifel – aus Rückenteilen hergestellt ist es

von alten Bettgestellen. Schwüle. Gestützt auf sein Gewehr
wird der unbekannte Unionssoldat jetzt einmal mehr
zum Unbekannten. Ein Trawler reibt sich mit der rostigen
Nasenwurzel am Beton der Landestelle. Summt nicht da
ein Ventilator? Er packt die heiße Luft der USA
mit seinen metallischen Kiemen bevor er sie losläßt.

Wie eine Zahl im Kopf, seine Spur hinterlassend im Sand,
stapelt sich der Ozean im Dunkeln, jahrmillionenlang
wiegt sein totes Kräuseln einen Span. Und wenn du rasch
vom Landungssteg zur Seite trittst, wirst du da draußen
lange fliegen, die Hände an den Nähten; darauf dann
folgt nie ein Aufprall noch, ein Klatsch!

IV

Der Wechsel des Imperiums ist verknüpft mit Wortgedröhn,
der Absonderung von Speichel als Resultat des Redens,
mit der Lobatschewskijschen Summe fremder Winkel, dem
allmählichen Anwachsen der Chancen der Begegnung
paralleler Linien (wie sie es so
gewöhnlich unten-oben tun: am Pol),

der Wechsel also ist verbunden mit gespaltenem Holz,
mit der Verwandlung der knittrigen feuchten Innenseite
des Lebens in eine trockene Kleiderhülle (bei Frost
aus Tweed, bei Hitze leicht aus Nanking-Leinen),
mit der Verhärtung des Gehirns
gleichsam zu einer Nuß. Von allen in-

neren Organen behält nur das Auge seine kühle
gallertige Art. Denn der Wechsel des Imperiums
ist verbunden mit dem Blick nach dort drüben
übers Meer (denn in jedem von uns schlum-
mert doch ein Fisch), mit dem Faktum daß dein Scheitel
wie beim Blick in den Spiegel von der rechten Seite

auf die linke gewandert ist ... Mit krankem Zahnfleisch
und Sodbrennen von der ungewohnten Nahrung.
Mit jenem immer stärkeren Mattweiß
in den Gedanken – als Spiegelbild gepaart mit
dem glatten Schreibpapier. Und hier will gern
die Feder gleich erzählen von der Ähn-

lichkeit. Denn du hast in deinen Händen
die gleiche Feder wie zuvor. In Wäldchen kommen
die gleichen Pflanzen vor. In den Wolken hängt ein
gleicher brummender Bomber
der fliegt um zu bombardieren – man weiß nicht was.
Der Durst ist stark wie der Griff zum Glas.

V

Die Städtchen New Englands wie gerade der Brandung
entstiegen, den ganzen Küstenstreifen entlang und
glänzend mit dem scheckigen Schuppenkleid der
Ziegel und Schindeln; die dunklen Häuser stehn
wie schlafende Fischschwärme im Netz des Kontinents
den der Hering und der Kabeljau entdeckten. Leider

hat weder der eine noch der andere hier stolze Statuen,
obwohl es einfacher wäre – schlicht schon beim Datum.
Was die örtliche Flagge betrifft, so ist sie auch nicht
mit ihnen geschmückt so daß sie,
wie Sullivan sagen würde, fast wie
in die Wolken geschleuderte Türme aussieht.

Schwüle. Ein Mensch auf der Veranda mit einem Handtuch
um den Hals. Ein Falter im unvorteilhaften Nachtflug
schlägt gegen das eiserne Netz, prallt ab wie eine Kugel
von der Natur aus einem unsichtbaren Hinterhalt
auf sich selbst abgeschossen, um ein von hundertmal
ins Ziel zu treffen Mitte Juli.

Weil die Uhren weiterlaufen ohne Unterbrechung klingt
der Schmerz ab mit den Jahren. Falls es überhaupt stimmt
daß die Zeit Panazee spielt, so einzig weil sie keine Eile
verträgt, als eine Form der Schlaflosigkeit: früh oder spät
enthalten die Träume in der hiesigen die miese Realität
der andern Hemisphäre, von der rückwärtigen Seite.

Schwüle. Reglosigkeit riesiger Gewächse, ein fernes Gebell.
Der Kopf, leicht ins Schwanken geraten, hält
mit Mühe die an den Gedächtnisrand geglittenen
Telefonnummern, Gesichter fest. In heutigen Tragödien paßt
als Vorhang ein Regenmantel, nicht der stolze Held kratzt
ab, es kracht längs der Nähte die verschlissene Kulisse.

VI

Weil es zu spät ist noch »Lebwohl« zu stammeln
oder »winke-winke« und was anderes als Antwort zu hören
als das Echo das klingt wie »Trinkgeld« an den
Raum und die Zeit gerichtet, diese scheinbare Größe
die alles in die dritte Potenz hochschiebt
was immer von den Lippen fliegt

schreibe ich diese Zeilen und versuche mit der Hand
die sie auf die Papierfläche trägt fast blindlings,
eine Sekunde schneller zu sein als das »Wozu aber dann?«
das sich von den obengenannten Lippen
reißen will jederzeit und ab durch die Nacht,
größer werdend, gröber gesagt.

Ich schreibe aus einem Imperium dessen Rand
unters Wasser abtaucht. Ich entnahm eine Probe aus
zwei Ozeanen und Kontinenten und fühle jetzt ganz
oder halbwegs dasselbe wie der Globus.
Heißt: weiter gehts nicht mehr. Weiter gibts
nur eine Reihe von Sternen. Ihr weniges Licht.

Besser mit dem Teleskop dorthin zu blicken wo
auf der Kehrseite des Blattes die Schneckenspur trocknet.
Wenn ich »Unendlichkeit« sagte so meinte ich doch
immer die Kunst ohne Rest einen Liter Wodka
durch drei zu teilen bei Sternenlicht,
und den Überfluß an Distanzen – besser nicht.

Nacht. Im Parvenü-Parthenon schreits heiser »kuck-uck«.
Legionen schlafen, an Kohorten gelehnt wie die letzten
Foren an die Zirkusse. Der Mond oben guckt
wie ein verlorener Ball über menschenleeren Tennisplätzen.
Das kahle Parkett – ein Traum der Dame im Schach.
Ohne Möbel kein Leben, stehst du ganz nackt.

VII

Nur der von Spinnweben zugewebte Winkel hat das Recht
rechter Winkel zu heißen. Nur wenn er »Bravo« hört reckt
sich der Akteur vom Boden auf. Nur wenn er eine Stütze
findet, hebelt ein Körper aus den Angeln das All.
Nur jener Körper bewegt sich dessen Beine halt
lotrecht zum Boden sich zu erheben wissen.

Schwüle. Im trüben Amphitheater des zinkenen Ausgusses
das Gedränge der Kakerlaken vorm farblosen Aas eines
vertrockneten Schwämmchens. Beim Drehen der Krone
stürzt der Kupferhahn gleich einer Cäsarenstirne
seine nichts und niemanden verschonende irre
Wassersäule auf sie als unerbittliche Kolonne.

Die Bläschen an der Wand des Glases sind wie die Tränen
des Käses. Auch ein durchsichtiges Ding hat zweifellos einen
Drang nach unten, genau wie die dichte träge Masse.
Selbst mit neun-einundachtzig pro Sek. bricht der Fall
sich genau wie der andere aus Licht, wie der Strahl
im menschlichen Fleisch, das Rasen lassend.

Nur ein Haufen weißer Teller auf dem Herd ist
wie die eingestürzte Pagode im Profil. Gewürdigt
vom Raum werden nur Dinge deren Züge wie Rosen
wiederholbar sind. Siehst du eine davon, dann am ehesten
gleich zwei: Insekten kriechen, Libellen, Bienen, Wespen
summen im Kraut, im scharlachroten.

Schwüle. Selbst der Schatten an der Wand, wenn er schwach auch ist,
wiederholt die Bewegung der Hand die den Schweiß wegwischt
von der Stirn. Der Geruch des alten Körpers ist schärfer
als seine Umrisse. Die Nüchternheit des Denkens verringert
sich. Das Mark im Suppenknochen schmilzt. Und niemand
da, ihn mit einem scharfen Blick zu strafen.

## VIII

Bewahre dir für eine kältere Periode
diese Worte, für die unruhigen Zeiten!
Der Mensch überlebt wie der Fisch auf dem Sand: oder
er kriecht weg in die Büsche, steht auf krummen Beinen
und läuft davon wie von der Feder – der Vers,
ins Innere des Kontinents.

Geflügelte Löwen, Sphingen mit Brüsten. Plus
Engel im weißen Kleid und Meeresnymphen.
Für den, den die Last des Dunkels drücken muß,
(soll ichs sagen) des Kummers, der Hitze, der Sümpfe,
sind sie weit lieber als alle hinkullernden
Worte, ihre konfusen auseinanderlaufenden Nullen.

Sogar jener Raum wo man nicht sitzen kann –
etwa ein Stern im Äther, verfällt in Altersschwäche.
Doch solang es noch Schuhwerk gibt langts
wenn du stehen kannst, eine Oberfläche,
Festland. Und es lauscht dessen Sand
dem Kabeljau, seinem stillen Gesang:

»Zeit ist größer als Raum. Der Raum ist – das Ding allein.
Die Zeit aber ist ihrem Wesen nach Gedanke
an das Ding. Leben – eine Zeitform. Karpfen und Blei
sind ihre Verdichtung. Auch das konsistentere andere
Erzeugnis – ein Gerinnsel. Ebenso die Flut
und das Festland. Inklusive: der Tod.«

Manchmal entsteht in jenem Chaos, dem Schuttabladeplatz
der Tage, ein Laut, ein Wort dringt aus dem Innern.
Mal das Wort »lieben«, mal nur »he!«, noch kein Satz.
Solang ichs kapieren kann, wird durch das Flimmern
blinder Streifen noch immer alles anders als es war,
genau wie von ihm: von deinem Haar.

## IX

Der Mensch denkt ans eigene Leben wie die Nacht an
die Lampe. Der Gedanke verläßt augenblicklich den Rahmen
einer der zwei Gehirnhemisphären
und kriecht wie die Bettdecke weg, läßt nackt
weiß was zurück, etwa den Ellenbogen; die Nacht
ist unzweifelhaft raumfassend sperrig,

doch nicht so unendlich, um beide zu umfassen.
Das Afrika des Gehirns, sein Europa, dann sein Asien
und nach und nach auch die andern Tropfen
im bewohnten Meer drehn sich daß die Achse knarrt
allmählich mit ihrer zerknitterten Wange hart
zum elektrischen Reiher hin, ein Licht sich erhoffend.

Horch & schau: Aladin sagt »Sesam« vor dem goldenen Haufen,
Cäsar streift durchs schlafende Forum, nach Brutus rufend,
die Nachtigall singt von Liebe dem Bogdychan; und ruhig
schaukelt die Jungfer die Wiege im Lichtkreis; ein Papua stampft
völlig ohne Fummel mit dem Fuß auf dem Sand
den Takt eines Boogie-Woogie.

Schwüle. Schlaftrunken mit fröstelndem Knie ins Dunkel
stoßend kapierst du plötzlich im Bett das Wesen des Ehebundes:
dreimalneun Erden plus nochwas entfernt wälzt sich ein Körper
zur Seite mit dem dich nun schon seit ewig-lang
nur etwas verbindet: der Grund des Ozeans
und die alte Gewohnheit öfterer

Nacktheit; aber beileibe nicht – das Aufstehn zu zweit.
Denn wenn es dort hell ist herrscht weit und breit
Dunkel in deiner Erdhälfte. Also reicht ein Lichtgestirn
nicht aus für zwei Körper die das Mittelmaß eint.
Heißt: der Globus ist wie-Gott-will zusammengeleimt.
Und es reicht nicht aus, kommt wirklich nicht hin.

X

Senk ich die Lider, so seh ich den Rand
des Gewebes und den Ellenbogen im Biegungsmoment.
Die Gegend wo ich mich befinde ist ein paradiesisches Land,
denn das Paradies ist ein Ort der Impotenz,
es ist eine von jenen Planetenwel-
ten wo die Perspektive fehlt.

Berühr mit deinem Finger die Federspitze,
die Ecke des Tisches: du wirst sehen wie's
weh tut, wie Schmerz entsteht. Und sticht es,
das Ding, so ist es im gegenständlichen Paradies;
das Paradies zu Lebzeiten ist erreichbar nur wenn
du das Ding nicht verlängerst und zuspitzt zudem.

Der Ort wo ich mich befinde ist ein Pik
wie von einem Berg. Weiter – nur Luft, Chronos.
Bewahre dieses Wort; denn das Paradies ist schlicht
– Sackgasse. Ein Kap das ins Meer ragt. Ein Konus.
Die Nase eines eisernen Schiffs.
Kein Grund zu schreien: »Land in Sicht!«

Man kann lediglich sagen wie spät es ist.
Hat mans gesagt, bleibt einem, der Bewegung des Zeigers
zu folgen. Und das Auge versinkt klanglos im Gesicht
des Tellers, denn um die Behaglichkeit des
Paradieses nicht zu stören schweigen die
Uhren hier und schlagen nie.

Das was es nicht gibt multipliziere mal zwei:
als Summe erhältst du die Idee dieses Ortes letztlich.
Im übrigen, weil es nun einmal Worte sind, mei-
nen Ziffern hier nicht mehr als nur eine Geste
die schmilzt in der Luft ohne Spur und Schweif,
als wärs ein Würfelchen Eis.

## XI

Von den großen Dingen bleiben die Wörter der Sprache,
die Freiheit im Umriß der Bäume, zähe Ziffern der Jahre;
sowie ein Körper im Blick des Ozeans – mit Papierhut.
Wie ein guter Spiegel steht der Körper im Dun-
keln: auf seinem Gesicht, in seinem Geist nun
ist nichts außer einem Kräuseln, es flirrt nur.

Bestehend aus Liebe, Schmutzwörtern, Todesangst, Asche letztlich,
zerbrechliche Knochen befühlend, die Leisten verletzlich,
dient der Körper im Blick des Ozeans nur als den Samen
versiebende Vorhaut des Raumes: mit Tränen das Jochbein
versilbernd ist der Mensch letztlich doch ein
Ende seiner selbst – in die *Zeit* hineinragend.

Das östliche Ende des Imperiums taucht in die Nacht bis zum
Hals. Ein Ohrmuschelpaar lauscht der Mundschnecke wie um
seine eigene Stimme zu hören. Das erneuert
bestimmt die Stimmbänder doch bringt es den Blick
zum Verlöschen. Denn in der reinen Zeit gibt es nichts,
keine Hindernisse die ein Echo erzeugen.

Schwüle. Erst wenn man sich nach dem Seufzer auf den Rücken
dreht kann man seine magere Rede nach oben schicken
in Richtung der altherkömmlich stummen Gebiete.
Bloß der Gedanke an dich selber und das große Land
wirft dich in der Nacht von Wand zu Wand
in der Art des Wiegenliedes.

Schlaf ruhig deshalb. Schlaf. In diesem Sinne – schlaf wie nie.
Schlaf wie nur die schlafen, die es geliefert haben, ihr Pee-Pee.
Die Länder vermischen die Karten, die fremden Breitengrade.
Und frag nicht wenn die Tür knarrt
»wer ist da?« – und glaub keinem die Ant-
wort, irgendeinen Namen.

## XII

Die Tür knarrt. Auf der Schwelle steht ein Kabeljau.
Er will zu trinken, natürlich, bitte sehr & Gott empfohlen.
Du läßt den Passanten nicht fort ohne und malst ihm auch
den Weg den er gehn muß. Der Weg ist voller
Windungen. Der Fisch geht in die Ferne weg.
Doch ein andrer, aufs Haar wie der erste, schlägt

mit der Spitze seines Mauls gegen die Türe hart.
(Unter uns sind zwei Fische – wie zwei Gläser.)
Und nachtlang der Schwarm ihrer Gegenwart.
Doch der am Ozean Lebende versteht es
zu schlafen indem er ihn dämpft, in den Ohren erstickt
den gleichmäßigen Kabeljau-Schritt.

Schlaf schon. Die Erde ist nicht rund. Sie ist
einfach lang: Hügelchen und Niederungen.
Und länger als die Erde – der Ozean: die Welle fließt
von Zeit zu Zeit wie Falten auf eine Stirn um den
Sand. Doch länger als die Erde und Wellenschlagen
ist nur die endlose Kette der Tage.

Und Nächte. Und weiter – nichts als ein Nebelmeer:
das Paradies wo Engel sind, die Hölle wo die Teufel
wohnen. Doch hundertfach länger als jene Kette – der
Gedanke ans Leben, Gedanke an den Tod. Neunfach
länger noch als letzterer ist auch
der Gedanke ans *Nichts*; doch das Aug

wird kaum bis dorthin vordringen und schließt
sich von selbst, um den Dingen zu begegnen.
Nur so – im Schlaf, im Traum – ist den Augen dies
gegeben: sich ans Ding zu gewöhnen. Träume sind Propheten
oder Unken. Je nachdem wer schläft genau.
In der Tür knarrt jetzt der Kabeljau.

1975
(Ralph Dutli)

# Dezember in Florenz

Der warf beim Weggehn keinen Blick zurück …
Anna Achmatowa

I

Türen – Luft einatmend, Dampf ablassend; aber
niemals kehrst du zurück hierher, wo in Scharen
– wie ein neues Vierfüßlervolk – die Paare
übers Arnoufer traben. Die Türen
knallen; durch die Gassen stapfen Tiere.
Mitten in der Stadt ist Waldgeruch zu spüren
– schöne Stadt, wo unsereiner früher oder später
für den Menschen keinen Blick mehr hat; wie Verräter
schlagen wir den Kragen hoch – bei jedem Wetter.

II

Blinzelnd taucht das Auge in ein feuchtes Dunkel,
und es schluckt, um zu vergessen, Straßenfunzeln
– wie Tabletten; unweit der Signoria, dort unten,
kündet nach Jahrhunderten dein Tor von den Gründen
der Vertreibung: in der Nähe vulkanischer Schlünde
braucht man zum Überleben die Faust, die Finte;
niemals entkrampft sich die Hand (selbst das Sterben ließe
solches nicht zu), denn der Tod ist ein riesi-
ges Florenz, Kopie des Paradieses.

## III

Mittags äugen Katzen unter die Bänke, sie prüfen,
ob die Schatten schön schwarz sind. Auf dem schiefen
Ponte Vecchio – vor bläulichen Hügeln – häufen
sich die Trödlerwaren um Cellinis Büste;
und die Wellen tragen Halm um Halm hinab zur Küste.
Eine Blondine sucht in Schachteln und Kisten
nach einem seltenen Stück, die jungen Händle-
rinnen fixieren sie – die goldenen Strähnen
kommen den Schwarzköpfen vor wie die Spur eines Engels.

## IV

Was ist der Mensch? Ein knirschendes Schreibgerät, ein Feder-
strich, Schriftzeichen eckig oder rund – bald geht er,
bald hält er ein, beim Komma, beim Punkt. Und jeder
weiß, wie oft der Kiel in irgendeinem
Dutzendwort beim »M« entgleist und feine
Brauen malt statt zu schreiben (denn die Tinte ist reiner
als das Blut). Im Dunkel fallen Wörter aus Gesichtern
(um so besser kann die Nässe trocknen) – Gekicher,
knisternd wie Papier, das man zerknittert.

## V

Palazzi am Kai – eine Kette von Eisenbahnwagen,
halb schon im Boden versunken, halb noch zum Himmel ragend.
Ein Vermummter sucht Zuflucht im feuchten Rachen
eines Hauses und steigt, mit kurzen Sprüngen
Zahn um Zahn erklimmend, zu den Scharlachzinnen
des entzündeten Gaumens, der mit rauher Stimme
»16« krächzt; die Klingel, stumm bis zum Erschrecken,
weckt nur ein einziges heiseres Echo: »Eintreten ...«
Den zwei Ziffern – »8« und *8* – kommt der Gast gelegen.

## VI

Das Kaffeehaus – staubdurchflutet. Langsam saugt das
Auge, halb beschattet von der Mütze, Frauen
– nackte Nymphen – aus den Fresken; im Vogelbauer
trällert ein ältlicher Stieglitz – keine Terzinen: Kaskaden.
Strahlen – vielfach gebrochen an Kuppeln, an Fassaden
(auch am Dom dort drüben, wo Lorenzo begraben
liegt) – durchstoßen die Storen und wärmen die Venen
schmutzigen Marmors, die schönen Blüten der Verbenen;
und der Stieglitz jubelt im Gitter: Ravenna.

## VII

Dampf ablassend, Luft einatmend – es knallen die Türen
von Florenz. Du wirst dein Leben doppelt führen
oder auch nicht – je nach Credo; am Ende kriegst du's zu spüren:
Liebe vermag keine Sterne (schon gar nicht den Mond) zu verrücken,
denn sie verteilt, was du hast, zu gleichen Stücken
– selbst das Geld, von dem du träumst, Gedanken, die dir glücken,
wenn du dem Tod nachsinnst in Mußestunden.
Triebe *die Liebe* die Sterne an auf ihren Runden
– keiner hielte Kurs; und jeder ginge unter.

## VIII

Lautes Bremsgekreisch schwappt über die Zinnen
dieses Marmorhorstes; wird's dir gelingen,
ohne $\frac{Br}{Fl}$uch von diesem auf jenen Gehsteig zu springen?
Brunelleschis Riesenei verdämmert im Himmel
und entlockt der glanzgewohnten Pupille
eine Träne. Der Polizist steht im Gewimmel
wie ein großes X – gespreizt die Arme, die Beine.
Megaphone künden bellend von erhöhten Preisen.
Och, die obligaten »Nebel«, die das Leben meinen.

IX

Städte gibt's, die man nur einmal aufsucht. Deren
Fenster halten selbst die Sonne fern, als wären
es Spiegel, das heißt: dort läßt sich keiner stören.
Stetig rauscht der Fluß unter allen sechs Brücken.
Dort können Lippen für einmal Lippen beglücken.
Dort kann der Stift auf dem Papier vorrücken.
Dort findet grelles Licht Arkaden und Drachen zum Spielen.
Dort, an den Haltestellen, sprechen allzu viele
in der Sprache dessen, der aufbrach zu anderen Zielen.

1976
(Felix Philipp Ingold)

# Urania

# Habichtschrei im Herbst

Ein Wind aus Nordwest trägt ihn sehr
hoch übers graublaue, lila, rotbraune Tal
des Connecticut. Schon sieht
er die wandelnden Leckerbissen nicht mehr:
Hühner, die übern verwahrlosten Farmhof stolzieren, und arglose
Ziesel im Ried.

Alles, was er einsam ausgestreckt auf dem Luftkissen
sehen kann, ist: eine Hügelkette,
der Silberstreif des Flusses, lebende Klinge sich schlängelnden
Stahls mit Sandbank-Schnitzern,
und, Perlen auf eine Schnur aufgereiht, die Städte
Neuenglands.

Die Thermometer, diese Laren in der Nische,
sind auf den Nullpunkt gesunken und halten
fröstelnd das Feuer
von Laub und Kirchturmspitzen
in Schach. Doch für den Habicht
sinds keine Kirchen. Er schwebt höher

als der Gläubigen beste Absichten reichen, gleitet im blauen
Ozean, mit geschlossenem Schnabel,
die Fänge dicht an den Bauch gezwängt
und wie Finger zur Faust geballt die Klauen.
Jeder einzelnen Feder teilt sich der Auftrieb mit. Der Habicht
antwortet mit einem Blitzen des Augapfels, lenkt

gen Süden, zum Rio Grande, zum Delta, zu den Buchenwäldern,
die im mächtigen Schaum
von Gräsern mit scharfen Schwertern
ein Nest verbergen: eine rot gesprenkelte
durchstoßene Eierschale, den Geruch, den Traum
eines Bruders, einer Schwester.

Das in Fleisch, Flaum, Feder, Flügel gebettete Herz,
das pocht
rasend. Wie eine Schere,
von der eigenen Wärme in Gang gesetzt,
zerschneidet der Habicht das Herbstblau und läßt es doch
dabei nur weiter sich mehren

auf Kosten eines dem Auge kaum erkennbaren braunen Flecks,
eines Punktes, der über die Fichtenwipfel gleitet;
auf Kosten der Leere im Gesicht
eines Jungen, der den Kopf zum Himmel reckt,
auf Kosten eines Paars, das aus dem Auto steigt
und hochblickt, einer Frau, die dem Haus entwich.

Aber der Aufwind
trägt ihn höher und höher. Kälte zwickt
durch die Federn in den Bauch.
Unten sieht er, wie der Horizont verschwimmt,
er überblickt
die ersten dreizehn Kolonien, sieht, wie Rauch

aus den Schloten aufsteigt. Und die zahllosen
Schlote lassen den einsamen Vogel ahnen,
wie hoch er sich wagte.
Wohin hat es mich nur verschlagen!
Stolz erfüllt ihn, mit Panik
gepaart. Er verlagert

das Gewicht auf den einen Flügel und stürzt nach unten.
Doch die elastische Luftschicht wirft ihn resolut
an den farblosen Himmel zurück, ins eisige Paradies.
Seine gelbe Pupille kriegt einen unguten
Glanz. Darin mischt sich Wut
und Entsetzen. Wieder schießt

er hinunter. Doch wie ein Ball von der Wand,
wie ein Sünder vom Fall zum Glauben oder in seine Nähe
zurückgeworfen wird, prallt der Habicht zurück in die Höhe.
Und er ist doch noch warm!
Weiß der Teufel, wohin das führt! Immer höher. In die Ionosphäre.
In die astronomisch objektive Hölle

der Vögel, wos an Sauerstoff mangelt,
wo statt Hirse
Graupeln ferner Sterne rieseln. Was
für die Zweibeiner Höhe, ist fürs Federvieh Abgrund.
Den Lungensäcken, nicht seinem Hirn,
denen schwant: das wars.

Und da schreit er. Seinem hakig gekrümmten Schnabel entreißt
sich heillos
wie Erinnyengeheul ein Ton, enteilt wie ein Pfeil
ein mechanisches, schauriges Kreischen,
ein Quietschen von Stahl, der Aluminium zerteilt;
mechanisch, weil

an niemands Ohren gerichtet: nicht an Menschen zu Haus,
nicht an ein Eichhörnchen, das von der Lärche
hüpft, einen blaffenden
Fuchs, eine Maus;
nie haben jemands Tränen sich je so zu rächen
vermocht. Nur die Köter gaffen

in die Luft. Der Schrei geht durch Mark und Bein, er gellt
schriller als das hohe Dis, womit
ein Diamant Glas trennt.
Der Schrei teilt den Himmel entzwei, daß die Welt
von dem Schnitt einen Augenblick aus dem Tritt
kommt. Denn Wärme verbrennt

da oben den Raum wie hier unten bei uns
Stacheldraht eine Hand aufschlitzt.
»Guck mal!« rufen wir erstaunt
und sehen da oben eine Träne, den Habicht, und drum herum
ein feines Wellengespinst,
das vom Ton stammt,

Ringe, die sich über den Himmel legen,
wos kein Echo gibt, wo die Apotheose des Tons herrscht –
im Oktober gerad.
Und in diesem Spitzengewirk segelt
der Vogel blitzend wie ein Stern
mit silbrig glänzenden Federn, in Frost und Reif erstarrt,

in den Zenit, ins Ultramarin. Durchs
Fernrohr sehen wir von hier eine Perle,
ein funkelndes Detail. Wir hören: da oben klirrt
was wie Gläser, die zu Bruch
gehn, wie ererbtes
Kristallgeschirr;

nur schneiden die Scherben nicht, sie schmelzen
auf der Hand. Da entdeckst du wieder Kringel, Flecke,
Augen, Schlaufen und Bänder,
einen in Regenbogenfarben schillernden Fächer,
Pünktchen, Pünktchen, Pünktchen, Kommas, Kleckse,
Fasern, Härchen, Ränder –

das einst lockere Muster des Gefieders,
eine Karte, zur Handvoll luftiger Flocken
geronnen, die nah
und näher herunterschweben. Und die Kinder haschen mit den Fingern
nach ihnen, frohlocken
und schreien auf englisch: »Hurra! Der Winter ist da!«

1975
(Birgit Veit)

# Platon weitergesponnen

I

In einer Stadt möchte ich leben, Fortunatus, wo
unter der Brücke unverwandt
ein Fluß wie aus dem Ärmel eine Hand
hervorlugt und ins Meer mündet, die Finger
gespreizt wie Chopin, für geballte Fäuste nicht bekannt.

Es müßte dort eine Oper geben, und ein altgedienter Tenor
sänge Abend für Abend fehlerfrei Marios Arie vor;
der Tyrann würd ihm aus der Loge Beifall zollen, ich dagegen brummel,
voll Haß die Zähne zusammenpressend, im Parterre jemand
»Hornochse« ins Ohr.

Es gäb einen Yacht- und einen Fußballklub in jenem Ort.
An der Rauchlosigkeit der ziegelsteinernen Fabrikschlote könnt ich sofort
erkennen, daß Sonntag ist, und würd mich lange
vom Bus durchschütteln lassen, in der Flosse einen Rubel für Sport.

Dort, wo der Fuß fortsetzt, was der Kopf begann,
fiel ich ein in das tierische Gebrüll von Vorder- und Hintermann.
Die zwei wichtigsten Gesetze, die Hammurabi kodierte,
sind das Elfmeter- und Freistoßgespann.

II

Es gäb eine Bibliothek dort, in deren leeren Sälen ich
Wälzer mit solch einer Menge Kommas zu Gesicht
kriegte, wie tagtägliche Schimpfwörter kursieren,
die in der Prosa fehlen. Und erst recht im Gedicht.

Dort stünde ein großer Bahnhof, dessen Dach
im Krieg gelitten hätt; gemessen an seiner Fassade wirkt
die Welt draußen schwach.
Begegnete ich dort einer grünen Palme im Fenster einer Fluggesellschaft,
würd der Affe, der in mir schläft, urplötzlich wach.

Und wenn der Winter, Fortunatus, die Häuser in Sacktuch hüllt,
würd ich mich in der Gemäldegalerie langweilen, wo mir jedes Bild
– besonders Ingres oder David –
als altbekannter Leberfleck gilt.

Wenns dunkelt, würd ich vom Fenster aus Herden blökender Autos sehn,
wie sie hin- und herflitzen, wo die nackten, schlanken Säulen stehn,
die ihrerseits die Vorderfront des Gerichtes
mit dorischer Frisur und weißer Unschuld versehn.

III

Da gäbs ein Café, auf Mandelcreme spezialisiert,
in dem ich nach der Frage, wozu das 20. Jahrhundert existiert,
wo es doch das 19. gibt, beobachtete, wie ein Kollege
ausdauernd auf Gabel oder Messer stiert.

Dort wär jene Straße, in zwei Reihen mit Bäumen bepflanzt,
das Portal mit einem Nymphentorso nebst anderem Firlefanz;
und im Wohnzimmer hinge ein Porträt, das etwas ahnen ließe
von der Dame des Hauses einstigem Glanz.

Einer ruhigen Stimme würde ich zuhören, wie sie von Dingen plauscht,
die nichts zu tun haben mit dem kerzenbeleuchteten Schmaus,
und das Feuer im Kamin, Fortunatus, würfe seinen glutroten Schimmer
auf ein grünes Kleid. Und ging irgendwann aus.

Die Zeit, die sich ganz anders als Wasser aus einem Leck
horizontal vom Dienstag zum Mittwoch erstreckt,
glättete dort in der Finsternis die Runzeln,
ihre eigenen Spuren wischte sie weg.

IV

Und Denkmäler gäbs dort. Und anstatt
mir die Namen der Bronzereiter zu merken, die ihre Füße platt
in die Steigbügel der Geschichte steckten, würd ich die
der Vierbeiner kennen,
und so den Stempel, den sie den Einwohnern der Stadt

aufdrückten, nicht unterschlagen. Und wenn ich mit der am Mund
festgeklebten Zigarette nach Hause trabte, tät ich zu vorgerückter Stund,
aus den Rissen im Asphalt wie ein Zigeuner aus der Hand lesend,
lallend der Stadt die Zukunft kund.

Und wenn man dann über mich wegen Spionage, subversiver Aktivität,
Landstreicherei, Ménage à trois vor Gericht berät,
wenn die tobende Menge mit ihren überarbeiteten Zeigefingern fuchtelt
und »Der hat bei uns nichts zu suchen!« kräht,

wär ich insgeheim glücklich und dächte: »Sieh,
da hast du die Chance zu erfahren, wie,
was du so lange von außen betrachtet, von innen aussieht:
präg dir die Einzelheiten ein und ruf dabei ›Vive la Patrie!‹«

1976
(Birgit Veit)

# Briefe aus der Ming-Dynastie

## I

»Bald ist es dreizehn Jahre her daß die Nachtigall ihren Käfig
verließ und fortflog. Zur Nacht spült der Bogdychan bedächtig
seine Pillen herunter mit dem Blut des beschuldigten Schneiders,
lehnt sich in die Kissen dreht die Aufziehpuppe an und gleitet
sanft in den Schlaf, gewiegt von einem monotonen Liedchen.
Solch ungerade Jahrestage feiern wir jetzt hier in diesem
unserm Reich unterm Himmel, solch unfrohe Feste.
Der glättende Spezialspiegel der die Runzeln ausbessert
wird mit jedem Jahr teurer. Verwahrlost unser kleiner Garten.
Auch der Himmel zerstochen von Türmen wie beim Kranken
Schulterblätter und Nacken (wenn wir von ihm einzig
den Rücken sehen). Und manchmal erklär ich schon fleißig
dem Sohn des Bogdychan der nichts als Scherze will die Sterne.
Diesen Brief schrieb dir mein Geliebter deine Wilde Ente
mit Tusche auf feines Reispapier das *sie* mir gab: die Kaiserin.
Irgendwie gibt es immer mehr Papier und weniger Reis weithin.«

II

»Der Weg von tausend Li beginnt, so sagt das Sprichwort
mit einem Schritt. Schade daß von ihm nicht auch
der Rückweg abhängt der um ein Vielfaches
tausend Li übertrifft. Wenn du den Nullpunkt betrachtest.
Ob eintausend Li, ob zweitausend Li –
der Tausender besagt du warst noch nie
so weit vom vertrauten Dach entfernt und die Seuche
der Sinnlosigkeit will auf die Ziffern, besonders Nullen übergreifen.

Der Wind weht nach Westen wie aus der geborstenen
Schote die gelben Samen – hin zur Großen Mauer, stets dorthin.
Ihr Hintergrund macht den Menschen häßlich zur Hieroglyphe
genau wie alle andern dieser unlesbaren Schriften.
Die Bewegung in immerzu eine Richtung verwandelt
mich wie den Pferdekopf in etwas Gedehntes für lange.
Die einstigen Körperkräfte schwanden von
der Reibung des Schattens
an den dürren Ähren der wilden Gerste der zarten.«

1977
(Ralph Dutli)

## Fünfter Jahrestag
## (4. Juni 1977)

Ein Stern, der fällt, oder ein Kleinplanet noch eher
fesselt dein träges Auge unversehens näher.
Schau hin, schau dahin, wo man besser nicht hinsähe.

*

Dort stehen wilde Wälder arg zerlumpt und stachlig.
Dort eilt der Zug zielstrebig von Punkt A im Flachland
zum Halt bei B. Nur kannst du darauf lange warten.

Anfang und Ende bleiben dort den Menschen dunkel.
Der Fötus: unsichtbar, von Toten wird gemunkelt.
Nur bei den Vögeln klappt das nicht, da Eier funkeln.

Das Ces des Flügels ist, wenns dämmert, unentbehrlich.
Vorm Wolljackett hat dort die Motte keine Ehrfurcht.
Die Eiche aus dem Märchen prangt am Strand des Meeres.

*

Dort platzt die Pfütze auf dem Hof aus allen Nähten.
Die Mütter stopfen ihre Kinder dort in Gärten.
Der Terek ist dem dritten Ufer auf der Fährte.

Den Enkel kann an seinem Opa dort nichts wundern.
Dort schickt man bis zur Stunde in den Kosmos Hunde
und Offiziere; deren Sold würd jedem munden.

Das Grün des Sauerampfers sticht des Schnittlauchs Charme aus.
Der Laut dort, der wie Bienensummen klingt, ist harmlos.
Kopien sind mit Rücksicht aufs Modell dort armlos.

*

Im Winter übt der Wind in kahlen Parks Posaune.
Die Heizung auf der Treppe hat trotz Staub erstaunlich
mehr Rippen als die Frauen. Eines Wandrers lausig

frierende Hand erreicht ihr Ziel da sehr viel schneller.
Zum Tee ißt man dort Kekse, die sind hart wie Teller.
Der Wächter bringt im Schlaf sein Bajonett in Stellung.

Der Regen macht dort Schwefelhölzer wenig glücklich.
Dort sagt man »Kumpel« und versperrt dir flugs den Rückweg.
Dort glänzen Fische schon im Wasser wie die Büchse.

*

Dort sagen manche »ja«, gehn dann aufs Klo und flennen.
Ikonen werden schwarz, weil ständig Kerzen brennen.
Dort hilft schon mal das Heer, wenn Bruderländer pennen.

Dort biegen sich von Fliedersträußen die Regale.
Die Pinte wird bestimmt von früh bis spät belagert.
Dort ist der Hintermann dem Vordermann egaler.

Dort rühmen Fetzen alter Arien die Lüfte.
Der Weizen ist ganz ins Herbarium geflüchtet.
In Wäldern hüpfen teure Pelze von den Früchten.

*

Wenn du im Bett liegst, malt der Schatten deiner Füße
dort hohe Palmen wie an Palästinas Küste.
Besonders, wenn du träumst. Und was der Sand der Wüste

erfährt dort Zucker: daß die Fliegen ihn durchqueren.
Dort stehn die Häuser, wie es grade kommt, im Leeren.
Die Flecken einer Kuh dort wären eine Ehre

für jeden Atlas. Blutrot geht die Sonne unter.
Fabriken qualmen dort und sprühen Funken
für was, das niemand braucht, ob nüchtern, ob betrunken.

*

Dort hörst du nach dem Ruf des Uhus auch das Käuzchen.
Des Laubes Beifall zwingt den Führer sich zu schneuzen.
Ein einfacher Gedanke wird der Kurven Beute.

Dort zieren Hammer-Sichel, sich umarmend, Banner.
Doch Nägel fliegen rum, auf Feldern wachsen Tannen.
Dort schafft der große Plan ein Maximum an Pannen.

Nach andren Schätzen braucht man gar nicht erst zu graben.
Die Landschaft ist banal, der Horizont nicht grade.
Dort wird nur Grau goutiert – der Zeit und Balken Farbe.

*

Dort bin ich aufgewachsen. Paffte mit dem stärksten
Sänger dort um die Wette. Saß auch mal im Kerker.
Kenn Blei des Himmels, Stürme, Aiwasowskijs Werke.

Ich dacht, dort sterb ich auch – vor Angst, vor Langeweile.
Wenn nicht von Freundes Hand, in dessen Armen freilich.
Hab mich verrechnet bei der Quadratur des Kreises.

Hab mich verrechnet. Auf der Bühne ist entscheidend
nicht, wer agiert. Raum ist da wichtiger denn Reiter.
Für Raum sind Vorderbeine gleich den hintren beiden.

*

Jetzt gibt es mich da nicht. Und die mich da vermissen,
das sind der Ermitage Vasen sowie Kissen.
Mein Fehlen hat der Landschaft keine Riesenrisse

zugefügt, nur ein Loch, genauer: eine Schramme.
Moos oder Flechtenbüschel ziehen sie zusammen,
ohne die Harmonie der Farben zu verschandeln.

Jetzt gibt es mich da nicht. Die Vorstellung ist seltsam.
Doch noch bizarrer wärs bestimmt, sich dumm zu stellen,
nur des Tyrannen letzte Tage zu vergällen

*

und doch zu zittern. Jeder lebt nach seinen Regeln:
ich beugte nicht die Knie, mochte keine Flegel,
der Gorgo Haupt an einer Brücke jener Gegend

erschien mir dort das ehrlichste Gesicht von allen.
Und als ich jetzt auf dessen volle Größe prallte,
hab ich nicht aufgeschrien, bin nicht umgefallen

und wurd auch nicht zu Stein. Ich hör die Muse stammeln.
Ich spür, die Parze spannt mir ihren Faden strammer:
noch dulden die da oben, daß mein Atem strampelt,

*

derweil die Zunge klaren Klängen hinterher ist,
um so dem Schicksal mit kyrillischer Gebärde
zu danken. Dafür ists ja Schicksal, daß es jede

Mundart versteht. Und reiner Raum liegt vor mir, ohne
Nischen und Säulen, Brunnen, Pyramidenzone.
Da brauch ich garantiert auch keinen Cicerone.

Kratz, Feder, Kralle! Hetz den Vers nicht über Schwellen:
das Zeitalter auf Rädern dreht sich auf der Stelle
im Müll; wir beide sind da barfuß weitaus schneller.

*

Ich hab den Griechen und Warägern nichts zu sagen.
Wer weiß, in welcher Erde ich am Ende lagre.
Kratz, Feder, kratz! geh weißen Blättern an den Kragen.

1977
(Birgit Veit)

## Der Polarforscher

Die Hunde aufgegessen, alle. Keine
leere Seite mehr im Tagebuch.
Die Worte perlen übers Photo seiner
Frau. Das Datum – ein Beschönigungsversuch.
Das Bild der Schwester. Niemand wird geschont:
was zählt, sind Breitengrade, Leistung, Größe!
Der schwarze Brand an seinem Bein gleicht schon
dem Strumpf am Schenkel einer Striptiseuse.

22. Juli 1978
(Felix Philipp Ingold)

# Verse von der Winterkampagne des Jahres 1980

Zur Mittagsglut in einem Tale Dagestans ...
M. Ju. Lermontow

I

Die Geschwindigkeit des Projektils – sie ist
bei großer Kälte stets vom Zielobjekt bestimmt,
vom Drang der Kugel, die sich herzwärts frißt
und im Gewebe Wärme sucht; und weitersingt.
Die Steine lagern wie ein zweites Heer.
Dem Lehmgrund prägen sich die Schatten ein.
Der Himmel blättert ab wie Kalk. Als wär's
'ne Motte taucht ein Flugzeug auf, ganz klein,
und gleich darauf, sprungfederleicht, schnellt Rauch
empor. Das Blut – wie kochende Milch dem Trichter
entquellend – taut den Grund nicht auf, es rauscht
und strömt umsonst; wird Schorf; kann nicht versickern.

II

Der Norden – Hirte, Sämann – treibt die Herde
meerwärts in den Süden und verbreitet
Kälte. Tschutschmekistan – jetzt frostige Erde.
Mechanisch reckt der Elefant beim Schreiten
seinen Rüssel vor der schwarzen Maus:
einer Mine im Schnee; er würgt den Kloß,
der ihm aufstößt, hoch und kotzt ihn aus.
Mohammed gleich will er mit einem Stoß
den Schneeberg schleifen, dem zur Mittagszeit
der Himmel einen harschen Zuwachs beschert.
Der Berg wankt nicht; die Unverrückbarkeit
– er hat sie den Gefallenen verehrt.

III

Des Abends dann die Wehgesänge –
kein Slawe ist in Asien daheim.
Da liegt er, halberfroren, im Gedränge
einer Karawanserei – der Mensch, das Schwein.
Es schwelt der Mist, die Füße sind schon starr;
Klamottengestank, kein Wasser weit und breit.
Die schlimmsten Träume werden wahr.
Gedächtnisschwund. Die Waffen schußbereit.
Der Mund verkrustet vom Hurrageschrei.
Zu loben sind bloß jene andern,
die einst abgetrieben haben – frei
sind sie von Schuld an unsrer Schande.

IV

Was hat das Summen einer Drohne,
eines Flugzeugs zu bedeuten?
Ob zu leben sich noch lohne?
Fällt doch eben dies den meisten Leuten
schwerer, als ein Kartenhaus zu bauen.
Nichts hat Bestand: ein Hauch – zerfallen
sind Familien, gebrochen das Vertrauen.
Die Nacht steht schweigend über all den
Trümmern. Metall schwitzt Öl. Vor Schrecken
(um nicht zu ersaufen in den leeren
Stiefeln) sucht der Mond sich zu verstecken
in Allahs Turban: in den Wolkensphären.

V

Schale Luft, von keinem mehr benötigt.
Stille, importiert und aufgehäuft
zum Ramschen. Leere, die sich träg verläuft
wie Hefeteig. Wär's erst bestätigt,
daß im Kosmos Leben gedeiht – es drohte
Applaus ... Der Schütze würde in Stellung gehen.
Doch Morde sind nichts anderes als Tode:
naive tautologische Vergehen
– das Handwerk einer Jungmannschaft,
die nach dem Leben jagt und ungestraft
es ins Visier nimmt und ins Jenseits schickt;
wie Blut riecht, weiß die Meute längst – vom Jungfernfick.

VI

Zieh das Laken hoch und mach dir eine Kuhle
in der modrigen Matratze; dann lausch den Sirenen.
Noch eine Eiszeit – frostige Friedhofsruhe
der Unterdrückung. Die neuen Moränen
walken unsere Erinnerungen,
Blusen und Regime. Um die Erde
kreisend werden wir verstummen –
als Mollusken! Keiner, der uns hörte ...
Lösch das Licht, wir schlafen in den Schuhen.
Es zieht an allen Ecken und Enden.
Die Knochen (nicht die Locken) brauchen Ruhe.
Morgen kriechen wir auf Füßen und Händen.

## VII

In der Stratosphäre, von allen vergessen,
bellt eine Hündin, sie starrt aus dem Guckloch.
»Erde! Erde! Hör doch, ich bin's – ein Lebewesen.«
Der Globus da unten, er trägt den Äquator noch
immer als Halsband. Aus Schluchten und hellen Feldern
fügen sich, in dieser Sicht, Gesichter!
Die Schamröte zieht sich zurück in die Flaggenwälder.
Und in schneeverwehten Batterien verrichten
die Hühner – schlaftrunken, zitternd – ihr Geschäft:
sie legen Eier von untadeliger Weiße.
Schwarz bleibt einzig die Schrift im Heft:
Lebensspur eines Hasen, wundersame Schneise.

1980
(Felix Philipp Ingold)

Statt des wilden Tiers ging ich rein in den Käfig,
meine Frist, meinen Namen in die Barackenwand schabend,
spielte Roulett, auch am Meer schon lebte ich,
aß Gott weiß mit wem im Frack zu Abend.
Sah die Welt aus der Höhe eines Gletschers,
soff dreimal ab, wurde zweimal aufgeschnitten.
Verließ das Land, das mich aufzog und hätschelte.
Aus denen, die mich vergaßen, gäbs ganze Städte.
Trieb mich in Steppen rum, voll vom Geheul der Hunnen,
was ich mir anzog, kommt jetzt wieder in Mode,
säte Roggen, deckte mit Schwarzpappe Scheunen
und hab mir nicht bloß Wasser in die Kehle gezogen.
Ließ in meine Träume ein das Aug des Wachsoldaten,
fraß das Brot der Fremde, und keine Rinde ließ ich.
Erlaubte meinen Stimmbändern alles, bloß keine Klagen.
Ging über ins Flüstern. Jetzt bin ich vierzig.
Was soll ich denn sagen vom Leben? Es dauert schon lange.
Solidarisch fühl ich mich allein mit dem Kummer.
Doch solang sie mir das Maul nicht mit Lehm vollschlagen,
wird aus ihm nichts als Dankbarkeit kommen.

24. Mai 1980
(Ralph Dutli)

Wie lang ich schon stapfe, sieht man am Schuh.
Die Hand kriegt die Spinnwebe nicht aus der Stirn.
Nur das ist im lauten Kikeriki kein Spuk,
was wie vorgestern klingt.
Auch der schwarze Gedanke macht sich los
wie wirr in die Augen fallendes Haar.
Und nichts erscheint mehr im Traum, auf daß bloß
weniger sei, sich seltener etwas erfülle, Mobiliar
die Zeit nicht verschmutze. Ein ärmlicher Häuserblock
nervt durchs Fensterglas sein Gegenüber, merkt
sichs Gesicht des Bewohners, verstockt
empfindet es jener umgekehrt.
Und schamanengleich dreh ich mich im Raum,
wickle seine Leere wie Fäden leis
auf die Spule um mich herum,
daß die Seele etwas erfährt, was Gott allein weiß.

1980
(Birgit Veit)

Für M. B.

Ich war nur, was
du mit der Hand berührtest,
worüber du die Stirne beugtest
in tiefer Rabennacht.

Ich war bloß das, was du
dort unten erkanntest:
ein vages Rund anfangs,
später die Züge dazu.

Du warst die Luft,
die die Ohrmuschel nächtens
zur Linken, zur Rechten
flüsternd mir schuf.

Du warsts, die am Fries
zupfte, in die feuchte Höhle
des Munds mir die Stimme legte,
die dich rief.

Ich war blind von Geburt.
Du erschienst verborgen,
öffnetest mir die Augen.
So entsteht eine Spur.

Welten entstehen so.
So läßt man bisweilen
alleine sie kreisen,
verschenkt sie froh.

Vom Heißen ins Kalte,
vom Licht ins Dunkel geworfen,
im Weltgebäude verloren,
dreht sich der Ball.

1981
(Birgit Veit)

# 4. Ekloge: Winter

Für Derek Walcott

Ultima Cumaei venit iam carminis aetas;
magnus ab integro saeclorum nascitur ordo …
Vergil, 4. Ekloge

I

Im Winter dunkelts gleich nach dem Mittagessen.
Hungrige und Satte sind da eins für den Betrachter.
Ein Gähnen verschlägt Wortanfänge flugs zurück aufs warme Lager.
Die in eine trockene, dicke Form von Licht getauchte Erle indessen
hat der Schnee dazu verdammt zu wachen,
schlaflos steht sie weit nach Mitternacht noch festgenagelt

vom Auge. Rose und Vergißmeinnicht bekommen
in Unterhaltungen Seltenheitswert. Die Hunde nehmen immer
lustloser eine Spur auf, denn unbestritten
hinterlassen sie ja selber eine. Die Nacht betritt die Stadt
und meint benommen,
da sie das Kind unter der Decke findet, sie wär im Kinderzimmer;
und die Feder kratzt wie ein geliehener Schlitten.

II

Mein Leben hat sich langgezogen. In Schneesturmrezitationen
schwingt für ein scharfes Ohr unüberhörbar
das Leitmotiv der Eiszeit. Jedes »Drunten im Tale leise«
ist im Grunde nur erkaltetes Boogie-Woogie-Toben.
Starker Frost offenbart dem Körper
seine künftige Temperatur beziehungsweise

ist ein Seufzer der Erde, die sich nach ihrer reichen
galaktischen Vergangenheit sehnt, nach Eiseskälte.

Selbst hier wird die Backe puterrot wie ein Radieschen.
Der Kosmos schillert immer wie opaker Achat, und die Morsezeichen,
die den Funker nicht stellten,
kehren unverrichteter Dinge heim und fiepen.

III

Im Februar glänzen die Weidensträucher lila.
Die Möhre, im Profil des Schneemanns unersetzlich,
wird teurer. Der von der Braue begrenzte
Blick auf einen kalten Gegenstand, auf Ziele
aus Metall ist schneidender als diese – damits ohne Verletzung
und Blutvergießen endet,

das Auge davon loszureißen.
Vielleicht hat Gott am achten Tag und später
so sein Werk betrachtet? Statt Beerensuche in Wäldern
verstopft man im Winter die Ritzen mit Werg und Kleister,
denkt mit größerem Vergnügen ans sonst verschmähte
Allgemeinwohl, und die Dinge werden ein Jahr älter.

IV

Bei Frost gleicht der Bürgersteig Karamellen.
Dampf aus der Kehle gilt öfter Seufzern als geschürzten Lippen.
Von Häusern, wo dich keiner mehr reinläßt, träumst du jetzt selten.
Mein Leben hat sich langgezogen. Die Tabelle
exakter Details ergibt dicke ein zweites Lebensgerippe.
Aus diesen Details, allein genommen, erhält man

mühelos ein Klima oder eine Landschaft.
Am besten eine menschenleere, jungfräulich weiße
unter einem Spitzenschleier, ohne Londons und Pariser Ansichtskarten,
eine Welt, wo das diffuse Licht die Tage einander verwandt macht,
wo du erschauerst, da dich auch hier schon die heiße
Spur eines Paars Skier erwartet.

V

Zeit ist Kälte. Jeder Körper wird früher
oder später Beute des Fernrohrs:
scheut mit den Jahren das Licht und erkaltet.
Ein kompliziertes Muster ziert die Scheibe; auf dem Fenster erblühen
Kristalldschungel aus Dill, Schachtelhalmen, Sternmoos,
aus allem, was Einsamkeit ausheckt, gestaltet

und wachsen läßt. Aber wie bei der Büste in der Halle
verdreht sich das Auge winters eher, als zu weinen.
Wo die Sicht nicht hindringt, wo die Träume her sind,
da verbrennt die Zeit, stark unter Null gefallen,
dein Hirn – wie den Finger jenes kleinen
Schlingels aus russischen Versen.

VI

Mein Leben hat sich langgezogen. Kälte gleicht Kälte,
Zeit der Zeit. Das einzige, was sie voneinander
trennt: der warme Körper. Störrisch
wie ein Esel steht er, als gälte
es als Grenzsoldat, Gewehr bei Fuß, die Hand am
Abzug, die Zukunft unbedingt zu stören,

sich der Vergangenheit anzuschließen. Freitag
ist im Winter auch ein Samstag. Bei Tage fällts schwer rauszukriegen,
ob das Licht schon aus oder noch nicht an ist.
Eine Ausgabe pro Woche langt für die Tageszeitung.
Wie eine Diva späht die Zeit in den Spiegel,
unsicher, ob sie als »Tosca« oder »Lucia« dran ist.

VII

Wenns kalt ist, sind die Träume länger, konkreter.
Den Rösselsprung der Patchworkdecke übertölpeln
die Parkettdielen mit Hopsern von Fröschen.
Je rabiater der Schneesturm um das Haus herum zetert,
um so glühender verlangt es den nackten Körper
im Lappendickicht nach einer Schönen.

Und da träumst du von Kapuzinerkresse, vom Blitzen
des stürmischen Terek in enger Schlucht, von der Mühe
einer Spinne zwischen Wand und Konsole:
ein Fest für die Fingerkuppen im Labyrinth von Schnallen und Spitzen.
Und dann wird alles still. Nur die glühende Kohle
schwelt in der grauen Asche der Frühe.

VIII

Kälte schätzt den Raum. Ohne den Säbel zu zücken,
erobert sie Grenzen, Städte und Weiler.
Die Bevölkerung gibt sich geschlagen, ohne die Mütze zu lüften.
Vor allem in Städten, wo Brücken,
Säulengänge und Pfeiler
wie Hellseher künftigen

weißen Triumphes schimmern. Die Kälte
kommt vom Himmel hoch als Fallschirmspringer.
Jede Kolonnade wirkt wie die fünfte Kolonne.
Nur der Rabe ist vom Schnee nicht überwältigt,
und du hörst, wie er gegen die Bezwinger
krächzend Protest anmeldet, als einziger patriotisch gesonnen.

IX

Je später im Februar, desto knapper die Quecksilberreserven.
Je mehr Zeit, desto kälter also. Oben gleißen
Kugeln, als sei ein Thermometer zerschellt: jedes Fleckchen
Nacht ist übersät von einem Feuerwerk aus Sternen.
Tagsüber, da der Himmel kalkweiß ist,
würd sie selbst Malewitsch nicht entdecken,

weiß auf weiß. Das ist der Grund, weswegen
Engel nicht zu sehen sind. Ihrem Heer ist Kälte nützlich:
sonst würden wir die Flügelepheben
nach oben schauend ja erregen
und daran hindern, im Tarnkleid weißer finnischer Schützen
über das Eis in der Höhe zu schweben.

X

Ich bin außerstande, ein Leben in anderen Breiten zu führen.
Wie die Gans den Spieß brauch ich der Kälte Segnung.
Gelobt sei die kahle Birke, Kiefern, stachlig wie Igel,
gelbe Glühbirne vor verschlossenen Türen,
gelobt sei alles, was der Wind in Bewegung
versetzt! Reiferem Alter ersetzt das die Wiege;

der Norden ist ein ehrliches Ding. Denn er redet
dein ganzes Leben vom einen – im Flüsterton, aus vollem
Hals in langgezogenem Leben, in verschiedenen Stimmlagen.
Die Zehen frieren in den Stiefeln aus Rentierleder
und erinnern den Polarforscher auf der Eisscholle
an die Liebe, an der Turmuhr Schlagen.

## XI

Keine Sirene lockt in die Ferne bei starker Kälte.
Ein noch so tiefes Ausatmen garantiert im Kosmos
kein Einatmen, Weggehn keine Rückkehr.
Zeit ist das Fleisch des stummen Weltalls.
Da tickt nichts. Selbst wenn du dich kopflos
aus der Raumkapsel verdrücktest,

nichts zu hören: weder Foxtrott-Töne
noch die Jaroslawna, selbst wenn du den Sender Putiwl einstellst.
Nicht am Sauerstoffmangel liegts; was dein Gewebe
auf der außerirdischen Flugbahn tötet,
ist die Fülle von Zeit in reinster
Form. Das heißt, ohne Zusatz deines Lebens.

## XII

Winter! Ich liebe den Geschmack deiner herben
Moosbeere zum Tee, Teller mit geschälten Mandarinen,
deine Mandeln und Erdnüsse, zweihundert Gramm nur.
Kükenschnäbel öffnest du, werbend
mit Namen wie »Olga« oder »Marina«;
allein in der Kindheit oder im Warmen

klingen sie zärtlich. Ich besinge die Schneedecke, blau leuchtend,
wenns dämmert, das Rascheln der Folie, das wundervolle
Ces in »Alle meine Entchen«, wenn Gottes Hand die Tasten anschlägt.
Und das Brennholz, das auf den hallenden Höfen der feuchten
Stadt, die am Meer friert, rumpelt und poltert,
wärmt mich bis heute, auch hierzulande.

XIII

In einem bestimmten Alter harmoniert die Jahres-
zeit mit dem Schicksal. Eine Romanze von kurzer Dauer,
doch an solchen Tagen spürst du, daß du recht hast.
Da machts nichts, daß dir manche Erfahrung
abgeht; auch ein genauer
Phänologe kann von Alltagsbräuchen berichten.

Da haut das Auge nicht mehr sicher in die gleiche Kerbe.
Das Dreieck ist als leidenschaftliche Figur gescheitert:
Staub hat als dichtes Spinnennetz die Ecken alle abgerundet.
Der Ort wird in Gesprächen übers Sterben
zunehmend wichtiger als der Zeitpunkt,
und wie ein halber Rubel

XIV

verbrennt dir die Spucke die Zunge. Der Fluß ist vom Eis gefesselt;
du kannst in lange Unterhosen schlüpfen, mutig
eiserne Kufen unter die Schuhe schnallen.
Die Zähne, dies leid sind, vom Frost besessen,
Steptänze aufzuführen, klappern nicht vor Angst. Und die
Stimme der Muse
klingt gedämpft, privat, ohne große Intervalle.

Das ist die Geburt der Ekloge. An die Stelle von Sonnenstille
tritt strahlender Lampe Brennen:
die Kyrilliza, sinnlos durch die Gegend rennend, um dem Fänger
zu entkommen, weiß mehr als jene Sibylle
vom Kommenden. Weiß, wie auf Weißem Schwarzes dämmert,
solange Weißes da ist. Und länger.

1980
(Birgit Veit)

# 5. Ekloge: Sommer

Für Margo Picken

I

Von neuem hör ich dich Sommerlied der Mücken!
Schwitzende Ameisen, im Hahnenfuß-Schatten Nickerchen
haltend. Eine Fliege kriecht von staubigen Schulterstücken
der Klette, die degradiert wurde zur gemeinen Soldatin.
Der Ausdruck »tiefer als Gras« bezeichnet bis dahin
erstmals auch Raupen. Bohrtürme ragen

vom wuchernden Weiderich und blauen
in den Dschungeln des Unkrauts, der Winde, der rauhen
Quecke – von der Nähe des empyreischen Raumes.
Der Salut eines farblosen Schwingels
wird erschüttert vom Buchenstab des schwieligen
gebeugten Pilgers. Das dunkel-lila

Mark der Klette erinnert an eine Mine
die zur Hälfte hochging. Es streckt sich wie die
Hand nach der Karaffe der Engelwurz gierig.
Und die Spinne flickt wie eine Fischerin mit derbem
Faden ihr Fangnetz, gekreuzigt zwischen dem herben
Wermut und dem goldenen Barbenkraut webend.

Das Leben ist Summe kleinster Bewegungen. Dämmerung
im Futteral des Riedgrases, ein Beben in den Hirtenwärmern
des jeden Augenblick seine Zeichnung verändernden
Pferde-Sauerampfers, das Zittern der Luzerne,
des Pfefferkrauts, Timotheegrases, kostbar, die gerne
das Verständnis der Gesetze einer Szene

befördern die ohne Zentrum ist. Die Gräser, die Lolche
werfen um die Mittagszeit in Richtung Norden
ihren gemeinsamen Schatten, den es säte sie doch der

gleiche windige Sämann, über den das schlechte Gerede
nicht aufhört bis zum heutigen Tag sich weiter zu regen.
Hör dich hinein, wie sie rauschen die kleinen Wedel

der Hähnchen-oder-Hühnchenhirse! was lallen
der Kamille ihre paar und unpaaren Zahlen!
wie der Huflattich widerspricht lauthals prahlend,
wie plappert an der Grenze zum Deliriums-Dada
die von der Gänsefuß-Melde bedrängte Leda
der zarten Minze. O Sommerwiesenwälder

von der Sonne erleuchtet! Obdachlose Schmetterlingsblütler,
Brennesselpyramiden, Taubhitze, Tollkirschenwüten.
Pagoden des Farnkrauts. Und etwas weiter drüben –
Anis, wie eine eingebrochene antike Säule,
das Minarett der Salbei im Moment der Verbeugung –
eine grasige Kopie von Babylon heute,

eine grüne Version des Dritten Vatikanischen
Moskau, wo man ohne Risiko des Wahnsinns
nicht nach rechts abdreht, um links anzutanzen:
alles fern und nah. Und der Heusprengsel jagt die Ballerina
der Kohlweißlingsjungfrau wie ein Held der Bylinen
und stockt vor dem trockenen Grashälmchenbienchen.

II

Die Luft, farblos in der Ferne, schaut in der Landschaft
sehr blau aus. Manchmal geradezu im ganzen
dunkelblau. Vielleicht passiert dasselbe mit Pflanzen-
grün: das Entferntsein eines jeden Blickes
vom Gras – nichts anderes ist es
als besagtes Grün. Im Juli hat die Flora die schlichte

Neigung, sich mit dem Naturforscher zu überwerfen,
die Blätter nachzudunkeln, die Farbe überzubewerten –

was sich auch punkto Sonnenbräune bei Personen bemerken
läßt. Die Summe der Schönen und Wenigerschönen,
wenn man sich entfernt oder heranrückt, hat das Vermögen
das Auge zu quälen und zwar viel tiefer als die grünen

oder blauen Räume. Eine bestimmte Färbung
des Dinges ist in Wirklichkeit eine gerne
gebrauchte Maske der Unendlichkeit, die ferner
gierig nach Details ist. Masse ist nun mal leider!
nicht das Vielfache von Energie geteilt durch
Sehgeschwindigkeit im Quadrat, nein: das Gefühl der Reibung

an und gegen seinesgleichen. Schau nur ins Innere
des Raumes! In seine schlichtweg immer-
gleiche Ausstattung in Nah und Fern. Der stiere
Starrsinn mit dem, unabhängig vom Ausmaß,
die grüne und die blaue Sphäre knausernd
ihren Farbton bewahren. Es ist schon fast ein Glaubens-

satz, eine Art Fanatismus! Das Summen der Fliege
die im Leim hängt ist nicht die Stimme des Leidens die den
Raum füllt, sondern Versuch eines Selbstporträts in diesem
Laut »schschsch«. Als ein Ebenbild des Alphabetes
ist Wärme nur ein Zeichen der Vermehrung der Arten jenseits
des Horizonts. Und die Landschaft ist ein Gefolge jenes

Schwarms, der nach Asien zu den schönen Palmen
eilt und flieht. Treu den Fensterläden und schlafenden
Räumen befeuchtet der Julimorgen mit dem Finger an den
Rändern die Päckchen von Jasminblüten-Aktien,
es bersten die Schoten an allen Akazien,
und die Luft ist durchsichtiger als die grazi-

ösen Dessous einer schlafenden Schönen. O Schwüle
im Juli! An Grün und Blau herrscht Überfülle –
abgedroschenen Formen des Seins. In den Augenhöhlen
steht das Lichtgestirn urplötzlich angehalten

wie vorm zerknüllten Schild einst Attila:
weiter gehts einfach nicht, das Prachtding da

von obgenanntem Flachs der himmelblauen
Luft. In einem beseelten Körper erfährt das laue
Licht einiges über seine Grenze und dauernd
bricht es sich, als seien es die Bußbilanzen
eines langen Weges, an dessen Anfangs-
stadium man besser nicht denkt. Am Schluß des ganzen

III

Wegs – Schmetterlinge, duftendes Heu und Malven,
ein Fluß vom Typ Oredesch oder Saimaa,
malerisch angeordnet in der Nähe: Familien
von Datschengästen, rosige Najaden,
ihre riskanten Hüllen und Bade-
kleider, Plätschern; durchdringend schrille Rouladen

von Eichelhähern alarmieren am Ufer die Purpurweide
die verfemte Örtchen verbirgt, die Spuren, das Weiße
der Streifen abgeworfener Badenixenkleider
im Gestrüpp; Tannadelgeruch, Abhänge
in Ockerfarbe; Gluthitze und herandrängende
Wolken; und in der Farbe von Kleinfischschwärmen

die Wellen. O ihr Sommergewässer! Des öftern
glitzernd irgendwo im Pokal eines örtlichen
Weihers oder Sees – o ihr köstlichen
Wasserpartikel, von Festland umgeben; Geraschel
von Riedgräsern und Rohrschilf, das Wildlederhafte
des Baumstumpfs, die zarte Entengrütze, Pracht der

weißen Seerosen, die Leidenschaftslosigkeit der Lilien,
die Wasseralgen – oder das Paradies der Linien –
der wie ein Christus über den blauen Wasserspiegel

taumelnde Schwimmkäfer. Und manchmal glänzt ein
Barsch platschend auf, um ein Auge auf die Welt zu
werfen. So lehnt man sich kurz aus dem Fenster

und verschwindet rasch, um nicht herauszuplumpsen.
Sommer! Zeit, die Hemden aus dem Hosenbund zu
zerren, Zeit für Gespräche über die weißen Punkte
der Fliegenpilze, über die Giftigkeit, die ungenießbaren
Pilze und Polemiken über die Gefahren
der Lorchel, die Farben der Morchel; die Stille, sich paarend

mit schläfriger Ruhe auf Waldlichtungen und -wiesen,
wo mittags die Mattigkeit die Augen schließen
will und die Biene, wenn sie den Stachel schießen
läßt, weil sie dich blindlings für eine gefüllte
Mohnblüte hielt oder ein Ding, das die Kühe
hinterließen, auffliegt entmutigt von der mühe-

vollen Probe, ganz unschlank torkelnd.
Der Wald ist wie ein Kamm, zerbrochen.
Und ein plötzlicher Gedanke des Teenagers pocht im
Kopf: »höher als der Strauch, niedriger als die Tanne«
und betäubt ihn fürs ganze Leben. Und an den
Himmel steigt kaum sichtbar die Lerche, dann landen

ihre Triller aus der Höhe. Sommer! Zeit zu pauken
für Prüfungen, Formeln, Kopf oder Adler-Augen;
die Pickel, die Beulen der einen, verspätete Perioden
der andern – von der Angst, die du nicht überwindest;
Silhouetten der Technika, Schulen für Höhergesinnte,
selbst noch im Traum. Nur die Angelschnüre sirren

wie Peitschen ins Ferne und verscheuchen alle Nöte.
In den sich bildenden Lichtbuchten wenn möglich
sieht man Sandalen und Fahrräder und allerlei Trödel
im Gras; glänzende vernickelte Pedalen
wie die Litzen der Kittel, als wärens Medaillen.
In ihrem Gummi und in all den Metallen

liegt etwas von der Zukunft, von den Zeiten
Europas, von Eisenbahnen – deren Anschlußgleise
tatsächlich, wie durch einen Windstoß, einige
grüne Zwischenstationen freigeben, Haltepunkte –
Wald, Pumpenhaus, das Gesicht einer Bäuerin und der
Flechtzaun in der Ferne – und aus deiner krummen

Blechbüchse kriechen nach rechts und nach links die
nahe der Stallwand ausgegrabenen flinken
Würmer. Und dann ein Pferdewagen mit den
aufgeschichteten und aufgetürmten Bastsäcken
und ein durch die abgeernteten Äcker
laufender Feldweg. Und in der Ferne reckt sich

wie eine Karaffe die Kirche – Mostfässer, Bauernhütten,
mit Schiefer und Teerpappe gedeckte abgeschrägte
Dächer und Fenstergläser deren gerahmte Abendröten
gerade darum existieren. Und der Schatten der Speichen
verlängert sich fast bis zur polnischen Grenze und läuft den
Wegrändern nach hinterm Kutscherklotz her vielleicht wie

ein struppiger Bello oder irgendein anderer Hofhund;
und du schaust auf die Stiefelspitze nicht bar der Hoffnung,
einen Grashalm zwischen den Zähnen, die Blonde nun
von der steinernen Datscha im Hirn – über dir spurt der
der Kranich einzig und allein, doch kein Bote des Sturmes.
Gelobt seien die normalen Temperaturen! –

und zehn Grad tiefer als dein eigener Körper.
Gelobt sei alles, was dir was bedeutet, reimende Wörter.
Alles was du nicht satt hast; was die Freude befördert.
Das schlotternde Hemd, das allmählich trocknet am Abend,
der wie eine Sonnenblume ausschauende Panama,
ein Walzer aus der Weite wie »Tanz auf den Vulkanen«.

## IV

Die auseinanderflatternden Vorhänge der sommerlichen
Dämmerstunden! Der Eisschrank voller dicker
Krüge, ein Stalin oder Chruschtschow ertrinkend
im Zikadengeprassel statt im Nachrichtenplappern,
die aus Preiselbeeren gekochten Marmeladen
der Gegend. Die mit Kalklauge verschmierten Waden

und Knöchel der Apfelbaum-Alleen
leuchten weißer, je mehr die Nacht sich nähert;
und weiter weg erheben sich die Märchenhelden
echter Bäume in der verdichteten Waschblaubrühe
des Abends. Küchen, Hinterhöfe, Dreieckstücher,
am Kerosinkocherchen das glimmerartige Türchen

aus dem es höllisch qualmt. Abendbrot auf der Veranda!
Kartoffeln, Kartoffeln in all ihren Varianten.
Zwiebeln und Radieschen bisher unbekannten
Ausmaßes, Dill und Gurken, in Bottichen herbewegte
Tomaten und das alles – direkt aus den Beeten,
und schließlich, die haben genug Verstecken

gespielt, die staubigen Räume! Der Ruß der Lampen.
Der Tanz der Schatten auf der Wand. Die
Talente und Verehrer dieses Theaters. Der brillante
Harnisch des Samowars und der raffinierte weiße
Zucker, vom Salz dank einer Fliege zu unterscheiden.
Solo des Wiedehopfs im Himbeerstrauch, lautes Gestreite

der Frösche im Graben drüben beim Heuschober.
Und im Harnisch des Samowars der brodelt –
die Grimassen eines Ovals, verzerrt und verschoben,
das Rollen der Rülpser, das Rascheln der Zeitung,
aus dem Gastzimmer Schlager (der »Tschischik« ganz deutlich);
und der Gedanke des Simonides an die Knöchel befreit nun

den glutheißen Blick für den Moment von den Tapeten
und den wirren Verzweigungen des Weißdorns; jeden-
falls ist der Anblick der Knie immerzu ganz erheblich
ungenügend. Und um so kostbarer fändest
du den Körper, wenn das Gewebe das ihn begrenzt
scheinbar hilft, über die Haut zu gleiten längs

der Linie – nach oben, befreit von den Mustern
des Stoffes. Inzwischen aber muß der
Tee erkalten im Glas und vernebelt was du wußtest,
und die Flamme ist erloschen in der Lampe.
Und danach unter der Bettdecke zittert bange
und flimmert trübe ja was? die Nadel

eines neuen Kompasses, der dir den Norden
nicht besser bezeichnet als der um dich besorgte
kochende Staatsanwalt. Und das abgebrochene
Gebell, im brüchigen Schemel die Fugen,
das schläfrige Kikeriki aus dem Stockwerk unten,
der Schrei einer Lokomotive. Dann verstummen

auch diese Laute. Und tonlos – viel tauber
als die Ohren es wahrnehmen – flüstert das Laub der
Blätter, zahllos wie die Seelen der auf der
Erde einst vor uns Gelebthabenden, trotzend
irgend etwas im Dialekt der Knospen
wie in Sprachen, deren Schriften noch den

Tintenklecksen gleichsehn, der Keilschrift endlich
der Mondflecken – nicht dir, nicht der Wand verständlich.
Und lange wälzt du dich zwischen Hügeln und Ecken
der verbeulten Matratze, versuchst zu begreifen
wo die Hieroglyphe ist, wo das Kommazeichen;
und draußen rauscht jetzt die dichte,
noch nicht gelbe – Macht des Reiches der Mitte.

1981
(Ralph Dutli)

# Römische Elegien

für Benedetta Cravieri

I

Rom. Ein Privathaus als Kerker für Mahagonibäume.
Unter dem Plafond, als schwebende Insel, ein staubiger Lüster.
Jalousien – Schuppen? Gräten? – sie streuen
abends das Licht. Die Räume werden düster.
Nackter Fuß auf rotem Marmor – der Körper
kleidet sich ein: er macht einen Schritt, einen Fortschritt.
Schriest du nun: »Stirb!« – ich stürbe sogleich, wie der Römer
und seine Stadt es taten (das Glück noch vor sich).
Was die Welt zusammenhält, sind Blößen und Falten.
Letztere bergen mehr Liebe als alle Gesichter.
Das schützt auch den Operntenor vor dem Altern,
daß er rechtzeitig abgeht in die Kulissen.
Blick in die Nacht. Der blaue Augenstern badet
seinen Kristall in Tränen, bis er funkelt.
Und überm Kopf der Mond – eine leere Piazza;
Brunnen – keine; die steinerne Scheibe im Dunkel.

II

Alle Pendel halten ein. August. Nur die Fliegen
treiben es bunter denn je – in ausgetrockneten Flaschen-
hälsen. Die Zeiger auf den Zifferblättern verschieben
sich wie Scheinwerferarme, die nach Engeln haschen.
Monat der verhängten Fenster und Stühle,
des verschwitzten Doppelgängers im Spiegel
und der Bienen, die fern ihrer Stöcke Kühlung
suchen am Meer – wo die Honigquellen versiegen.
Los denn, Brause, rausch mir durch die grauen Haare,
laß den Strahl mein weißes Fleisch besingen.
Nichts paßt wohl besser zur passiven Harke

und zum einsamen Torso als Trümmer, Ruinen.
Ja, sie werden am brüchigen »r« des Hebräers
auch sich selber erkennen; mit Mörtel und Speichel
kann man die Scherben verleimen, derweil die Späher
– Zeichen barbarischer Zeit – durchs Forum schleichen.

III

Ziegelüberdachte Hügel, glühend
unterm Mittagslicht. Wolken, wie Engel, als flüchtige Schatten.
Glücklich das Pflaster, denn ständig liegt's den Verführe-
rinnen zu Füßen – welch eine Aussicht! Ich hatte
in der ewigen Stadt ein Versteck vor der Sonne,
deren Strahlen für die Blendung sämtlicher Cäsaren
und für ein zweites All ausreichten – sie verschone
mich, den Sänger des Unsinns, der Zerfahren-
heit, des Zerfalls. Der Platz ist sehr gelb, der Mittag
– taub vor Hitze; eine Vespa, die aufheult – geschunden:
ich (Hand am Herzen) zähle nach, was das Leben mir mitgab,
aber ich frage mich auch nach der Höhe der Schulden.
Und wie ein offenes Buch mit wehenden Seiten
raschelt der Lorbeer am angesengten Geländer.
Durch die Argusaugen des Kolosseums gleiten
Wolkenzüge – Erinnerung an die einstigen Herden.

IV

Zwei junge Frauen in der Bibliothek des Mannes
einer der beiden (der hübscheren!): junge Ovale,
welche über einem Buch sich treffen spät abends
– Muse und Schicksal vereint, dieses ist jener verfallen.
Rascheln alten Papiers und rötlichen Kreppstoffs,
schwer ist die Luft vom Duft des Lavendels: Frisuren-
wechsel; den Wechsel des Winds registriert völlig zwecklos
der gereckte Ellenbogen – reinste Sturheit.

Leichthin saugt das braune Auge ein Möbel gleicher
Farbe auf, einen Vorhang, Granatäpfel – ist es
doch viel geiler als ein blaues, viel weicher.
Blau genügt sich selbst – nichts braucht es, nichts vermißt es.
Blaue Augen unterscheiden den Besitzer
vom Besitz, das heißt: die Zeit vom Leben –
einprägen wollen sie sich, sie wollen wissen.
So prägt der Adler der Münze sich ein – statt zu schweben.

V

Mittagspause. Aus einem Fenster dringt – deutlich zu hören
– Klaviermusik. Schon ist die Stille überwuchert
vom b-Moll-Getön wie der Fisch von den Schuppen. Störend
nur, daß der bräunliche Putz, die Kiemen geplustert,
faule Augustluft hechelt, während der Rachen
– glutheiße Höhle – sich an Horaz erfrischen
kann, der wie eine Perle ihn kühlt. Ich mache
mir kein Denkmal – wozu sich unter Wolken mischen?
Meine – unsere – Zukunft ist längst schon beschlossen:
im Alphabet, in der Schwärze der Lettern.
Eng umschlungen mit der Leica, unverdrossen
sich mit ihr vermählend, schläft man letztlich
ein, um seine Träume wieder und wieder
in der vielfachen Brechung geschliffener Linsen
festzuhalten: sich selbst in den Bildern
zu erkennen und – sich von drüben zuzublinzeln.

VI

In der Art der hiesigen Pinien müßte
man diese reine Luft umfangen: so zärtlich.
Doch auch der Vogel verläßt die Wolkenpiste
ungebläut. Götter sind wir nicht, das merk ich;
aber dies ist das Glück: ein Niemand zu sein. Denn die Weiten

– wie die Höhen – verachten, was Haut ist, Oberfläche.
Körper und Raum sind sich feind – ein ewiges Streiten;
was unser Unglück ist, Grund unsrer Schwäche.
Stütz dich auf den Porticus, zieh die Stiefel
aus; durchs Hemd wird dir die Wand die Elle
kühlen; und schau, wie die Sonne die Gärten und Villen
einnimmt; wie das Wasser, der Redekunst Quelle,
sich aus rostigen Schlünden ergießt und einzig
eine Nymphe vorstellt, welche in ihr kaltes
Mundstück bläst, sich selbst berieselt (weint sie?)
und ihr Gesicht allmählich ruiniert; und altert.

VII

In diesen schmalen Gassen, wo man auch mit Gedanken
überall aneckt; in diesem Serpentinen-
bündel eines von der Welt längst abgewandten
Hirns, wo man, aufgeregt und abgespannt, die vielen
Kirchen, die Brunnen heimsucht – da gibt es kein Halten
(wie bei der Nadel, die über die Schallplatte humpelt
und in der Mitte vergißt: es ist Schluß). Der ungestalte
Rest des Lebens wird hier erträglich, man wundert
sich, daß Vergangenes zu einem Ganzen
werden, sich vollenden kann. Die Sohlen
trommeln Arien aus dem Pflaster, sie tanzen
Serenaden – die Zeit stimmt ihre frohen
Lieder auf die Zukunft an. Das alles
kommt dem Hündchen auf dem Plattenlabel
wie ein Auftritt von Caruso vor, falls es
nicht schon weggelaufen ist – ins Leben.

## VIII

Laß nur, Kerze, deine Flamme flattern
über dem leeren Blatt (mein Atmen – ihr Wehen),
bleib stets – doch mit Distanz! – dem Schwarm der Lettern
auf der Spur, die für den Sinn einstehen.
Du erhellst den Schrank, in der Nische den Satyr,
du umgreifst viel mehr als den Text, als die Handschrift!
Und deine Rußfahne reicht, obgleich ganz zerschlissen,
weiter als all die Ideen, die der Leser hier antrifft.
Übrigens findet sich in diesen Zeilen
auch ein Name; deiner subtilen Kommas gedenkend,
setze ich ans Jahrtausendende keinen
Punkt, sondern Wörter wie »Fackel« und »Leuchter«; und endlich
wird das Zimmer wieder sein, was es am Anfang
war. (So klein ist der Ertrag des Schreibens.)
Doch welche Helle, wenn Tinte und Nacht zusammen-
fließen; welch strahlendes Dunkel, welch finsteres Gleißen!

## IX

Riesige Schalentiere – die Kuppeln; ihr Rückgrat
– Glockentürme. Wonne unter Kolonnaden.
Und ein Habicht, der starr im Zenith verharrt
– die Quadratwurzel aus einem Himmel ohne Fermaten.
Was das Licht auch sät, die Ernte ist reicher:
Körper sind leicht zu verstecken, nicht so ihr Schatten.
Alle Fenster öffnen sich in diesen Breiten
nach dem Norden, wo mehr gesoffen als geschaffen
wird. Der Norden, dort! – ein Klavier im Packeis;
winziger Quarzeinschluß in der granitenen Vase;
Ebene, die den Blick nicht bremst, ihn nicht abweist;
alle zehn Finger – die Springer von Freund Ashkenazy.
Keine Truppen brauchen so weit vorzurücken;
eine Kohorte aus Lettern, in Rom gedrillt, wird genügen.
Und die goldblonde Braue – abendliches Entzücken –
hebt sich, und gleich wird die Nacht den Blick der Freundin trüben.

## X

Leben abseits. Zerfahrenes Denken. Und Ängste.
Wie Europa zerwalkt: meine Daunendecke.
Nur dank der Jacke und wegen des blauen Hemdes
bin ich im Spiegel des Vestibüls zu entdecken.
Zeit zum Teetrinken – was sollen wir sonst mit den Lippen?
Gleich einer Kopfsteuer lastet die Luft, gefangen
in diesem Zimmer. Von den Pinienwipfeln
lösen sich flatternd die Häher, sobald der bange
Blick aus dem Fenster sie trifft. – Ein Mann beim Schreiben;
Buchstabenschwänze – gibt es hier vielleicht Ratten?
In solcher Sicht (perfekte Perspektive!) bleiben
alle Dinge verkürzt. Und auch wir, die nichts anderes taten,
als zu verschwinden im Eis hinterm Tanaïs, zitternd,
mit dem verdorrten Lorbeer im Haar: wir gehen
ein in die Zeit, die uns drüben blüht, die uns sichert –
denn keine Großmacht kann vor ihr bestehen.

## XI

Lesbia, Julia, Cynthia, Livia, Michelina.
Brüste und Hüften, Scham und Haar – ganz gegenwärtig!
Lehm, unterm Himmel erhitzt, fügt sich willig den Fingern
– Fleisch, im anonymen Torso verewigt.
Ihr begründet die Unsterblichkeit: wer euch
nackt gekannt hat, den macht ihr zum Kaiser,
zu einem Denkmal, einem Catull, und schwerlich
bleibt er vom Nachruhm verschont. Göttinnen seid ihr
bloß auf Zeit – um so lieber schenkt man euch Glauben.
Herrlich der schwellende Leib, die zärtlichen Schenkel!
Weiß auf Weiß, wie Kasímir es träumte – nur dich vor Augen
stehe ich, Spätling und sterblichster Enkel,
in den Ruinen und schlürfe dir die Schlüsselbeinmulden
leer; noch blasser als dein Gesicht mit dem funkelnden Tupfen
ist jetzt der Himmel. Wie immer ragen die Kuppeln, geduldig:
wölfische Zitzen, an denen zwei Buben einst saugten und zupften.

## XII

Neig Dich zu mir, ich will Dir was flüstern: Dank!
Ich bedanke mich für das Fleisch und die Knochen
und – für das Scherengeklapper, als du, wie versprochen,
deine Leere auf mich zuschnittst ohne Rand.
Daß sie schwarz war – was tut's. Und was tut es, daß nichts
(keine Hand, kein Antlitz: kein Oval) je sie erfüllte?
Denn je unsichtbarer etwas ist,
desto eher wird es sich enthüllen
auf der Erde, um überall zugleich zu *sein*.
Warst nicht Du der Erste, dem solches wider-
fuhr? Nur das hält der Nagel zusammen als Ein-
heit, was nicht in zwei Hälften teilbar ist. – Wieder
war ich in Rom, dem Licht voll ausgesetzt
wie ansonsten nur Ruinen, Steine, Trümmer.
Auf meiner Netzhaut bleibt zuletzt
– für die Zeit der Düsternis – ein goldener Fünfer.

1981
(Felix Philipp Ingold)

# Venezianische Strophen (1)

Für Susan Sontag

I

Tropfnaß das Gespann am Kai. Mit zuckender Mähne
hält sich der Leithengst, wenn's dunkelt, den Schlaf vom Leib.
Sanft heben und senken die Gondeln ihre Geigenhälse
zum lautlosen Schrei.
Schwindet der Argwohn des Mohren, so mehrt sich die Schwärze
der Schrift. Und die zärtliche Hand, statt zu würgen, liebkost
das steinerne Tüchlein, das Jago zerknüllte – sie herzt es:
so findet sie Trost.

II

Gähnende Leere – die Plätze, die Kais sind verödet.
Im Kaffeehaus – mehr Bilder von Gästen als zahlende Kunden.
Ein Mädchen, das hier für Mustafa leis klimpert und flötet,
bleibt mehrere Stunden.
Neunzehntes Jahrhundert! Der Drang nach dem Osten! Die Pose
des Flüchtlings auf seinem Fels! Leukozyten im Blut –
meist starben Heldentenöre an Tuberkulose,
und nicht an der Liebesglut.

III

Nachts ruht man hier – nichts zu tun. Keine Duse gibt's, keine Arien.
Einzig der Absatz hämmert auf dem Diabas seinen Takt.
Unter der Straßenlaterne sackt, wie ein Karbonarier
zitternd, der Schatten ab
und läßt Dampf. In der Nacht unterhalten wir uns
mit dem eigenen Echo; dieses erwärmt das weithin
hallende, längst entleerte marmorne Aquarium
mit den schwitzenden Scheiben.

IV

Unter den goldenen Schuppen sich spiegelnder Häuser
– Ölbilder, in Bronze gerahmt, ein Flügel und dies und das:
wohlgehütetes Besitztum – die Brasse betreut es
gemeinsam mit dem Barsch.
Es schwindelt einen, wenn unverhofft im Gewölbe
eine Göttin völlig nackt sich offenbart
und alle Galerien – anginarote, eitergelbe –
machen lauthals: »Ah!«

V

Fischgleich wanden sie sich und schlugen mit ihren Schwänzen!
Und wie sie zum Laichen scharenweise ins Oval
des Spiegels stießen! Und was da im tiefen Ausschnitt glänzte
– phänomenal!
Scirocco in der Lagune! Und auf dem Gehsteig gerieten
die Röcke und Hosen bunt durcheinander – wie Stschi!
Wo sind sie geblieben, die Harlekine und die Proselyten?
Die Masken – wo sind sie?

VI

So verglühn die Opernlüster. So verschlanken
sich die Kuppeln gegen Abend zu Medusen.
So windet sich, ein Riesenaal, die Straße.
So wird der Platz zur Flunder.
So sammelt Nereus für die Töchter Kämme,
die aus aufgeplusterten Frisuren fielen,
doch läßt er unberührt die gelben Perlen
der Laternenlichter.

VII

So verstummen die Orchester. Diese Stadt ist
ganz wie Luft – sie sucht den Ton vorm Ersterben zu retten;
gleich Schülerpulten ragen die Paläste, drastisch:
düstere Verstecke.
Bloß das Fisteln eines Sterns zwischen den Drähten –
dort oben ruht, in schwerstem Schlaf, ein Herr aus Perm.
Doch das Wasser applaudiert, die Uferwege
– Rauhreif, *do-re-m...*

VIII

Die Nacht, mit Meer multipliziert, vermehrt sich zweifach,
ergibt jedoch kein Resultat mit vielen Nullen,
das heißt: mit Menschen; deren Ovale werden freilich
weiß wie Pfulmen.
Man möchte sich ausziehn – weg mit dem textilen Panzer,
möglichst schnell ins Bett zu einem lebendigen Knochen,
zu jenem warmen Spiegel, der unser eigenes Antlitz
festhält als Bild – wie gestochen!

1982
(Felix Philipp Ingold)

# Venezianische Strophen (2)

Für Gennadij Schmakow

I

Von straffen Segeln glattgefegt die nachts zerwalkte Wolke.
Vom Schlag des Bäckers rot geworden – ein Gesicht
(die Wange glüht), und lodernde Glasperlen rollen
als Pfand auf den Ladentisch.
Tuckernde Kehrichtkähne. Schüler flitzend
zwischen den Geländersprossen. Morgenlicht
bestreicht die Arkaden und Säulen, es steigt zu den Ziegeln,
es dringt durch das Algendickicht.

II

Der Tag nimmt langsam zu. Die glatten kalten Marmor-
schenkel einer neuen Susanna tauchen ins Meer,
und neue Lustgreise lassen die Kameras schnurren, ganz harmlos.
Zwei, drei Tauben, schwer
und träg, verwandeln sich, wenn sie den Sims verlassen,
flugs in Möwen: wer zu weit hinaus, zu hoch
hinauf will, der muß gleich bezahlen – an die Kasse!
Kein Gefackel! Los!

III

Das Licht verengt die Augen zu Muscheln, die Ohren (Muscheln
ohnehin) erweitern sich beim Glockengetön.
Zur Tränke schlendern, Herde um Herde, die mächtigen Kuppeln
– sich selber im Wasser zu sehn.
Die Fensterläden werden aufgestoßen, es duftet
nach Zichorie und Kaffee, nach Putzzeug und Wäschekorb.
Und in den Schlund des Drachen stößt aus den Hüften
den Speer – wie in Tinte – Georg.

## IV

Ins Schlafgemach dringt Feuchtigkeit, die spröde Schöne
fröstelt, sie erzittert bis zum Schulterblatt.
Gleich einem Rebhuhn, das zusammenschrickt im Dösen.
Ein Engel, als Sünder ertappt.
Der Vorhang bläht sich leicht von ihren Atemzügen.
Die weiße Seidengischt bestreicht die Stühle und
den Spiegel: jenen Notausgang der Dinge nach drüben
– jenen gläsernen Schlund.

## V

Ins Quadrat erhobenes Blau – gewichtlose Masse,
die alles, sogar ihre Bläue, jetzt hinter sich läßt
und auf das Fenster zustürzt, als wär's eine hohle Gasse
– doch das Glas bleibt fest.
Die zottige Wolkenhorde, aus Nordosten kommend,
hat den Dieb mit der feurigen Mütze fast schon gefaßt.
Die Stadt sieht aus wie eine Mahl- und Abfalltrommel
– voller zerscherbten Kristalls.

## VI

Sie entsteigen den Fluten, verblüffen mit ihren ölglatten Körpern
die buckligen Ufer. Bloß eine Blume in der Hand,
die Kleider vergessen – ist es ein Kleid, das dort in der Ferne
flattert und Beifall klatscht?
So werden Falten gehätschelt, von den Wellen zu schweigen.
Und nach tausend Jahren, für Fisch und Vogel ein Witz,
werden sie über den blanken Wasserspiegel schreiten
und suchen darin ihr Bild.

VII

Motorboote und Schaluppen, Barkassen und Barken
zerstören – welch göttliches Schuhwerk! – unter ihrem Tritt
eilfertig Türme und Pilaster und Arkaden
und – ein gebeugtes Gesicht.
Alles ist doppelt vorhanden, außer dem Schicksal,
außer dem $H_2O$ selbst; doch »pro« und »bis«
– ob Haus, ob Meer – sind ephemer: gleich x-mal
überstrahlt vom Türkis.

VIII

Ich schreibe diese Zeilen, winters, unter freiem
Himmel, nur mit einer Jacke angetan.
Die Sätze in der Muttersprache, ich kaue sie leise
– man sieht's mir wohl an.
Der Kaffee wird kalt. Es plätschert die Lagune,
Lichtkleckse necken meinen allzu schweren Blick:
ich halte hier ein Weichbild fest, das auch ohne
mich vollständig ist.

1982
(Felix Philipp Ingold)

# An Urania

Für Inés Kinnell

Alles hat seine Grenze, auch die Trauer.
Der Blick verfängt sich im Fenster wie im Gitter das Blatt.
Mit den Schlüsseln ließe sich rasseln. Wasser kauen.
Einsamkeit ist der Mensch im Quadrat.
So schnüffelt das Dromedar empört an den Gleisen.
Die Leere öffnet sich wie eine Portiere.
Und was ist denn Raum, wenn nicht gleiche
Abwesenheit eines Körpers, in jedem Punkt sich bewährend?
Drum ist Urania älter als Klio.
Bei Tag und im Licht stark qualmender Fackeln
siehst du: nichts hat sie verborgen, nichts verschwiegen;
du schaust auf den Globus und siehst einen kahlen Nacken.
Hier sind sie ja, jene Wälder voll Heidelbeeren,
die Flüsse, wo die Hand vom Fangen des Störs ermüdet,
oder die Stadt, in deren Telefonbuch du entbehrlich
wurdest. Und immer weiter Richtung Süden,
genauer: Südosten, erheben sich braun die Berge,
im Riedgras toben Przewalskipferde, die keiner reitet,
Gesichter werden gelber. Und noch weiter, da fahren Zwerge
von Schlachtschiffen, und wie Spitzenunterwäsche blaut die Weite.

1982
(Birgit Veit)

# Fliege

Für Irene und Alfred Brendel

I

Du singst und singst, da ist der Herbst gekommen.
Zu heizen hat der Ofen übernommen.
Während du singst und segelst,
wurds kalt, es regnet.

Jetzt kriechst du langsam über ebne
speckige Bretter, deinen Blick nicht hebend
dahin, von wo du im April auftauchtest,
mühsam jetzt krauchend

und kaum dich regend. Wenig Aufwand braucht es,
dich umzubringen. Doch der Tod, der taugt nicht,
da mir Historiker weit spannender die Qual ist,
drum, Fliege, wart ich.

II

Du singst und singst, die Blätter fielen.
Das Wasser drängts, herabzufließen
zur Erde, rückwärts anzuschaun aus Pfützen,
wovors ausbüxte.

Du aber bist jetzt sicher ganz erblindet.
Und wer den Dämmer deines Hirnes
sich ausmalt hinter der verletzten,
zerfetzten Netzhaut,

kriegts mit der Angst zu tun. Doch dir behagt wohl
der abgestandne Mief meines Verschlags, wo
die Vorhänge mein Leben proben:
es hat sich langgezogen.

III

Ach, lahmer Brummer, ohne Flunkern:
du wirkst wie eine alte Junkers,
wie ein vergilbtes Foto aus den Alben
versunkner Ahnen.

Warst dus nicht, die heut nacht erbärmlich
laut brummend über meine Wiege schwärmte,
vor Scheinwerfern im Fensterrahmen
durchs Zimmer jagend?

Jetzt brennt es meinen gelben Fingernagel,
liebkosend deinen Wanst zu adeln,
und du zuckst nicht zusammen, als gäbs Hiebe,
du summst nur, Liebe.

IV

Während du sangst, wurds draußen grauer.
Vor Nässe quellen Türen aus den Mauern.
An allen Zehen ziehts. Und unaufhaltsam
verkommt mein Haushalt.

Doch weder kann der Turm zu Babel
aus ungespültem Porzellan und Gabeln
noch auch das zuckerweiße Laken
dich ernsthaft locken.

Es reizt dich nicht, dich für das Lärmen
metallischen Geklimpers zu erwärmen;
dich damit abzugeben, das verschmähst du.
Geht mir ja ähnlich.

V

Wie altmodisch sind deine Flügel, Beine!
Dahinter ahn ich Urgroßmutters Schleier,
wie er sich über Eiffeltürmen blähte
und da vermählte –

mit einem Wort: Jahrhundert, Nummer neunzehn.
Doch wenn ich dich mit diesem und mit jenem
vergleich, verwandel ich dein Sterben
in Mehrwert,

da ich mit dreister Hand dich vor der Zeit schon
des Fleischs entkleide und zum reinen
Gedanken mache. Das ist grausam.
Verzeih die Flausen.

VI

Was träumt dir? Deine höchst banalen,
doch nie zu kalkulierenden Flugbahnen?
Die sechsarmige Letter, dir zuliebe
ins Heft geschrieben,

die auf das platte Blatt gekrakelt
kyrillisch widerhallend krakeelt,
das einzige an Farbe, das du manchmal
wahrnahmst, erkanntest

und überflogst. Doch jetzt, da du geblendet
festsitzt, da überläßt du das Gelände
lebendigen Brünetten, femininen
Gesten und Mienen.

## VII

Während du sangst und segeltest, sind die Vögel
längst fortgezogen. Auch die Plötze
wird in den Bächen selten. Kahl: die Wälder.
Der Kohl klirrt auf den Feldern

vor Frost, obwohl dick eingemummelt. In der Ecke
tickt irgendwo ein wildgewordner Wecker
wie eine Bombe, deren Sprengsatz
mehrfach geklemmt hat.

Ansonsten herrscht hier Grabesstille.
Das Licht prallt von den Dächern, willens
sich in den Wolken einzuigeln. Halme
schrumpfen: unheimlich.

## VIII

Und hier sind nur wir zwei und drohen,
Bazillen zu verbreiten: Worte und Mikroben.
Was lebt, wird davon auch befallen.
Wir zwei vor allem:

dein Körper, der vorm Sterben Angst hat,
und meine gut acht Pud, die Landmann
mit Bildung mimen. Plus figürlich:
der Herbst natürlich.

Dein Brummbaß, der gehört zum alten Eisen!
Doch macht es dankenswerterweise
der Zeit nichts aus, sich unsrer anzunehmen.
Nicht überheblich,

## IX

nicht wählerisch ist sie. Womöglich merkt sie
ja überhaupt nicht, wie unsäglich
sie reinfällt, wenn ihr diese Flatterwesen
angedreht werden.

Mit deinen Flügen hats nun sein Bewenden.
Doch für die Zeit sind Jugend und das Ende
ununterscheidbar. Ursache und Wirkung
sind für sie Irrsinn,

und winzigere Daten noch viel eher.
So haltens Finger, die sich nicht drum scheren,
was sie sich eingehandelt haben:
Kopf oder Adler.

## X

Sie war, auch als du dich vor mir verdrücktest
und auf dem Speicher glücklich unter düstrer
Glühbirne flattertest und schwelgtest,
ein und dieselbe

wie gegenwärtig, wo du nun aus Schwäche
und einem Hang zu mir die nahe Fläche
farblosen Staubes suchst. Denk nur nicht hämisch,
dich neidisch grämend,

sie wäre mir ein Bündnispartner.
Schau, Liebe, bin ja hier dein Zellennachbar,
dein Kumpel, dein Kumpan, Komplize;
sitz meine Frist ab.

## XI

Und draußen – Herbst. Mesalliance der bloßen
Kornelkirschzweige. Wie bei den Mongolen:
da paart sich eine kleine graue Rasse
mit gelber Masse.

Genauer: macht Avancen. Niemand fragt sich
nur, was mit uns los ist. Erstarrung plagt mich,
dein Virus, klar. Wenn du gesund wärst,
würdst du dich wundern,

wie ansteckend doch Müdigkeit und Neigung,
daß alles eins ist, einen dazu treiben,
unserm Planeten ein für alle Male
es heimzuzahlen.

## XII

Stirb bloß nicht! Reg, beweg dich, wehr dich!
Nutzlose Existenz ist herrlich.
Erst recht, wenn du kein hohes Tier bist.
Bring also lieber

Kalenderdaten durcheinander
und zeig durch sinnlose Präsenz den andern:
Leben ist gleichbedeutend mit dem Nichtsein,
Bruch jeder Richtschnur.

Wärst du ein gut Teil jünger, Himmel,
ich schaute dahin, wo es davon wimmelt.
Jetzt bist du hier, wo ich dich halte,
nah, denn gealtert.

## XIII

Wir sind zu zweit. Ein Regenguß erkundet
mit weichem Schnabel, wie ihm Fenster munden,
und streicht uns dabei sanft aus dieser Gegend.
Du sitzt jetzt reglos.

Zu zweit sind wir. Das heißt, ich werd im Denken,
wenn du gestorben, den Verlust vermerken,
was immerhin ein Echo deiner alten
glanzvollen Salti

mortali ist. Sobald ein Zeuge
dabei ist, weißt du, setzt der Tod höchst deutlich
den Schlußpunkt. Anders als gemeinhin,
wenn er allein ist.

## XIV

Ich hoffe bloß, daß du nicht leidest.
Schmerz braucht ja Raum, er könnte schleichend
dich rücklings packen, überfallen.
Das hieße also

durch meine Hand. Doch deren Finger
sind schon durch Feder, Tinte, Vers verhindert.
Stirb nicht, solang du noch nicht völlig
schwach und erschöpft bist,

solang du schnaufen kannst. Ach, Fliege!
Der Zustand des Gehirns ist schnurzepiepe:
ein Ding, das den Gehorsam jäh verweigert,
ist von der gleichen

XV

Schönheit wie jener Augenblick, verdient es
deshalb, statt Beifall abzukriegen,
schlicht zu verweilen. Angst ist nur Ergebnis
ganz fester Regeln,

die körperlicher Ohnmacht raten,
eine Sekunde länger standzuhalten.
Mit andren, einfacheren Worten,
ich bring das Opfer,

von meinen eine abzutreten.
Doch diese Geste ist vergebens:
alle sechs Arme, Schiwa, lahmen.
Dir geht es haarig.

XVI

In der Erinnrung Lecks und Kellern,
zwischen den Schätzen, längst verscherbelt,
entwertet usw. (die man ja weder
in früher Ära

noch später – da erst recht nicht – zählen
kann), zwischen diesem Kupfermünzengeldrest
des Lebens ist dir von der Muse,
du Fliege, Musca

domestica, ein weiches Lager
bestimmt. Und daher stammen die gewagten
Buchstabenfluchten, die Gebete
der Alphabete.

## XVII

Draußen ists trüb. Und mein Organ der Reibung
an Dingen rings im Raum, Verzeihung,
mein Sehsinn klebt an den Tapeten.
Nicht einen Meter

heimischen Musters kannst du mitgehn lassen,
um schlappe Seraphim in jenen blassen
hymnischen Höhen damit zu verblüffen:
Idee von Rhythmus

und Wiederholung, sinnlos von der hohen Warte,
doch wurzelnd in Verzweiflung. Die ist aber
dort fremd und kann die wolkigen Insekten
partout nicht schrecken.

## XVIII

Ein Fliegenparadies, entpuppt sich
das als dein Ende einst? Ein Vorratsschuppen,
wo deiner Vorfahrn träge Scharen
an Marmelade

nippen und dabei einen Laut verbreiten
wie Spätherbstpflaster auf dem Land. Doch weiten
wir bloß um einen Deut den Türspalt,
dann drängen, stürzen

in bleichem Schwarm sie wieder Richtung
Realität, die sie in dichtes
winterlich weißes Totenhemd einhüllen,
und damit künden

## XIX

sie und erhärtens noch mit ihrem Glitzern:
daß Seelen wohl Gewebe, Stoff, Geschicke
im Rahmen einer Landschaft haben, daß hier
ein Ding so schwarz wie

der Ruß zum Zeitvertreib den Farbton wechselt.
Daß alle Seelen zahlenmäßig
die Größe jeden Volksstamms übersteigen.
Daß Farbe Zeit ist,

zumindest der Versuch, ihr nachzujagen,
indem den Großen aus Halikarnassos
frontal sie oder im Profil zitiert von
Hügeln und Giebeln.

## XX

Werd ich in diesen bleichen Schwärmen
flockiger Legionen dich erkennen?
Und du, wirst du, wies deine Art war,
herunterflattern

auf meinen Nacken, weil du Heimweh
nach leerem Stroh hast, das wir weltweit
vernehmlich dreschen? Unwahrscheinlich.
Mit hundert Jahren

bist du viel später als die andern
gestorben und als letzte dort gelandet.
Falls die dich oben akzeptiern, gebieten
lokale Riten

XXI

plus Klimalaunen, wenn du wieder selig
durch dünne Luft auf unsre Gegend
zusteuerst, daß du mir mit Mühe
endlich im Frühling

erscheinst; dann denk ich durch den Schneematsch watend:
ein Stern ists, steil vom Himmel rasend,
und überwinde mich und winke.
Doch ists das Blinken

nur deiner Seele ja, die vorwärtsstrebend
mit fremder Larve sich umgeben
will zu des Stalldungs ahnungsloser
Metamorphose.

1985
(Birgit Veit)

# In Italien

Für Roberto und Fleur Calasso

Auch ich lebte einst in einer Stadt wo auf Häusern
Statuen wuchsen, wo mit dem Schrei »Schände! du Scheusal!«
der lokale Philosoph durch die Straßen lief, sein Bärtchen rüttelnd,
und die endlose Uferstraße schnitt uns das Leben kürzer.

Dort setzt sich jetzt die Sonne, blendet die Karyatiden.
Doch die sind nicht mehr am Leben die mich mehr liebten
als sich selbst. Das Objekt der Verfolgung vergessend
schnüffeln die Hunde einzig noch an Speiseresten,

ganz ähnlich dem Gedächtnis. Der Untergang im Westen;
Stimmen in der Ferne, Ausrufe vom Typ »du Bestie!
verschwinde!« in fremder Mundart. Aber die verstehst du auch ohne.
Und der goldene Taubenschlag der weltbesten Lagune

glitzert so stark, die Pupille betränt vor lauter Lichtern.
Ein Mensch, der den Moment erlebt, wo er nicht mehr
geliebt werden kann, hat es satt, gegen die rasende schiefe
Strömung zu halten – und verzieht sich in die Perspektive.

1985
(Ralph Dutli)

In diesem Zimmer roch es nach Lumpen und Tümpel
und Eine in der Ecke sagte zu mir: he Jüngelchen!
Na komm schon komm her! Dich mein ich genau.
Und ich ging hin auch wenn mein Kopf weiß ist und grau.

Im andern hingen wie rote Schindeln Messer von Wänden herab
und ein Holzklotz auf Eiern wankend raunte: Hau ab!
Doch mir gings genauso ich konnte kein Bein mehr rühren
und so wars geräumiger als in jenem andern, früheren.

Im dritten lag überall dicker Staub wie das Fett
der Leere denn in ihm hatte noch keiner gelebt.
Mir gefiel das besser als jedes Zuhause
weil es danach überall so sein wird da draußen.

Auch das vierte erinnern – würde ich gern,
doch unmöglich: weils so aussah wie bei mir im Gehirn.
Das heißt ich lebe noch. Entweder war dort ein Brand
oder die Rohre geborsten. Und ich bin weggerannt.

1986
(Ralph Dutli)

Nacht, ganz verrückt nach dem Weiß
der Haut. Vom windigen Farn,
der am Laden kratzt, bis zur Schnitzerei
eines blinkenden Sterns
schmiegt die Nacht sich wie ein Insekt
mit zuckenden schwarzen Fibern eng
an die Lampe, den gewölbten Fleck,
der zwar heiß ist, aber nicht brennt.
Schlaf. Fünfundzwanzig Watt
starke Beute spukenden Schlafs,
hast du die Strahlen nicht vertan,
die sich brachen an deinem Oval,
und leuchtest von innen fahl,
solang ich, den Mund an die Schulter gepreßt,
Sesam flüstre, Vokal für Vokal,
als läs ich bei dir erst den Text.

1987
(Birgit Veit)

# Nachwort

## I

Jahre vergehn. In der dunklen Schloßfassade – ein Riß.
Jetzt zieht die blinde Näherin den Faden
durch das vergoldete Öhr. Und die Heilige Familie ist
millimeterweise vorgerückt zu Ägyptens Gestaden.

Fast alle Lebewesen gehören zur sichtbaren Welt.
Indirektes Licht erhellt die Straßenzüge.
Ein Astronom zählt in der Nacht – er wird nicht müde –
Münze für Münze sein Trinkgeld nach: ob auch nichts fehlt?

## II

Ich kann mich inzwischen schon nicht mehr erinnern, wo
das Ereignis stattfand – und wann? Und welches?
Gestern? Vor einigen Tagen? Im Wasser? Hoch
in der Luft? Im Park? Bin ich dabeigewesen?

Auch das Ereignis selbst – ob Explosion,
Brand im Kusbass, Überschwemmung oder Verrat in der Liebe –
hat kein Gedächtnis, und also bin ich verschont
wie jene andern, die am Leben blieben.

## III

Was wohl bedeutet, daß wir mit dem Leben zu guter Letzt
einig und eins sind. Daß auch ich ein Teil geworden
bin von dem raschelnden Stoff, an dem die Haut sich wetzt
und dessen farblose Appretur sie reizt – im verborgnen.

Im Profil bin ich kaum noch zu unterscheiden vom Kleid
des Bajazzos, von Flicken und Falten, von Teilen
und vom Ganzen, von Ursache, Wirkung, Richtigkeit,
kurz – von dem, was nicht wissenswert ist, von Wünschen und Leiden.

IV

Rühr mich an – und du rührst an ein trockenes Klettengewächs,
fühlst die Feuchtigkeit des Abends, des Mittags; des Windes,
der durch den Steinbruch der Stadt, durch die Weite der Steppen krebst;
und der Toten, die sich in meinem Gedächtnis zusammenfinden.

Rühr mich an – du wirst fühlen, was auch ohne mich
existiert und was mir keinen Glauben mehr schenken
kann – weder mir, noch dem Mantel, noch meinem Gesicht.
Wir nämlich sind ein Verlustgeschäft, sind – Minusmenschen.

V

Ich rede jetzt mit dir, und ich kann nichts dafür,
wenn du mich nicht verstehst. Denn die Summe der Tage,
die uns ins Aug sticht, verschlägt uns bisweilen die Sprache. Auch mir
fehlt es an Stimme – so muß ich deren Schrillheit nicht beklagen.

Um so besser vernimmt man den Kuckuck, das Ticken der Uhr
und auch das Kratzen der Nadel im Herzen der krächzenden Platte –
nur damit du nichts merkst, wenn ich einmal verstumme, so stur,
wie das Rotkäppchen einst vor dem Wolf geschwiegen hatte.

1987
(Felix Philipp Ingold)

# Landschaft mit Hochwasser

# Fußnote zur Wetterprognose

Eine Allee mit Statuen aus verhärtetem Dreck
die abgeholzten Bäumen ähnlich sind.
Viele davon kannte ich vom Sehen. Andere
sehe ich zum ersten Mal. Offenbar sind es Götter
hiesiger Flüsse und Wälder, Bewahrer der Stille
oder Gerinnsel fremder, mir undeutlicher Erinnerungen.
Und die weiblichen Figuren – Nymphen u. ä. –
schauen unvollendet aus genau wie Gedanken;
jede versucht sogar hier in der angebrochenen
Zukunft den Status eines Gastes zu bewahren.

Keine Zieselmaus springt hervor und läuft übern Weg.
Keine Vögel zu hören, erst recht keine Automobile:
die Zukunft ist das Allheilmittel gegen
das was sich seinem Wesen nach wiederholen muß.
Und über den Himmel verstreut wie die Klamotten
eines Junggesellen die Wolken, das Innere nach außen
gestülpt und geplättet. Es riecht nach Nadelholz,
dieser beißenden Substanz wenigbekannter Orte.
Skulpturen ragen auf im Dunkeln, geschwärzt
von ihrer gegenseitigen Nachbarschaft, der Gleichgültigkeit
der sie umgebenden Landschaft.

Sprich eine beliebige von ihnen an und du
wirst eher seufzen als zusammenzucken
wenn du bekannte Stimmen vernimmst, etwas
hörst von der Art: »Das Kind ist nicht von dir«
oder: »Ich habe auf ihn gezeigt, aber aus Angst,
nicht aus Eifersucht« – die kleinen, zwanzig
Jahre alten Geheimnisse blinder Herzen,
die besessen sind vom albernen Drang nach Macht
über ihresgleichen und die keine Tautologie
bemerken. Die Besten unter ihnen
waren sowohl Opfer wie Henker.

Wie gut daß fremde Erinnerungen sich in
die deinigen mischen. Wie gut daß
einige dieser Figuren dir fremd
vorkommen. Ihre Anwesenheit deutet
auf andere Ereignisse, eine andere Schicksalsvariante –
vielleicht nicht die beste aber zweifellos
eine von dir verpaßte. Das befreit –
nicht so sehr die Phantasie wie das Gedächtnis –
und für lange, wenn nicht für immer. Zu erfahren
daß man dich betrogen hat, daß man dich völlig
vergessen hat oder – im Gegenteil –
daß man dich bis heute haßt – ist äußerst
unangenehm. Doch sich selber als Zentrum
eines selbst unansehnlichen Weltgebäudes
anzusehen ist obszön und unerträglich.
Als seltener,
vielleicht auch einziger Besucher dieses Ortes
glaube ich ein Recht zu haben das Gesehene
ohne Beschönigung zu beschreiben. Da ist es also, unser
kleines Walhalla, unser stark verwahrlostes Landgut
in der Zeit, mit einer Handvoll Seelen zur Revision,
mit Grundstücken wo die geschärfte Sichel
gewiß nicht weit ausholen kann
und wo die Schneeflocken langsam kreisen als Beispiel
für das Verhalten im Vakuum.

1986
(Ralph Dutli)

## Flüsse

Die Pflanzenwelt in meinem Fenster! Grüner Wucher!
Schaust du hinauf und zu den Wurzeln runter –
wird dir der Kopf ganz schwindlig, zum Erbrechen;
ich finde Wasser x-fach besser,
und sei es ungesalzen. Wasser ist ein Flüchtling:
weg nur vom Ort, vom Ufer, Bogen, Haus,
weg von der Brücke – Bräutchen, jawort-fürchtend
mit dem Familiennamen: Grauemaus.
Wie ist es weiblich! gleich dem Leben auch
mit der mal matten mal ganz runzeligen Haut
so unruhig unaufhaltsam trauernd irrt
es dauernd weiter hin zur Mündung wird
es – Anonymität. Die Welle kanns nicht lassen
sich Spiegelbild und Schicksal abzuwaschen,
um sich zu mischen nur mit Horizont und Salz,
dem Schmerz – verflossen abermals.

1986
(Ralph Dutli)

Nur die Asche weiss was verbrennen heißt ohne Rest.
Ich aber sage auch, wenn ich kurzsichtig nach vorne seh:
nicht alles trägt der Wind fort nicht alles reißt
der Besen mit sich wenn er breit übern Hof hin fegt.
Wir bleiben als knittrige Kippe als Spuckfleck im Schatten
unter der Bank wo das Licht keinen Strahl hinschickt
und werden in Umarmung mit dem Dreck die Tage erwarten,
zu Humus gepreßt, als Bodensatz, als schlichte Schicht.
Die Schaufel verschmierend wird der Archäologe den Rachen
aufreißen beim Rülpsen; doch seine Entdeckung hallt
durch alle Welt – als Passion: in die Erde vergraben,
als Pyramide in schlechthin umgekehrter Gestalt.
»Aas!« – wird er hauchen, leider schon
entfernter von uns als die Erde
 von den Vögeln, uns niemals erreichend.
Denn Aas ist – die Freiheit von Zellen, Freiheit vom
Ganzen: Apotheose der Teilchen.

1986
(Ralph Dutli)

## Ermahnung des Reisenden

I

Reist du in Asien, übernachtest unter fremden Dächern
in Hütten, Dampfbädern, Kornspeichern, Baumstamm-Gemächern
deren rauchgeschwärzte Scheiben den Raum im Zaum
halten, bedeck dich mit Schafspelz und paß auf nur genau
daß du mit dem Kopf im Winkel schläfst denn dort machst
du's schwer auszuholen – noch dazu im Dunkeln – mit der Axt
überm Kopf der schwer ist vom Getrunkenen, und dich akkurat
bzw. tödlich in Stücke zu hacken. Schreib den Kreis ins Quadrat.

II

Fürchte breite Backenknochen inklusive den Mond und die Haut
pockennarbiger Wangen; und noch was, zieh das blaue Aug
dem kastanienbraunen vor – besonders wenn der Weg in den Wald
führt, ins Dickicht. Überhaupt Augen – ihr Zuschnitt, ihr Falz
machts, so daß besser zu sehen ist ganz zuletzt
was – obwohl kälter – durchsichtiger ist als Mantel und Pelz,
denn das Eis kann knacken und wo's aufgetaut und frei
ist strampelst du besser als im honigzähen Lügenbrei.

III

Wähle immer jene Hütte wo Windeln aushängen im Wind
und verkehr nur mit denen die so gegen fünfzig sind.
Der Kerl weiß in dem Alter schon genug vom Schicksalspfad
um nicht auf deine Kosten was an sich zu reißen das er mag;
und genau dasselbe – das Weib. Die Kohle aber versteck
im Kragen des Pelzes; und reist du leicht und ohne Gepäck –
in der langen Unterhose unterm Knie; nie im Stiefel. Glaub
mir: in Asien werden als erstes die Stiefel geklaut.

## IV

In den Bergen beweg dich langsam; muß man kriechen so kriech.
Majestätisch aus der Ferne, von nah sinnlos und wirr sind sie
denn Berge sind eine Form der Oberfläche, aufrecht gestellt
und der horizontal erscheinende sich windende Weg fällt
in Wirklichkeit vertikal. Liegst du in den Bergen – stehst du gerad
und stehend liegst du zum Beweis daß nur auf absteigendem Pfad
du wirklich souverän bist. So überwindet man die Angst,
den Schwindel überm Abgrund oder den euphorischen Tanz.

## V

Reagier nicht auf ein »he, du da!«. Sei taub und stumm.
Selbst wenn du die Sprache kennst scher dich nicht darum.
Tu dich nicht hervor, fall nicht auf – im Profil, En-face; und
wasch nicht immer dein Gesicht. Fahren sie einem Hund
mit der Säge durch die Kehle runzle nicht die Stirn. Spuck
auf die Zigarette um sie zu löschen. Was die Kleider betrifft duck
dich, trag Grau, die Farbe der Erde; weiße Wäsche kannst du sparen
um die Versuchung zu verkleinern dich darin zu verscharren.

## VI

Machst du einen Halt in der Wüste so forme aus Stein
einen Pfeil um dann wenn du aufwachst sofort zu wissen: dein
Weg führt in die Richtung. Der Wüstendämon fährt
in den Reisenden und martert ihn. Wer nur schon seine Reden hört
kann sich leicht verirren: einen Schritt zur Seite – schon ist es aus.
Phantome, Gespenster, Dämonen sind in der Wüste zuhaus.
Du kannst dich selbst davon überzeugen, knirscht der Sand
und von dir ist auch nur die Seele übrig, für immer verdammt.

VII

Niemand weiß je was Genaues, nirgendwo und nie.
Und wenn du den breiten stämmigen Rücken vor dir siehst
so denke du guckst in die Zukunft und halt dich streng
auf Distanz nach Möglichkeit. Das Leben ist nichts andres denn
Distanz – zwischen dem Gestern und dem Morgen alias
Zukunft. Und deine Schritte zu beschleunigen, Gas
zu geben lohnt sich nur wenn hinten auf dem Pfad bereits
dich wer jagt: ein Mörder, Räuber oder die Vergangenheit.

VIII

Im sauren Aroma der Lumpen, im Geruch von getrocknetem Mist
schätze die Gleichgültigkeit des Dings gegenüber dem Blick
aus der Ferne, verlier selber deine Umrisse sei unerreichbar für
ein Fernglas, Erinnerungen, Gendarmen, Rubelgewirr.
Hustend in der Staubwolke schmatzend im Dreck –
was für ein Unterschied, bist du in der Nähe versteckt?
Ja viel besser noch, denn so wird der Messermensch
nicht der sein der in dir rasch einen Fremden erkennt.

IX

Die Flüsse in Asien wirken länger als in jedem andern Land
der Welt, reicher an Alluvium das heißt – trüber; in hohler Hand
bleibt wenn du aus ihnen schöpfst eine ganze Masse Schlamm,
und der Trinkende grämt sich danach, *daß* er trank.
Vertrau nicht der Widerspiegelung. Schwimm hinüber bloß
auf dem von dir selber zusammengefügten Floß.
Versteh daß der Widerschein deines Feuers am Ufer nachts
wenn er flußabwärts gleitet, dich verrät wenn du nicht aufpaßt.

X

In den Briefen von diesen Orten teile niemals mit
mit wem du zusammentrafst unterwegs. Doch vielfach schick
Berichte von dir, von Gefühlen und dergleichen – der Brief
kann abgefangen werden. Und überhaupt ist das Motiv
der Verrückung der Feder längs des Papiers doch grad eben
die Vergrößerung der Kluft zwischen dir und jenen im Leben
die das gemeinsame Sitzen oder Liegen nicht mehr erlaubt;
mit denen die du – trotz Brief – nicht mehr siehst.
Aus welchen Gründen auch.

XI

Stehst du allein auf dem öden Hochland im Lot
unter der abgrundtiefen Kuppel Asiens in deren Bläue ein Pilot
oder Engel bisweilen einen Streifen Stärkemehl hinschickt;
wenn du unwillkürlich zusammenzuckst im Gefühl: bin ich
klein! so erinnere dich daß der Raum der, wie es scheint
nichts und niemanden braucht, gerade in Wirklichkeit
stark den Blick von außerhalb benötigt, das Leere-Kriterium.
Und diesen Dienst ihm leisten – kannst nur du. Eben darum.

1987
(Ralph Dutli)

## Neues Leben

Stell dir vor der Krieg ist vorbei und der Friede triumphiert.
Im Spiegel erscheint noch immer dein Bild. Und eine Elster
oder Drossel, keine Junkers macht auf dem Ast »tschirr-tschirr«.
Was du vorm Fenster siehst sind keine Ruinen sondern bester
Barock einer Stadt; Pinien, Palmen, Magnolien, Lorbeer,
Efeuranken. Die gußeiserne Schrift in deren Spitzenwerk träge
der Mond lag habe die drängende Mimose geboren
plus die aufschießende Agave. Daß das Leben neu
zu beginnen wäre.

Die Leute kommen aus den Zimmern wo die Stühle
wie der Buchstabe »B« sie vor Schwindelanfällen retten.
Niemand sind sie nütze, nur sich selber und den vielen
Plättchen des Pflasters wie den Vermehrungsregeln.
Das ist der Einfluß der Statuen. Besser – deren hohler Nischen.
Das heißt: wenn nicht Heiligkeit so wenigstens ihr Synonym.
Stell dir vor all das ist die Wahrheit. Und sprichst du
von dir so von ihnen, von irgendwem, dem Fremden, von ihm.

Das Leben beginnt neu genau so – mit den Bildern
vom Ausbruch des Vulkans, der in Seenot geratenen Schaluppe.
Mit dem von ihnen erzeugten Gefühl: du allein bist der
Betrachter der Katastrophe. Dem Gefühl in der nächsten Minute
wirst du dich abwenden und siehst ein Sofa und Blumen
in der gelben chinesischen Vase neben der kalten Kaffeekanne.
Ihre schreienden Farben, ihre welkenden Mäuler tun ja
auch nichts andres als: vor der Katastrophe zu warnen.

Jedes Ding ist anfechtbar. Der Gedanke daran selbst
wird leider leichthin vergessen. Die Dinge sind Untertanen
des Gedankens. Daher ihre Formen, wie aus dem Kopf gepellt,
ihre Anhänglichkeit an den Ort, Penelopes Sinn und Taten,
das Bedürfnis nach Zukunft. Ein Hahn kräht morgens wie irre.
Im neuen Leben, im Hotel, kommst du aus dem Badezimmer,
in ein Laken gehüllt, und schaust aus genau wie der Hirte
der vierbeinigen Möbel, der eisernen, hölzernen Dinge.

Stell dir vor das Epos endet in der Idylle. Und die Wörter wären
das Gegenteil der Sprache des Feuers: eines Monologes
der Bessere als dich gierig auffraß wie Brennholz; wenig
Nutzen, wenig Wärme sah es in dir also verzog es
sich. Deshalb bist du noch heil, du bist noch am Leben.
Deshalb leidest du nicht allzusehr an der Indifferenz
der hiesigen Venusse, Vertumnen, Pomonen, Cereren.
Deshalb dieses Hirtenlied das dir auf den Lippen glänzt.

Wieweit kann sich einer rechtfertigen? Verbirg ruhig dein As,
auf den Tisch kommen Buben der unbekannten Sorte.
Stell dir vor je aufrichtiger die Stimme desto weniger naß
ist sie von Tränen, irgendwelcher Liebe, Angst oder
Leidenschaft. Stell dir vor im Radio hörst du wie einst
die alte Hymne. Und hinter jedem Buchstaben trottet
auch hier ein Letterngefolge das sich als »Betsy«
oder »Ibrahim« erweist,
die Feder über die Grenzen von Sinn und Alphabet hinlockend.

Dämmerung im neuen Leben. Zikaden mit ihrem hellen »Z«;
eine klassische Perspektive wo einzig ein Panzer
fehlt – oder der feuchte Nebel der dich benetzt;
ein nacktes Parkett das noch nie ein Tango betanzt hat.
Im neuen Leben sagt keiner zum Augenblick »verweile doch!«.
Kaum wird er angehalten, geht er rasch in die Brüche.
Und der Glanz in deinen Zügen reicht aus, die Rückseite schroff
mit einem »Gruß« zu bekritzeln und samt Marke abzuschicken.

Die weißen Wände des Zimmers werden weißer
vom draufgeworfenen drohenden Blick – zur Abschreckung,
einem Blick, weniger an Felder gewöhnt und ihre Weite
als an das Fehlen spezifischer Farbe in ihrem Spektrum.
Vieles kann man dem Ding verzeihen – um so mehr dort wo
dieses Ding endet. Letzten Endes ist das Gefühl der Neugier
auf die gegenstandslosen Landschaften, diese leeren Orte
gerade – die Kunst, und als Kunst nicht zu verleugnen.

Die Wolke im neuen Leben ist besser als Sonne. Und rinnt
ununterbrochen der Regen so ist er – eine Art Selbsterkenntnis.
Der Zug auf den du nicht wartest am Bahnsteig, umhüllt
vom Regenmantel, kommt ohne Verspätung letztendlich.
Dort wo ein Horizont ist, ist ihm das Segel ein Richter.
Mehr als Lappen oder Schaum mag das Auge
den Seifenrest: vergiß es!
Und antworte wenn einer dich fragt »wer bist du?«
ganz einfach »ich bin – Niemand«, wie dem Polyphem einst Odysseus.

1988
(Ralph Dutli)

## Postkarte aus Lissabon

Monumente für Ereignisse, die es nicht
zur Verwirklichung schafften:

Für blutige Kriege, ums Haar nicht ausgebadet.
Für die Sätze verschluckt im Moment der Verhaftung.
Für die Kreuzung aus nacktem Körper und Nadel-
baum, in der Gestalt des heiligen Sebastian.
Für Aviatoren, zu Wolken hochschießend ohne zu bremsen
auf einem Piano mit Flügeln, alles hinter sich lassend.
Für den Erbauer eines Motors mit Brennstoff
aus Erinnerungsabfällen. Für die Frauen
von Seefahrern – gebeugt über einen Teller
mit einsamem Spiegelei. Die abgeklaubten
nackten Verfassungen. Die vollbrüstigen schnellen
Unabhängigkeitserklärungen. Für die Kometen
die an der Erde vorbeiflogen (auf der Jagd nach
der Unendlichkeit deren Kennzeichen so etwa
zutreffen auf hiesige Landschaften, aber nicht ganztags).
Für den provisorischen Koitus im Bart des Arrestanten
von Macht-Idee und Vegetation. Für die Entdeckung
der Infarktis – eines noch sehr unbekannten
Teils des Jenseits. Für den windigen Kubisten der Dächer
der den Telegrafendrähten lauscht und ihrem Soprano.
Für den Selbstmord von wegen unerwiderter Liebe,
vollzogen von einem notorisch finsteren Tyrannen.
Für ein – wirft ein Zeitgenosse ein – Erdbeben,
vom Volk begrüßt mit Applaus und heller Freude.
Für die Hand die noch nie so etwas wie Geld preßte
geschweige denn das Organ das einst Kinder zeugte.
Für die Summe aller grünen Blätter ohne Reste
mit Berechtigung, ihre Verschiedenheit zu missachten.
Für das Glück. Für die Träume die den realen Dingen
auf Kosten der einheimischen Menschenmassen
ihre Verworrenheit aufdrängen.

Frühling 1988
(Ralph Dutli)

## Kentauren I

Zur Hälfte eine Schönheit zur andern ein Sofa
im Volksmund schlicht eine Sofie die abends
die Straße vollärmt (schließlich ist die Katastrophe
das wonach man sich verändern muß) eilt mit Absatz-
geklapper – sechsfach – zum Rendezvous. Liebe besteht
aus Tüll, Haar, Blut, Sprungfedern, Schlummerrollen,
Glück und Niederkunft. Ein Mann zu zwei Dritteln – Gefährt
oder Muli zum andern – trifft sie grummelnd-grollend
mit Junggesellenfaxen und schleppt sie ab ins Theater. Es sitzt
in jeder Lende die Neigung des Muskels zum Möbel, zum Schnörkel
aus Mahagoni, zum Schrank, dessen Füllungen ganz gewiß
ihrerseits die Neigung zu Dreiviertelansichten von Körpern
und En-face samt Fingerabdrücken hegen. Versteckt im Theaterdunkel
fahren sie übereinander daß am Furnierholz die Räder
quietschen und genießen in den Pausen das Drama
aus dem Leben der Puppen

die bei Licht betrachtet wir einmal waren, in unserer Ära.

1988

# Kentauren II

Sie kommen aus der Zukunft gelaufen, brüllen »vergebens!«
und kehren sofort in sie zurück; du hörst ihr tanzendes Stampfen.
Auf den Zweig setzen sich Vögel größer als der Raum, von wegen
Federn und Flaum – nichts da, zum Teufel, alles Verdammte.
Ein horizontales Meer, im Sonnenuntergang voller Farben.
Ein Winterabend, ermüdet von seiner abwesenden
fernen Bläue spielt – wie ein Atom am Vorabend
seines Zerfalls usw. – mit dem losen Kettchen
der Stunden. Ein menschenleerer Tanzplatz, dort ist
eine nackte Statue, der Körper eines abgebrannten
Streichholzes – alle zu real, zu sehr stereoskopisch
weil es nichts mehr gibt worin sie sich verwandeln
könnten. Nur flache Dinge, irgendwie Fisch und Wasser
verschmolzen, mit der Zeit ergibt das den Ichthyosaurus.
Für die im Resultat entstandene gesprengte Fassung
des Profils gibts kein Morgen nichts als Graues.

1988

# Kentauren III

Kreuzung aus Vergangenem und Zukunft, in Stein gebuttert
und in Großaufnahme. Entwickelter Rumpf und Pferdekruppe.
Oder als simples grammatikalisches »war« und »ich werde«
in der gestreckten Gegenwart. Sei das Ding eine Herde
oder ein Haufen öder Einzelheiten in der kahlen Hütte
auf Hühnerbeinen. Plus wir von der Seite – auf Stühlen.
Oder – verschmolzen mit denen die wir auch noch liebten
im horizontalen Bett. Oder dann sogar in Automobilen,
heißt als Gefangene der Perspektive, versklavt von den
Linien. Oder schlicht im Gehirn. Mach es hörbar, grollend
oder gellend, als Gedanke an den Tod – lästig, juckend,
konkret. Stell es als Leben dar jetzt und ewig zuckendes
Dasein in dem wir wie Eier in den Auffangnetzen
alle gleich sind und die Henne in Angst versetzen,
wieder wiederholend mit den Mitteln unserer Ära
eine sechsflügelige Kreuzung aus Glaube und Stratosphäre.

1988

## Kentauren IV

Eine Gegend in der Farbe von Stiefeln, feuchten Fußlappen.
Ganz egal welches Jahrhundert oder Jahr, wo und wie.
Im Abendrot brüllen die von den Feldern hertrabenden
Muh-Tanten: ein groß-und-dickes einhorniges Vieh.
Alle gehen ineinander über mit Hilfe des Wortes »vdrug«
– seltener in Zeiten des Kriegs als in Friedenszeiten.
Das Schwert sehnt sich nach Körper wird es zum Pflug
umgeschmiedet, und schlüpft aus den Händen wie Seife.
Die Leine will unterscheiden: die Besitzer von den Hunden,
im Buch sieht die zweite Letter wie die Kopie der ersten aus;
da vermengen sich ums Kino herum Jugend-
liche wie Weißköpfige aus Klumpen gefrorenen Spermas.
In die Auslaufgleise hineingetrieben viele Züge der Straßen
der Stadt; nur im Gehirn des Veteranen dunkelt schwärzer
das Quadrat des Schützengrabens voll rostigen Wassers
in das ein Stern fallen könnte, vorm Teleskop sich rettend.

1988
(Ralph Dutli)

## Elegie

Beständigkeit ist Evolution des räumlichen Prinzips
in Richtung Gedanken. Fortsetzung des Quadrates oder
Parallelepipeds mit Mitteln, wie derselbe Clausewitz
sagen würde, der Stimme oder der Gehirnwindungen.
Oh, ein zu den Ausmaßen einer Gehirnzelle
geballtes Zimmer mit Lampenschirm,
ein Schrank vom Typ »He, ihr Slawen!«, vier Stühle,
ein Schemel, Bett, Toilettentischchen
mit Medikamenten, angeordnet ähnlich
wie ein Kreml oder besser gesagt New York.
Zu sterben, die Familie zu verlassen, wegzufahren,
die Hemisphäre zu wechseln, andere Ovale
ins Viereck sich einschreiben zu lassen –
um so lauter beharrt eine staubige Räumlichkeit
auf dem Faktum bloßer Existenz,
fordert tägliche Opfer von der neuen
Gegend, den Möbeln, der Silhouette im gelben
Kleid; letztlich – von einem selbst.
Die einzige Freude der Spinne, den blinden Winkel zu schraffieren.
Evolution bedeutet nicht Anpassung der Art
an ein unbekanntes Milieu, sondern Sieg der Erinnerungen
über die Wirklichkeit. Der Neid des Ichthyosaurus
auf die Amöbe. Die wankende Wirbelsäule
eines Zuges der im Dunkeln vorbeidonnert
an den zur Nacht dichtverschlossenen Schalen
hölzerner Muscheln mit ihrem rückgratlosen feuchten,
ihre Perle verbergenden Inhalt.

1988
(Ralph Dutli)

Die Bienen nicht entflogen, nicht weggesprengt der Reiter.
Im »Gianicolo«-
Café palavert eine neue Meute im überlebten Jargon.
Das Eis erlaubt gleich zweimal, im Glas zerschmelzend
ins selbe Wasser zu treten ohne dem Durst abzuhelfen.

Acht Jahre sind vorbeigerast. Kriege brachen aus und verebbten
wieder, Familien zerbrachen, durch die Zeitungen flitzten
Visagen von Deppen
und Flugzeuge stürzten ab, »o Gott!« seufzte der Sprecher.
Wäschewaschen ist möglich noch, aber die Haut zu glätten

selbst mit heißer Hand – kaum. Die winterliche Sonne über
Rom ringt im Nahkampf mit Rauch, graublau-trübem;
Geruch verbrannter Blätter, die Fontäne glänzt wie ein Orden
für Zwecklosigkeit, dem Kanonenschuß verpaßt am späten Morgen.

Die Dinge verhärten sich, vielleicht um im Gedächtnis
nicht verrückt zu werden; doch in der Perspektive
zu erscheinen ist letztlich
schwerer als in ihr zu verschwinden, die zu Jahren verrottet
auf der Jagd nach reiner Zeit ohne Glück und Terrakotta.

Das Leben ist denkbar ohne uns, meine Liebe – genau dafür
gibt es Landschaften, die Bar, diese Hügel und eine Haufen-
wolke am reinen Himmel über jenem alten Schlachtfeld
wo die Statuen erkalten, den Sieg des Körperbaus betrachtend.

18. Januar 1989
(Ralph Dutli)

## Auf das Jahrhundert Anna Achmatowas

Die Seite und den Brand, den Mühlstein und das Korn,
die scharfen Äxte und die abgehackten Haare –
noch mehr das Wort »verzeih«, das große Liebeswort
wird Gott – als seine eigene Stimme – aufbewahren.

In ihnen schlägt der Puls gebrochen, knirschen Knochen,
in ihnen klingt herauf, verhalten unterm Spaten,
das *eine* Leben nur; und weitaus klarer kommen
sie aus sterblichem Mund als aus der Suprawelt aus Watte.

Daß du sie fandest, große Seele, übers Meer hin
nimm diesen Gruß – an dich und den Teil der Verwesung,
der in der Erde ruht, auch ihre Rede mehrend
dank dir – in einem tauben, stummen Universum.

Juli 1989
(Ralph Dutli)

## Andenken an den Vater: Australien

Du lebtest wieder, träumte ich, seist nach Australien
umgezogen. Eine Stimme samt dreifachem Hallen
rief mich und klagte über die Tapeten
und das Klima: die Wohnung schwer zu vermieten,
schade nicht im Zentrum sondern am Ozeanstrand,
dritter Stock ohne Aufzug dafür Badewanne,
die Füße schwellen an – »und ich hab die Schlappen
dortgelassen« – ganz klar und sachlich klang es.
Und plötzlich heulte es im Hörer: »Adelaide! Adelaide!«
Es dröhnte, klatschte als schlage ein Fensterladen wieder
gegen die Wand, als wolle er aus den Angeln.

Das ist immerhin ein besseres Pfand als alle
weiche Asche im Krematoriumsblech –
Bruchstücke einer Stimme, dieses Selbstgespräch
und der Versuch dich menschenscheu zu stellen paßt

zum ersten Mal seit du zu Rauch dich verwandelt hast.

1989
(Ralph Dutli)

## Fin de siècle

Bald endet das Jahrhundert, doch vorher ende ich.
Eine Vorahnung ist das, fürchte ich, nicht,
vielmehr Wirkung des Nicht-

seins auf das Sein; ob Ziegel in freiem Fall
oder Herzmuskel – gejagt ist all
und jeder. Peitschenknall

hören wir, suchen uns grübelnd zu erinnern, wer
uns geliebt hat, setzen uns zappelnd zur Wehr.
Die Welt ist nicht mehr,

was sie war in den Jahren von Angst, Schummerlicht, Foxtrott,
Chaiselongue, Unterkleid und beißendem Spott.
Wer hätte gedacht, ach Gott,

dies alles würde gleich Bleistiftmühen ausradiert von der Zeit,
einfach so. Niemand, kein Mensch weit und breit.
Doch die Zeit tat das, was sie seit

altersher tut, sie rauschte vorbei. Ja, tadle sie nur.
Allerorten sind jetzt Antennen, Teenager, Stümpfe als letzte Spur
der Bäume. Beim Gin pur

in der Bar triffst du keinen Kumpel, den das Leben kaputtgemacht hat,
im Café keinen Engel, der das Engelsein satt hat,
einen Engel in himmlisch matt-

blauem Pulli und Rock. Überall drängen sich Menschenmassen heran,
dicht an dicht, oder sie stehen in langer Schlange an.
Kein Schurke ist hier der Tyrann,

sondern das Mittelmaß. Und längst ist das Automobil
kein Luxus mehr, lediglich Mittel, in den Straßen viel
Staub aufzuwirbeln; zum heutigen Stil

paßt das Pochen eines Holzbeins auf dem Pflaster nicht mehr;
den bösen Wolf fürchten die Kinder noch immer sehr,
doch gewißlich kein Soldatenheer.

Fast möchte man dauernd sein Taschentuch, kariert,
aufs Sehorgan drücken, das ins Blattwerk stiert,
die Lücke darin registriert,

außerdem sämtliche Verbformen der Vergangenheit,
Im-, Plusquam- und Perfekt – die grammatikalische Zeit –,
und das Lied zum Geleit,

das der Kuckuck sang. Jetzt klingt er ziemlich verroht,
nicht wie einst Cavaradossi, mehr wie: »Schlag ihn tot!«
oder »Alkoholverbot« –

und die Hand läßt das Glas los, läßt den Dingen den Lauf.
In der Tür stehen nicht etwa Hochwürden zuhauf –
nein, das Fin de siècle tritt auf.

Schwarz ist in Mode: Unterrock, Strümpfe, Slip und BH.
Hast du ihr schließlich das alles ausgezogen und stehst ganz nah
vor ihr, merkst du, voilà,

das Zimmer wird heller um ungefähr dreißig Watt,
doch dir von den Lippen, anstatt eines freudig-erregten »Vivat!«,
kommt ein gequältes »Schachmatt«.

Neue Zeiten! Welch traurige Zeiten sind das!
Die Markenartikel in den Schaufenstern, hinter Glas,
lassen sich einteilen in dasjenige, was

man nutzbringend verwenden kann, und das, wovon man kaum
einen Schimmer hat und ihm darum den entsprechenden Raum
zuweist im großen Traum

der Menschheit – der ist nicht gegen Enttäuschung gefeit,
der von ihr andres erwartet – von der Seelenlosigkeit
der Sklaven und der Zeit

allgemeiner Anonymität. Das leider ist nämlich das Resultat
der Vermehrung, die ihren Ursprung nicht hat
in Hosen oder gar einer Saat

des Ostens, vielmehr im Stromanschluß. Das Jahrhundert ist
bald von Deck.
Die Zeit verlangt in ihrem Verlauf nach Opfern und Trümmern. Baalbek
und der Mensch zu seinem eigenen Zweck

reichen ihr nicht. Wirf ihr dazu noch Gefühle, Gedanken und
Erinnerung in den Rachen. In ihrem Schlund
versinkt alles. Ein feiger Hund

bin ich nicht, sie kriegt von mir, was sie will. Und ich bin bereit,
notfalls – warum auch nicht – ein Stück Vergangenheit
zu sein, wenn dies die Laune der Zeit,

die von oben herab abschätzig zu blicken pflegt
auf ihre Beute, die sich eben noch regt
und, wenn man die Hand auf sie legt,

sich noch warm anfühlt. Mir ist es recht, wenn es mich wie Sand
fortträgt und der Wanderer aus fernem Land
nicht sein Objektiv zur Hand

nimmt und bei meinem Anblick heftige Erregung fühlt.
Derjenigen Zeit, die sich außerhalb abspielt,
Aufmerksamkeit zu widmen, empfiehlt

sich eigentlich nicht. Die sich rückwärts bewegende Zeit ist es wert,
gleicht sie doch wie gewisse Fassaden mal einem Park, zu dem
ein Brunnen gehört,
einer Stadtmauer, mit Türmen bewehrt,

oder auch einer Partie Schach. Das Jahrhundert war, insgesamt, gar
nicht so übel. Genau besehen, vielleicht ein paar
Tote zuviel – doch auch die Schar

der Lebenden, den Verfasser dieses miteinberechnet, ist
groß genug, um sie nach gegebener Frist,
und ohne daß man wen vermißt,

zu marinieren oder zu Käse zu pressen und hier
ein galaktisches schwarzes Loch en miniature
zu schaffen. Oder – noch ein Tip dafür –

die Welt zu knipsen und mehrfach abzuziehen – auf sechs mal neun,
bei dieser Größe ist auch nicht der geringste Schein
des Schmeichelns möglich – und zwar allein,

um zu verhindern, daß sie später alle in Panik nur
übereinander klettern. Das Jahrhundert endet, begleitet in einer Tour
von Flugzeugunglücken. Der Augur

grummelt etwas, den Zeigefinger in die Höhe gereckt,
von der Erdatmosphäre und weshalb uns die Glut beleckt,
doch er hält sich bedeckt,

was unser Hier und Jetzt betrifft, wo in jede Wolkenschicht
sich mengen unsre »erlöse«, »verlaß mich nicht«,
»vergib«, so daß das Licht

sein Gold gegen Silber zu wechseln gezwungen ist.
Doch das Jahrhundert rafft all seinen Besitz,
taxiert als müden Witz

auch diesen Tausch. Am Pol weht die Fahne, bellt ein Hund,
wie er's immer tat.
Im Westen hält man den Osten für ein einziges Konglomerat,
sieht Baracke und Stacheldraht,

und neues Leben dahinter. Von der Arme Wald aufgescheucht,
flattert ein Vogelschwarm auf und entfleucht
gen Süden – zu Palmen vielleicht,

zu Turban, gedörrten Feigen; irgendwo dröhnt das Tamtam.
Doch betrachtet man die fremden Linien genauer – den Damm,
den fernen Hügelkamm,

stellt man fest, daß die Übereinstimmung zwischen einem simplen Strich
und einer klassischen Leinwand hauptsächlich
darin besteht, daß sich

von beiden ein Vielfaches findet, nicht nur ein Exemplar.
Was noch gestern für den Barden das Kohlepapier war,
der Buchstabe für die Denkerstirn – wahr

ist: die Natur schätzt Masse und hohe Produktivität,
sie vermeidet nach Möglichkeit Exklusivität
und den Verlust an Energie – er besteht

garantiert aus Verschwendung. Der Raum ist bewohnt. Und die
Reibung der Zeit läßt ihn sich ausdehnen wie nie
zuvor, bis zum Gehtnichtmehr. Doch Sie

machen die Augen schon zu. Einzig und allein das Meer
blaut gelassen, raunt von ferne her
»Sonnenaufgang am Meer«, dann wieder »niemals mehr«.

Und wenn man das hört, überkommt einen das Gefühl:
die Schaufel hinschmeißen, an Bord gehn – Wasser unter dem Kiel! –
und davonsegeln – nicht mit dem Ziel

Inseln zu entdecken, Pflanzen, den Zauber fremder Gestade und
neue Organismen, nein, ein ganz anderer Fund
will entdeckt sein – der eigene Mund.

1989
(Sylvia List)

# Landwehrkanal, Berlin

Dieser Kanal in dem sie einmal Rosa
L. ersäuften so wie eine Papirossa
ist praktisch schon fast zugewachsen.
Zigtausend Rosen trafen schon das Wasser
seither, verblüfften unschwer den Touristen.
Die Mauer – Ahne aus Beton von Christo –
läuft aus der Stadt zum Kälbchen und zur Kuh; es
liegt auf Feldern Farbe abgewaschenen Blutes.
Eine Fabrik qualmt, wie Zigarre rauchend.
Ein fremder Mann rafft einheimischer Frau den
Rock hoch – nicht als Eroberer, mitnichten!
als Bildhauer mit nörglerischen Blicken,
der sich beeilt die Statue zu entblößen
die länger leben soll in alter Größe
als auf diesem Kanal die Spiegelbilder
in dem sie Rosa L. einst killten.

1989
(Ralph Dutli)

# Anmerkungen eines Farns

Gedenke meiner,
flüstert der Staub.
Peter Huchel

An der Position des Bauern errätst du den König.
Am Streifen Land in der Ferne – daß du auf dem Schiff
stehst seit ewig.
An den satten Noten in der Stimme der zarten Freundin im Hörer –
daß ein Nachfolger da ist: Student? oder Chirurg?
Ingenieur? Am Namen der Bahnstation – Odinburg –
daß es Zeit ist auszusteigen, das Ei aus der Schale zu befördern.

In jedem von uns sitzt ein Bauer, ein Spezialist
für Wetterprognosen. Etwa so: ein Herbstblatt ist
fällt es vornüber aufs Gesicht, ein Mißerntesignal. Das Orakel
ist nicht besser kommt zu dir im Regenmantel das Gesetz:
deine Tage sind gezählt – vom Richter, oder anders jetzt –
bleibt dir ohnehin wie man sagt nur noch ein Katzenkrakel.

Was denn, die Natur wird uns unsere Merkmale doch nicht nehmen.
Ein Cherub – der mag vielleicht nicht wissen von wegen
vorn und hinten. Anders der Mensch. Der Helle hat
überall die Perspektive daß er aus dem Gesichtsfeld
kippt. Und hört er eine Glocke an sein Hörorgan flitzen
so schlägt die ihm: man säuft man sticht man gibt den Teller ab.

Deshalb besser: keine Angst! Die zarten Linien in der Hand,
die rosa Ziffer die auf dem Trolleybus-Schildchen tanzt
plus der Effekt der Stukkatur im Zimmer von Belsazar
bestätigen nur daß leider-leider das Schicksal
weniger Varianten hat als Opfer; daß ihr nichts als
ein Restchen habt und am ehesten so endet wie die Wahrsager-

Zigeunerin eurer Nachbarin sagte, Bruder, Schwester, Frau
eures Freundes nur nicht euch. Die Feder kratzt im stillen Raum
in dem etwas wie »nach dem Tod« haust, umgekehrt wie
Klubtänze klingend
so sehr ist die Stille ohrenbetäubend; eine Art Anti-Beschuß.
Im übrigen heißt das alles schlicht: so alt bist du daß
der Wurm müde wird sich im Schnabel zu ringeln.

Der Staub setzt sich sommers auf die Dinge wie winters der Schnee.
Ein Verdienst der Oberfläche, der Flachheit. Von ihr aus weht
diese Tendenz nach Oben: zum Staub oder Schnee. Oder
einfach zum Nichtsein. Und etwas wie »vergiß mich nicht«
flüstert der Staub zur Hand mit dem Lappen; schließlich flicht
der das Flüstern des Staubs in seine feuchten faltigen Ohren.

An der Wucht der Verachtung errätst du: neue Zeiten.
Am Flimmern des Sterns – daß das Mitleid leider
abgeschafft ist als Rückzug der Energie: gedrosselter Wärme
oder dann als Signal daß es Zeit wird für einen selbst
die Lampe zu löschen; das Kratzen der Feder in der Stille hältst
du für den Versuch in Kleinschrift die Angst zu verlernen.

Vernehmt diese Reden als den Gesang des Wurms,
nicht als Sphärenmusik, nicht gedacht für die Jahrhun-
derte. Gedämpfter als ein Vögelchen aber voller tönend
als der Singsang des Hechts. Was schon nah
ist wird kein Türschloß stoppen. Doch Schlimmes kann ja
dem Schlechten nicht zustoßen, und Furcht vor Tautologie
ist Garantie für Wohlergehen.

1989
(Ralph Dutli)

Ich höre nicht das was du mir sagst nur deine Stimme.
Ich sehe nicht dein Kleid nur blanken Schnee ringsum.
Das ist der Nordpol wo wir sitzen, ist nicht das Zimmer;
unsere Spuren führen von ihm her – und nicht zum.

Einst kannte ich auswendig alle Farben des Spektrums.
Jetzt erkenn ich zur Bestürzung des Arztes einzig Weiß.
Doch selbst wenn das Liedchen verklingt ganz zuletzt nun
bleibt von ihm ein Motiv, zumindest eins.

Ich wär froh mich neben dich zu legen, doch das ist Luxus.
Leg ich mich hin, dann Gesicht zum Rasen, einerlei.
Und die Alte im Hüttchen auf Hühnerbeinen wird schluchzen
und kocht sich was Weiches, ein Ei.

Früher wenns Flecken gab streute ich Laugensalz.
Das half immer, auch Talkum auf Pickel wirkte zuletzt.
Jetzt wogt um dich der Abschaum und grölt lauthals.
Du trägst lichte Kleider. Und ich Schmerz.

1989 (?)
(Ralph Dutli)

Im Streichholzlicht denk dir den Abend in der Grotte,
benutz, um die Kälte zu spüren, im Boden
die Risse, nimm Geschirr, und den Hunger schon fühlst du,
und was die Wüste betrifft: überall ist die Wüste.

Im Streichholzlicht denk dir die Grotte, die Nacht dann,
das Feuer, den Umriß der Tiere, der Sachen,
im Handtuch die Falten – als Gesichter, verschwimmend –
Maria und Josef, den Säugling im Bündel.

Denk dir die drei Könige, den Zug der Karawanen
zur Grotte; viel eher ein Nahen dreier Strahlen
zum Stern hin, das Knirschen der Fracht, das Geklirre
(das Kind hat noch gar nichts verdient für ihre

Glocke samt Echo in der dichtesten Bläue).
Denk dir, daß der Herr in dem Mensch-Sohn dem neuen
erstmals Sich erkennt, aus der gewaltigen großen
Distanz in dem Dunkel: Obdachlos im Obdachlosen.

Dezember 1989
(Ralph Dutli)

# Für Seamus Heaney

Ich erwachte vom Geschrei der Möwen in Dublin.
In der Dämmerung klangen ihre Stimmen
wie Seelen die so tief verloren sind im Dunkeln
daß sie nicht einmal mehr Trauer empfinden.
Die Wolken flogen übers Meer in vier Rängen
genau wie ein Theater – dem Drama entgegen,
in Blindenschrift das Postskriptum am Ende
der Wut und der Ohnmacht in den Glasrahmen legend.
Im toten Park die Skulpturen, schimmernde Dinge.
Und ich zuckte: ich bin zu Hause, eher – gleich daneben.
Das Leben ist zu drei Vierteln ein Sich-Wiederfinden
in unartikuliertem Klagegeschrei oder dann eben
in der völligen Versteinerung.
Ich war in einer Stadt wo ichs nicht schaffte
geboren zu werden, wo ich – ein wenig tapferer – leider nur
noch sterben konnte, selbst das Verirren verpaßte.
Die Schreie der Dubliner Möwen! Das Ende der Grammatik,
eine Fußnote des Lautes zu den Versuchen
mit der Luft klarzukommen, mit dem Zusatz fanatischer
Gefühle der Urmutter, den Verrat des Urvaters verfluchend –
sie rissen mit den Schnäbeln das Gehör auf wie einen Vorhang
verlangten die Längen zu streichen, die toten unbetonten
Buchstaben allesamt, und ihren Monolog wie vorhin
neu zu beginnen mit einer reinen nichtmenschlichen Note.

1990
(Ralph Dutli)

# Vertumnus

Dem Andenken Gianni Buttafavas

## I

Ich traf dich zuerst in für dich fremden Breiten.
Du hast nie den Fuß dorthin gesetzt; doch dein Ruhm erreichte
die Orte, wo die Früchte gewöhnlich aus Lehm sind.
Knietief im Schnee erhobst du dich weiß,
mehr noch – nackt, in Gesellschaft von einfüßigen,
ebenso nackten Bäumen, in der Rolle des Spezialisten
für tiefe Temperaturen. »Römische Gottheit«
hieß es auf einem ausgebleichten Schildchen,
und für mich warst du ein Gott, denn du wußtest
mehr als ich von der Vergangenheit (die Zukunft
interessierte mich in jenen Jahren so wenig).
Andererseits schienst du mir, lockig und dickbackig,
in etwa mein Altersgenosse. Und obwohl du kein Wort
verstandest von der lokalen Mundart, kamen wir ins Gespräch.
Geplaudert habe anfangs nur ich: etwas über Pomona,
unsere mäandernden Flüsse, das launische Wetter, das Geld,
den Mangel an Gemüsen, das Bockspringen der Jahreszeiten –
über Dinge also, dachte ich, die dir zugänglich waren
wenn nicht in ihrem Wesen, so durch den allgemeinen Ton
der Klage. Ganz allmählich (denn die Klage ist universale
Ursprache; am Anfang gab es wohl nur dieses »aua« oder
»ach«) fingst du an, Reaktionen zu zeigen:
zu blinzeln, die Stirn zu runzeln; der untere Gesichtsteil
taute gleichsam auf und die Lippen fingen an sich zu rühren.
»Vertumnus«, brachtest du schließlich hervor, »ich heiße Vertumnus«.

## II

Es war Winter, ein grauer, viel eher – farbloser Tag.
Die Gliedmaßen, die Schultern, der Torso wurden,
je weiter wir von Thema zu Thema hüpften,
allmählich rosig und bedeckten sich mit Gewebe:
Hut, Hemd, Hose, Jackett und ein Mantel
von dunkelgrüner Farbe, die Schuhe von Balenciaga.
Außen wurde es ebenfalls wärmer, und manchmal
stocktest du, lauschtest gespannt auf das Geraschel des Parks,
drehtest dann und wann ein klebriges Blatt um
auf der Suche nach dem genauen Wort und Ausdruck.
Jedenfalls, wenn ich mich nicht irre,
in dem Moment, als ich, ganz schön in Fahrt geraten,
über Geschichte, Kriege, die Mißernte, die beschissene
Regierung palaverte, verblühte schon der Flieder,
und du saßest auf der Bank, von fern an einen gewöhnlichen
Bürger erinnernd, der vom Staat schikaniert wird;
deine Temperatur war gerade sechsunddreißig-sechs.
»Gehen wir«, sagtest du und berührtest meinen Ellenbogen,
»gehen wir – ich zeig dir die Gegend, wo ich geboren wurde
und aufwuchs.«

## III

Der Weg dorthin führte natürlich durch Wolken
deren Farbe mal an Gips, mal an Marmor erinnerte
so sehr, daß mir schien, gerade das sei
deine Absicht: verschwommene Umrisse,
Chaos, die Ruinen einer Welt. Aber es hätte
Zukunft bedeutet zu der Zeit, als du schon
existiertest. Nur wenig später, im leeren Café
eines von der Sonne durchglühten dösenden Städtchens,
wo einer den Bogen erfand und nicht mehr aufhören
konnte, begriff ich, daß ich irre wurde, als ich dein Gespräch
mit einem alten Frauchen des Ortes hörte. Die Sprache war

eine Mischung von immergrünem Rauschen mit dem Lallen
ewigblauer Wellen – doch so rasch, daß du dich dabei
ein paarmal vor meinen Augen in sie verwandelt hast.
»Wer ist sie?«, fragte ich dich nachher, als wir gingen.
»Sie?«, du zucktest mit den Schultern. »Niemand. Für dich –
eine Göttin.«

IV

Es wurde kühler. Uns entgegen kamen
immer öfter Passanten. Einige von ihnen nickten,
andere blickten zur Seite, und man sah nur ihr Profil.
Doch alle waren sie dunkelhaarig.
Hinterm Rücken eines jeden – eine tadellose Perspektive,
Kinder nicht ausgenommen. Was die Alten betrifft,
bei denen krümmte sie sich gleichsam – wie ein Schneckengehäuse.
Tatsächlich gab es überall weit mehr Vergangenheit
als Gegenwart. Mehr Jahrtausende
als schnittige Automobile. Menschen und Skulpturen
wurden nicht größer oder kleiner,
wenn sie näher kamen oder sich entfernten,
und gaben zu verstehen, daß sie beständige Größen waren.
Es war seltsam, dich in deiner natürlichen Umgebung zu sehen.
Nicht weniger seltsam die Tatsache, daß mich fast alle
verstanden. Es lag wahrscheinlich an der
idealen Akustik, verbunden mit der Architektur,
oder dann an deiner Vermittlung; überhaupt an der Neigung
des absoluten Gehörs zu unartikulierten Lauten.

V

»Sei nicht erstaunt: meine Spezialität sind Metamorphosen.
Wen immer ich anschaue, sofort wird er – ich.
Für dich ist das von Vorteil. Immerhin bist du im Ausland.«

## VI

Ein Vierteljahrhundert später, Vertumnus, höre ich deine Stimme,
die diese Worte sagt, und fühle auf mir
den unverwandten Blick deiner grauen, für einen Südländer
seltsamen Augen. Im Hintergrund sind Palmen,
wie von der Tramontana zerzauste
chinesische Schriftzeichen, und Zypressen
wie ägyptische Obelisken.
Mittagszeit; eine baufällige Balustrade;
das von der Sonne der Lombardei besprengte sterbliche Gesicht
einer Gottheit! vorübergehend für die Gottheit,
für mich aber – das einzige. Schütteres Haar und Schnurrbart
eher à la Maupassant denn Nietzsche,
mit – zur besseren Tarnung – stark gedrängtem
Torso. Doch nicht mir steht es an,
mit meinen Maßen zu prahlen, den Saturn zu geben,
mit dem Teleskop zu kokettieren. Nichts geht umsonst
vorbei, schon gar nicht die Zeit. Unsere Ringe
sind die Jahrringe der Bäume aus der Perspektive des Stumpfes,
eher als ein ländlicher Reigen
oder Umarmungen. Dich berühren heißt –
eine astronomische Summe von Zellen berühren,
deren Preis immer Schicksal ist,
doch nur Zärtlichkeit ist ihr proportional.

## VII

Ich war in eine Welt eingedrungen, in der deine Geste, dein Wort
unanfechtbar waren. Mimikry und Nachahmung
galten als Loyalität. Ich lernte die Kunst,
mit der Landschaft zu verschmelzen, den Möbeln oder Rolläden
(was sich mit den Jahren auf die Qualität der Garderobe auswirkte).
Von meinen Lippen flog manchmal im Gespräch
ein Personalpronomen in der Mehrzahl,
und in den Fingern erwachte die Lebhaftigkeit des Weißdorns am Gitter.

Auch hörte ich auf, mich umzublicken. Höre ich hinter mir Schritte,
zucke ich nicht mehr zusammen. Wie Zugluft fühle ich
mit den Schulterblättern, daß sich auch hinter meinem Rücken
jetzt eine Straße dehnt, mit einer Kolonnade bewachsen,
und daß an ihrem fernen Ende ebenso die Wellen der Adria
blauen. Ihre Summe ist zweifellos
dein Geschenk, Vertumnus. Wenn man so will das Restgeld,
die kleinen Münzen, mit denen eine spendable Unendlichkeit
manchmal das Zeitliche überschüttet. Teils aus Aberglauben,
teils deshalb vermutlich, weil nur Es –
das Zeitliche – fähig ist zur Wahrnehmung des Glücks.

## VIII

»In diesem Sinne kriegen solche wie ich«,
hast du gegrinst, »doch Nutzen von dir und deinesgleichen.«

## IX

Mit den Jahren schien mir, daß die Lebensfreude
dir gleichsam zur zweiten Natur wurde.
Ich begann sogar abzuwägen, ob denn Freude
so ungefährlich sei für eine Gottheit. Büßt ein Gott
nicht mit der Ewigkeit letztlich für die Lebensfreude?
Du hast bloß abgewinkt. Doch niemand, niemand,
mein Vertumnus, freute sich so sehr an der glashellen
Strömung, den Ziegeln einer Basilika, Piniennadeln,
einer schwungvollen Handschrift. Mehr als wir! So viel
mehr. Mir schien sogar, du habest dich angesteckt
an unserm Allesfressertum. Tatsächlich: der Blick vom Balkon
auf den weitläufigen Platz, das Klirren der Glocken,
die Stromlinienform eines Fisches, die abgerissene Koloratur
eines nur im Profil sichtbaren Vogels,
das zur Ovation anschwellende Beifallklatschen des Lorbeers,
das Geknister von Banknoten – nur die können es schätzen,

die sich daran erinnern, daß morgen, bestenfalls übermorgen
all das vorüber ist. Möglich, daß gerade bei ihnen
die Unsterblichen die Freude lernen, die Kunst des Lächelns.
(Obwohl den Unsterblichen solcherlei Sorgen fremd sind.)
In diesem Sinne hat einer wie du Nutzen von uns und unsergleichen.

## X

Niemand hat je gewußt, wie du deine Nächte verbringst.
Das ist nicht mal so seltsam, bedenkt man deine
Herkunft. Einmal nach Mitternacht, im Zentrum der Welt,
traf ich dich in Gesellschaft trüber Sterne,
und du hast mir zugeblinzelt. Aus Diskretion? Aber der Kosmos
ist alles andere als Diskretion. Im Gegenteil: im Kosmos ist alles
mit bloßem Auge sichtbar, dort schlafen sie ohne Decke.
Das Glühen eines normalen Sterns ist derart,
daß er im Abkühlen einfallsreich ein Alphabet hervorbringt,
eine Pflanzenwelt, eine Form der Zeit; oder schlicht – uns,
mit unserer Vergangenheit, Zukunft, Gegenwart
und so weiter. Wir sind überhaupt nur
Thermometer, Brüder und Schwestern des Eises,
und keine Beteigeuze. Du warst aus Wärme gemacht
und daher – allgegenwärtig. Es fällt schwer,
dich als irgendeinen einzelnen, wenn auch glänzenden Punkt
zu denken. Daher – deine Unsichtbarkeit. Götter hinterlassen
keine Flecken auf Leintüchern, geschweige denn Nachkommen,
sie begnügen sich mit handgefertigter Ähnlichkeit
in einer steinernen Nische oder am Ende einer Allee –
sind glücklich in der Minderzahl.

## XI

Ein Eisberg schwimmt in die Tropen. Ein Kamel, sichtbar atmend,
macht irgendwo im Norden Werbung für eine Beton-Pyramide.
Auch du hast leider gelernt, deine direkten Verpflichtungen

zu vernachlässigen. Die vier Jahreszeiten
sehen sich gegenseitig immer ähnlicher,
vermischen sich, genau wie im verschossenen Geldbeutel
des passionierten Reisenden die Francs, Lire,
Mark, Kronen, Pfunde und Rubel.
Die Zeitungen raunen »Treibhauseffekt« und »Weltmarkt«,
doch die Knochen schmerzen zu Hause wie
in der Hängematte anderswo.
Schau nur, sogar die seit Jahren in einem Minenfeld laufende
Vorgängerin des Scharlatans Christo bricht zusammen.
Fazit – die Vögel fliegen nicht mehr
rechtzeitig nach Afrika, Typen wie ich
kehren immer seltener zu sich nach Hause zurück,
die Wohnungsmiete macht Luftsprünge. Nicht genug damit,
daß man leben muß, man muß auch noch monatlich dafür bezahlen.
»Je banaler das Klima«, hast du einmal gesagt,
»desto rascher wird aus der Zukunft Gegenwart.«

## XII

An einem heißen Julimorgen fällt die Körpertemperatur
heftig, um bei Null anzukommen.
Die horizontale Masse im Leichenschauhaus
sieht aus wie das Rohmaterial der Skulpturen
im Park. Angefangen beim Riß im Herzen
und endend in der völligen Starre. Diesmal
werden Worte nicht helfen: meine Sprache
ist für dich nun keine Fremdsprache mehr,
auf die du hinhören müßtest. Ganz unmöglich,
zweimal in dieselbe Wolke zu tauchen. Selbst wenn
du ein Gott bist. Erst recht, bist du keiner.

## XIII

Im Winter wird der Globus gedanklich flachgedrückt. Die Breitengrade
kriechen übereinander, besonders in Dämmerzeiten.
Die Alpen bilden für sie kein Hindernis. Es riecht nach Eiszeit.
Es riecht, würde ich beifügen, nach Neolithikum und Paläolithikum.
Einfach ausgedrückt – nach Zukunft. Denn Vereisung
ist eine Kategorie der Zukunft, einer Zeit,
wo du niemanden mehr lieben wirst,
auch dich selber nicht. Wo du dir Kleider anziehst
ohne vorzuhaben, all das plötzlich abzuwerfen
bei irgendwem im Zimmer, und wo du nicht mehr
aus dem Haus treten kannst einzig im himmelblauen Hemd,
um nicht zu sagen – nackt. Ich habe viel von dir
gelernt, doch das allerdings nicht. In einem gewissen Sinne
gibt es in der Zukunft niemanden; sozusagen
ist uns in der Zukunft niemand lieb und teuer.
Natürlich schimmern dort überall Moränen und Stalaktiten,
wie Louvre-Paläste und Wolkenkratzer mit zerronnenen Konturen.
Natürlich bewegt sich da wer: Mammuts oder Käfer-
Mutanten aus Aluminium, einige davon auf Skiern.
Du aber warst ein Gott der Subtropen mit Aufsichtsbefugnis
über die Mischwald- und Ackerlandzone –
über diese Heimat der Vergangenheit. In der Zukunft gibt es
sie nicht, und dort hast du nichts zu tun. Sie kriecht schon
im Winter über die Ausläufer der Alpen, die lieben Apenninen,
packt mal eine kleine Waldwiese samt Blumen, mal schlicht
etwas Immergrünes: eine Magnolie, einen Lorbeerzweig;
und nicht nur im Winter. Die Zukunft bricht
immer an, wenn jemand stirbt.
Besonders ein Mensch. Erst recht – ein Gott.

## XIV

Bemalt in den Farben der Morgenröte bellt ein Hund
im Rücken des Passanten von der Farbe der Nacht.

## XV

In der Vergangenheit sterben die nicht, die du liebst!
In der Vergangenheit werden sie untreu oder verziehen sich
in die Perspektive.
In der Vergangenheit sind die Jackett-Aufschläge schmäler;
das einzige Paar Halbstiefel
dampft am Heizkörper, wie die Ruinen eines Boogie-Woogie.
In der Vergangenheit erinnert die erkaltende Sitzbank
durch die Vielzahl ihrer Querlatten
an ein verrücktgewordenes Gleichheitszeichen.
In der Vergangenheit wühlt der Wind
bis heute eine Mischung auf
von Latein und Kyrillisch in einem kahlen Park:
»Sche«, »Tsche«, »Scha«, »Schtscha« plus »Ix«, »Ypsilon«, »Zet«,
und du lachst schallend: »Wie sagte doch euer Führer,
ich kenne nichts besser als das Abrakadabra.«

## XVI

Ein Vierteljahrhundert später, einer Wirbelsäule ähnelnd
schlägt die Straßenbahn Funken in den Abendhimmel,
wie staatliche Salutschüsse vor einem für immer erloschenen
Fenster. Ein Caravaggio gilt soviel wie zwei Berninis,
verwandelt sich in einen Wollschal
oder eine Arie in der Oper. Diese Metamorphosen
laufen jetzt ohne jede Aufsicht ab
und setzen sich aus Trägheit fort. Andere Gegenstände
wiederum verfestigen sich in der Qualität, in der du
sie zurückgelassen hast,
weshalb sie niemand mehr sich leisten
kann. Eine Treue-Demonstration? Schlicht die Neigung
zu Monumentalität? Oder platzt frech
die Zukunft zur Tür herein, und eine unkorrumpierte Seele
erlangt vor unsern Augen den Status
von Klassik, Mahagoni, einem kleinen Ei von Fabergé?

Wahrscheinlich letzteres. Was ebenfalls eine
Metamorphose wäre und somit deine Leistung.
Ich habe nichts womit ich dir einen Kranz
winden, deine Stirn schmücken könnte am Ausgang
dieses Jahres von extremer Dürre.
In einer häßlich vollgemöbelten, aber großen Wohnung,
wie ein Hund, der seinen Hirten verloren hat,
lasse ich mich auf alle viere nieder
und scharre mit den Krallen auf dem Parkett, als sei –
weil von dorther Wärme kommt –
unter ihm dein jetziges Sein vergraben.
Am fernen Ende des Korridors lärmen sie mit Geschirr;
hinter der Tür rascheln Röcke und es riecht nach Frost.
»Vertumnus«, flüstere ich, die nasse Wange an die braunen
Dielenbretter pressend, »Vertumnus, kehr zurück.«

Dezember 1990, Mailand
(Ralph Dutli)

Nicht wichtig was ringsum war, nicht wichtig für heute,
worüber der Schneesturm so langgedehnt heulte,
daß eng ihnen war in der einfachsten Bleibe,
daß sie keinen anderen Platz hatten leider …

Denn erstens: sie waren beisammen. Und zweitens,
ganz wichtig: zu dritt, unter all diesen Leuten,
und alles Gekochte, Geschenkte, Geschaffene –
war was sie als Minimum in drei Teile brachen.

Der frostige Himmel überm Ort wo sie hielten –
wie gewohnt beugt das Große übers Kleine sich nieder –
glänzte mit dem Stern – der kann nirgends verschwinden
fortan vor dem Blick, vor den Augen des Kindes.

Das Feuer loht auf doch das Scheit ist am Ende;
sie schliefen. Der Stern war so anders als andre
nicht durch seine Leuchtkraft, die kann sich verwischen,
nein – Macht, sich als Fernstes mit Nahem zu mischen.

25. Dezember 1990
(Ralph Dutli)

# Porträt der Tragödie

Schauen wir der Tragödie ins Gesicht. Wir sehen ihre Falten,
ihr Profil mit Höckernase, ihr Kinn eines Mannes. Ihre Kontraalto-
stimme hören wir samt Noten einer chaotischen Teufelsliebsten:
die heisere Arie der Folgen ist lauter als ein Ursachen-Piepsen.
Grüß dich Tragödie! Seit letztem Mal vergingen lange Zeiten.
Also Gruß dir Kehrseite der Medaille, schwer zu erheitern.
Wir betrachten jetzt deine Details und Einzelheiten.

Gucken wir in ihre Augen! Die schmerzgeweiteten Pupillen
sind durch kastaniendunkle Anstrengung des Willens
als Objektiv auf uns gerichtet – mal im Parkett, mal lieber
in irgendwessen Schicksal grad ein Gastspiel liefernd.
Guten Abend, Tragödie, samt Heroen und Göttertreiben,
mit den vom Vorhang notfallmäßig verhüllten Beinen,
mit eigenem Namen der untergeht im Lärm im allgemeinen.

Schieben wir ihr die Finger in den Mund mit den skorbutgeschundenen
lockeren Tasten, mit dem entzündeten, vom Lichtbogen wunden
Gaumen, verspuckt vom Schneesturm, von der Asche der Nächsten dann.
Raffen wir ihr den Saum hoch, gucken wir sie als Nackte an.
Also, wenn du magst, Tragödie – mach uns staunen, erbleichen!
Stell den Verrat des Körpers dar, das Hinaustragen der Leiche,
den Mangel, das Minus, die geschändete Unschuld desgleichen.

Sich an die Backe der Tragödie zu schmiegen! Die schwarzen Gorgonen-
locken, das grobe Brett auf der andern Seite der Ikonen,
mit dem übers Jochbein rollenden Stern (wie die nach Osten tickenden
Eisenbahnwaggons), vernarrt in Mützenränder und Schulterstücke.
Grüß dich Tragödie, du so gar nicht nach der Mode gekleidete,
mit einer Zeit die vom Richter eins in die Schnauze bekam leider.
Fühlst dich gut in der Natur, besser in der Schauhalle für Leichen.

Stürzen wir in die Umarmung der Tragödie mit dem
Drang des Schürzenjägers!
Versenken wir uns in ihr nicht mehr junges Fleisch, darüberfegend
bohren wir sie durch und durch bis zu den Matratzenfedern.
Vielleicht hält sie's aus. So wird die Rasse überleben.
Was gibts Neues im Repertoire, Tragödie, in der Garderobe?
Und – das Erzeugnis in deinem Bauch betrachtend von oben –
weshalb ist die Rolle der Großkreatur besser als die
mickrige Schrotbohne?

Ihren Stinkegeruch einzuatmen! Ihren Unrat, ihre Achselhöhlen
multiplizieren mit der Summe von Super-GAU und Flammenhöllen.
Aufzukreischen in Hysterie: »Ja für wen, auf allen vieren,
hältst du mich eigentlich!« Das erste Würgen des Erbrechens zu spüren.
Danke, Tragödie, daß du nicht wiedergutzumachen bist unter vielem,
daß es keinen Abort gibt ohne Cherub und Cherubinen,
daß du nicht vorbeigehst, ohne mit der Klinge ins Euter zu zielen.

Abstoßend ihr Gesicht! Unbedeckt von Maske und Schwindel,
von Entengrün, Tünche und Schmiere, schamhafter Schminke,
von Händen, beschäftigt mit der Lösung des Knotens,
stürmischer Ovation, Nervenerschütterung inklusive Toten.
Danke, Tragödie, daß du so offensichtlich bist in allen Dingen,
wie die plumpe Axt überm Scheitel, die mit Rasierklingen
aufgetrennte Ader; daß du keine Zeit brauchst, so rasch kommst immer.

Wer sind wir denn, wir Nicht-Statuen, Nicht-Leinwände, zum Himmel!
daß wir nicht unser Leben hergäben, es heillos zu verstümmeln?
Was man auch als Zuwachs betrachten kann; auf alle Fälle
noch interessanter, ist das Ding körperlos, aus Immateriellem.
Du Tragödie, Genre der Bilanzen, sollst dich ohne Ekel
auch daran noch beteiligen.
Wie wärs denn zum Beispiel mit der Zerstörung alles Heiligen?
Nicht umsonst stehn dir gut zu Gesicht Toga, Joppe, Lumpenkleider.

Schaut an: sie lächelt! Sie sagt: »Jetzt werde ich beginnen
sofort, gleich. In dieser Sache ist es wichtiger für schlimmer
zu beginnen als zu enden. Nehmt die Uhr ab vom Handgelenk.
Gebt mir einen Menschen, und das Unglück kommt wie geschenkt.«
Also los, Tragödie, handle. Von den Vokalen die durch die Gurgel
laufen, wähl dir den »y«-Laut, den hat ein Mongole erfunden.
Mach ihn zum Hauptwort, mach aus ihm ein Verb, und dann

ein Adverb und eine Interjektion. »Y« – allgemeinster Atemzug
von »Ein« und »Aus«! Wir kotzen »y« vor Verlust und Verpatztem
oder – wenn wir zur Tür mit dem Schildchen »Ausgang« hüpfen.
Doch dort stehst DU mit vorquellenden Augen samt Knüppel.
Du teilst aus wie unter Kumpels, Tragödie. Knete und hau uns rein
wie Teig. Wir sind mit dir verbandelt ohne deine Braut zu sein.
Spuck uns in die Seele, solang dort Platz ist und auch wenn kein

Örtchen noch frei ist. Mach dieses Ding zum Sumpfloch
das nicht der Heilige Geist noch Vater und Sohn in Zukunft
je ausbaggern können. Verdick es zum Gummiwesen,
schieb einen Kubik Aminase rein, steck da-dort Ulmen und Espen
drauf: so schaffst du, Tragödie, aus Seele und Natur
eine ähnliche Ordnung!
Eine Hybride aus Erzengeln und Mongolenhorden!
Verkrüppel mich, wie die Frucht bei Mitschurin orderte.

Früher, Freundin, da hattest du noch Kraft und Muskeln.
Du kamst um Mitternacht, mit deinem Ausweis fuchtelnd.
Du warst eine richtige Schönheit, du zitiertest Racine.
Jetzt ist deine Visage ein Mix aus Auslaufgleis und Perspektive.
So findet die Herde eine Adresse und der Baum einen Boden.
Überall prangt dein Umriß links-rechts, unten und oben.
Na los, mach fix die Stalltür auf zum Weitertoben.

Juli 1991
(Ralph Dutli)

## Brief in die Oase

Nur bitte nicht um mich. Besser um keinen, nie.
Sorg dich nur um dich selbst, die Herrin der Matratze.
Kein zusätzlicher Mund, ich war nur Zungenvieh,
verborgenes Nagetier des Wörterbuchs und -schatzes.

In deinen Augen jetzt, im Aug des Speicher-Katers
der scharf das Korn bewacht: fäulnis- und schadenlos,
les ich nur Traurigkeit die schlummerte doch damals
als wütend nach mir schlug die Axt des Pharaos.

Warum jetzt das? Macht dir die Silberschläfe Angst?
Ist dein Mund stumpf von den östlichen Süßigkeiten?
Ein Jenseitslaut verwirrt? Es knirscht doch nur mein Sand,
der Wüstentalisman der durch die Sanduhr gleitet.

Sein Mahlen grausam hart, die Körnchen sind Gewicht,
weißer die Knochen drin als nur grad durchgewaschen.
Auf ihn zu beißen: besser als die Lippen sich
zu lecken bei der Glut im Pyramidenschatten.

1991
(Ralph Dutli)

## Girolamo Marcello gewidmet

Einstmals im Winter kam auch ich per Schiff hier an
aus Ägypten, dachte mir, ich würde abgeholt
am Kai, der unter Wasser stand, von meiner Frau im Pelzmantel,
mit Hut und Schleier. Jedoch nicht sie holte
mich ab, sondern zwei ältliche Bologneser
mit goldenen Zähnen. Ihr Herrchen, ein Amerikaner,
erklärte mir später, daß ... wenn man ihn ausrauben sollte,
die Bologneser ihm fürs erste aus der Klemme helfen würden.
Ich ließ es recht sein, lachte.

Der Kai sah endlos aus,
war menschenleer. Das winterliche Jenseitslicht
verwandelte die Paläste in Porzellangeschirr
und die Bevölkerung in Leute, die
nicht daran zu rühren wagen.
Weder von irgendeinem Schleier noch von irgendeinem Mantel
konnte die Rede sein. Die einzig transparente
Materie war die Luft und war die rosarote Spitzengardine
im Gasthaus »Meleager und Atalante«,
wo ich schon damals, vor elf Jahren, vermuten konnte,
daß die Zukunft, ach, bereits
begonnen hatte. Ist der Mensch allein,
befindet er sich in der Zukunft, denn diese kann ihrerseits
ohne Überschallgerät auskommen, ohne
Stromlinienform, ohne Tyrannen-
und Statuensturz. Ist der Mensch unglücklich,
befindet er sich in der Zukunft.

Heute lasse ich mich
im Hotelzimmer nicht mehr auf alle viere nieder,
um Möbelstücke nachzuahmen und um mich zu schützen vor
den eigenen Maximen. Heute vor Kummer zu sterben,
würde, fürchte ich, bedeuten, verspätet
zu sterben; und gerade in der Zukunft stößt,
wer sich verspätet, nicht auf Gegenliebe.

Der Kai wimmelt
von Halbwüchsigen mit arabischem Palaver.
Der Schleier hat sich ausgeweitet zu einem Netz von Gerüchten,
die in der Folge in ein Runzelgeflecht übergingen,
und die Bologneser hat längst ihr hündisches Auschwitz verschlungen.
Auch deren Herrchen ist nicht mehr zu sehen. Es macht den Anschein,
als wären nur ich und das Wasser verschont geblieben, denn auch es
hat keine Vergangenheit.

1991
(Felix Philipp Ingold)

# Blick vom Hügel

Da hast du eine aus steinernen Winkeln gefrorene Stadt.
Die Geometrie beweint ihr Inneres voller Ahnung.
Erst hörst du ein Trio, dann ein Negro-Piano.
Der Fluß, obschon nicht gefroren, schafft
es nicht bis zum Ozean. Die Neigung zu Schleifen
merkt man gerade in einer Stadt samt Ebene ringsum.
Ein Baum ohne Wurzeln brennt hell auf, gleißend
der Fluß wie ein Klavier: schwarz eben und stumm.

Gehst du durch die Straße, klingt hinter dir ein Schritt.
Ein Effekt der Perspektive, nicht eines Mörders. Zwei Jahre
hier gelebt – das Gestern mit dem Morgen verpaarend.
Den Platz, wie eine Grammophonplatte, überzieht
die Obelisken-Nadel mit Kreisen. Irgendwas ist an
dem Ort geschehen vor hundert Jahren, ein Meilenstein.
Das Volk des Erfolgs. Im Prinzip bist du – niemand.
Bestenfalls die Nahrung des Echos, bescheiden klein.

Der Schnee fliegt wie es kommt; wiederholt sagt »Zyklon«
der Ansager, geh nicht aus der Bar, bleib in der Falle.
Das Blinklicht in der Ferne macht die Kolonnen
verrückt als wären es Hannibals Elefanten.
Es riecht nach Wüste, erinnert an Witwengelächter.
»Baby, Baby, geh nicht weg« – sagt Sinatra.
Gleiches Echo, doch ab Band; die Silhouette des Senates,
Schneegestöber, Langeweile, du und das Wetter.

Da hast du ein hartes Ei; da hast du sein Nest.
Glanz des Eigelbs in der Schale samt Sprüngen von der Kälte.
Dein Taxi überholt auf der Chaussee noch zuletzt
in der gleichen Richtung einen Landauer mit Kränzen,
der rollt wohin du rollst, als verstünde sich das von selbst.
Das ist ein Effekt des Perimeters, der Ruf der Randgebiete,
der kleinwüchsigen Vororte, deren Schlaf – von Diesel-
lokomotiven, Wind und Schicksal angebellt.

Und dann – der Ozean. Taubstummer Raum ohne Ziel.
Ein flaches Gebiet, an Baustellen – nichts zu
sehen, nichts zu tun, bist Chronist du
oder Arzt, Architekt, Macher, Schauspieler
und erst recht: ein Echo. Ohne Vergangenheit
ist dieser Raum. Was er hört, ist die laute
Summe der eigenen Wellen, beispielloses Rauschen
das übertönt werden könnte ganz allein

von der Posaune Gabriels. Eine komplette Garnitur
horizontaler Linien. Beinah wie die Stoßdämpfer
des Weltgebäudes. In dem ein Solo mäandert
von Charlie Parker: ein anderer Drive, farbiger nur
als beim Erzengel, nach dem Maß des Nasenschleims.
Und weiter draußen in der Dunkelheit, nach Norden
haltend sinkt ein Schiff ab, taucht wieder auf, ein Seiner,
so wie eine Kirche, eine weit in den Feldern verlorene.

2. Februar 1992, Washington
(Ralph Dutli)

Ausser der Heizung gibt es in jedem Haus
ein System der Abwesenheit. In der Wand versteckt
überfluten ihre lautlosen Batterien
die Behausung mit unverdünnter Leere
durchs ganze Jahr, und unabhängig vom Wetter
arbeitet sie offensichtlich ab Netz
mit jenem Rohstoff, den der Tod, Verhaftung oder
schlichte Eifersucht ihr liefern. Diese Temperatur
erhöht sich gegen Abend. Eine Drehung des Schlüssels,
und du findest dich dort wieder, wo es keinen
und niemand gibt: wie vor tausend Jahren
oder einiges früher: in der Epoche der Vereisung,
vor der Evolution. Der usurpierte Raum
verzichtet niemals auf seine
Unbewohnbarkeit, erinnert
den maßlos gewordenen Affen
an das altherkömmliche, voreiszeitliche Recht
der Leere auf Wohnraum. Die Abwesenheit
ist letztlich nur die Privatadresse des Nichts,
das im Endergebnis, als richtiger Bourgeois,
kurz bevor der Vorhang fällt, den Feldsteinen
und Graumoosen Tapeten vorzieht.
Je detaillierter ihre Dschungel, desto unglücklicher der Affe.

1992
(Ralph Dutli)

# In der Umgebung von Atlantis

All diese Jahre floß der Fluß längs dem Ufer
wie Runzeln die einen Greis sich suchen.
Doch das Volk das nicht bis hundert zählt
verbarg sich vor ihm soweit die Brücke hält.

Mal das Hochwasser mal die Menschenmassen
das heißt Dinge die sich nicht einfach wegwischen lassen
überspülten den Asphalt doch verschwanden sie schnell
als der Wind sich beruhigte, der Schlaf sich einstellt.

Noch gab es Winter, einer grimmiger
als der andere und den Brauch Kinder
zu zeugen und (wie der Schrank mit dem Spiegel)
zwei Leben ins eine, ins eigene zu fügen

und überhaupt zu sparen. Doch krümm dir die Finger
der Hand wie du willst – die Tage vergingen.
In Umlauf kam der Doppelpunkt des Buchstabens
denn so ist er schwerer wegzuwischen. Doch alles

war umsonst. Jetzt lockere das Kettchen
an der Tür und ins Zimmer fluten gehetzte
Wellen verschlingen uferlos Einwohner und -innen
von Atlantis – entschlossen, mit den Personen zu beginnen.

Februar 1993
(Ralph Dutli)

## Tomas Tranströmer am Flügel

Ein Städtchen, in Feldern liegend wie eine
Aufstockung des Bodens.

Ein Monarch, verbeult vom Stempel des lokalen Postamts.
Die Mittagsglocke. Aus der örtlichen Schule hechten
Knirpse heraus als seien es die Tablettchen
einer undeutlichen Zukunft. Automobile rosten
als Zöglinge Linnés unter Ulmen wie grünende Sprossen
und das allmähliche Laub, wenn auch anderes leistend
häuft sich im Sinne der Kunst sich vom Ast loszureißen.
Keine Seele. Es wuchert im Unbemerkten
mit jedem Schritt der Platz für ein Denkmal
für einen ständig hier Wohnsitz-Habenden.

Und festgemacht seine Hand am Piano
sich nach und nach vom Körper lösend
als hätte sie kurz vor Schluß ein Vermögen
erlangt das größer ist oder gleichviel bedeutend
als das was die Zellen im Gehirn anhäuften;
und die Finger gleichsam ängstlich und scheu den
im Traum erreichten Reichtum zu vergeuden
fahren fiebrig durch eine Höhle (in ihr ist er)
und stopfen Schätze hinein in Spalten und Risse.

1993, Västerås
(Ralph Dutli)

Für Kees Verheul

HOLLAND IST SO ein flaches Land
das letzten Endes übergeht ins Meer
welch letzteres doch letzten Endes auch
nur Holland ist. Die ungefangenen Fische
wenn sie auf holländisch so miteinander
reden sind überzeugt daß Freiheit ein Gemisch
aus Spitze und Gravüre ist. In Holland
kann man nicht bergwärts gehn oder verdursten;
noch schwerer – deutlich eine Spur zu hinterlassen
geht man rasch aus dem Haus und steigt aufs Fahrrad,
erst recht – segelt man fort. Erinnerungen
sind Holland. Keine Dämme keinerlei
halten sie je zurück. In diesem Sinne
leb ich in Holland schon bedeutend länger
als die lokalen Wellen die ins Weite gleiten
adressenlos. Genau wie diese Zeilen.

Herbst 1993, Amsterdam
(Ralph Dutli)

## Landschaft mit Hochwasser

Geradezu Standardlandschaft, vom Hochwasser aufgebessert.
Sichtbar nur Baumkronen, Kirchtürme, Kuppeln ganz kahl.
Man möchte was sagen verschluckt sich an lauter Wasser
vor Erregung und vom Wörterwust bleibt einzig »war einmal«.
So zeigt der Spiegel im Alter Augenbraue und Glatze
aber keinerlei Gesicht geschweige denn Hoden.
Überall bloß verschwommene mündlich-schriftliche Faxen,
du stehst im Wasser und die zerfetzte Wolke hängt oben.
Der Ort der Handlung vermutlich – ein feuchtes Holland
vor Einführung von Dämmen Spitzenklöppelei Namen wie de Vries
oder van Dyck. Oder dann Asien in den Tropen mit tollen
Regengüssen die den Boden lockern aber du bist kein Reis.
Klar, es hat sich lang gesammelt – ein Tag oder Jahr pro Tropfen
dessen Süßwasserwesen träumt von neuen Salzhektaren.
Und rasch ein Kind als Periskop auf die Schultern gehoben
um in der Ferne rauchen zu sehn was mal die Schiffe
des Feindes waren.

1993, Amsterdam
(Ralph Dutli)

## Daedalus in Sizilien

Das ganze Leben hatte er etwas gebaut, etwas erfunden.
Mal für die kretische Königin eine künstliche Kuh,
um dem König Hörner aufzusetzen, mal ein Labyrinth (schon
für den König selbst), um den unansehnlichen Nachwuchs
vor müßigen Blicken zu verbergen; mal einen Flugapparat
als der König endlich herausfand, wer bei ihm
am Hof so geschickt sich Arbeit verschaffte.
Der Sohn starb während des Fluges fiel
ins Meer wie Phaeton der einst ebenfalls
die Ermahnungen eines Vaters mißachtete. Jetzt sitzt
auf einem Uferstein irgendwo in Sizilien vor sich hin
blickend ein sehr alter Mann, fähig durch die Luft
zu schweben wenns übers Meer oder Festland nicht geht.
Das ganze Leben hatte er etwas gebaut, etwas erfunden.
Das ganze Leben mußte er vor diesen Bauten, Erfindungen
fliehen, als ob die Erfindungen und Bauten
danach strebten, sich von den Planskizzen loszumachen
wie Kinder die sich ihrer Eltern schämen. Offenbar ist es
die Angst vor Wiederholbarkeit. Auf den Sand laufen
mit Gemurmel die Wellen, dahinter blauen die Zacken
der dortigen Berge – doch er
hat schon in seiner Jugend die Säge erfunden,
die Ähnlichkeit von Statik und Bewegung nutzend.
Der Alte bückt sich und bindet an seinen Knöchel
einen langen Faden, um sich nicht zu verirren
dann schwimmt er ächzend Richtung Totenreich.

Herbst/Winter 1993, Amsterdam
(Ralph Dutli)

# Ithaka

Zurückkommen endlich nach zwanzig Jahren,
barfuß die eigene Spur im Sand zu jagen,
und der Köter macht Gebell, heißer und schriller
um zu verbergen daß er froh ist doch leise verwildert.

Wenn du magst wirf ihn ab deinen schweißigen Plunder;
doch tot ist die Magd die noch weiß von der Wunde.
Und die eine die, sagen sie, auf dich gewartet hat
kannst du nirgends mehr finden denn sie hatte es satt.

Dein Bengel ist erwachsen, schon selber Matrose,
und schaut dich so an als wärst du – tote Hose.
Und die Sprache verstehn die sie rundherum brüllen –
ganz vergeblich, gibs auf nach dem Sinn drin zu wühlen.

Die Insel stimmt auch nicht oder zuviel Blau
hat dir die Pupille verwöhnt so blasiert ist dein Aug:
von dem Stück Erde wird die Welle doch nie
den Horizont je vergessen, mag auch anrennen sie.

1993
(Ralph Dutli)

## New England

Obwohl es sinnlos ist wachsen die Bäume noch gern.
Man kann sie im Fenster sehn doch besser von fern.
Die Luft ist fast ein Skandal, dermaßen gebläht
daß man leicht eine Boeing für ein Falterchen hält.

Wir leben – nur nicht dort wo wir geboren sind,
der Rest ist noch am Ort, vom Schicksal unerreicht,
und wenn eine Lappalie um den Verstand dich bringt
stehn hier wachsam Erlen Ulmen oder Eichen.

Je muskulöser die Wurzeln desto mehr Pup im Herbst
bist du einfach ein Blatt. Kannst du – kann es viel eher
auch nachts noch lichterloh brennen inklusive Nest
um – ohne sie zu wecken – die Krähen nachzuzählen.

Irgendwann wird mit allem was du siehst der Ofen geheizt,
ein Bleistift geschnitzt oder, geb Gott, ein Bett, eine Kiste.
Doch die Erde in die man sich legen muß dereinst,
noch dazu – allein, braucht man nicht zu küssen.

1993
(Ralph Dutli)

Dem Andenken N. N.s

Ich habe dich vergessen; doch den Stuck des Treppen-
flurs seh ich klar, die Schilddrüse von aufgeschwellten
Heizungsrohren wechselnd mit dem Hautausschlag
der Klingelschilder samt den Namen »Saufauchmal«
und »Tötegern«, die Psoriasis des Asbestes
plus die Epidemie – wie pilzbesetzte Plätze
die Stromzähler nach jener Mode der Blockade.
Du starbst. Sie sind geblieben. Flott gehn baden
alle die Jahre ähnlich Stjenkas Fürstenmädchen.
Andere Aushängschilder, andres Geld klingt blechern,
andere Sprößlinge und andere Kadaver.
Was tun mit dem Gelebten heute? Aber
soll man sich überhaupt über das Innere
des Hypothalamus noch sorgen, dieses Wiehern
dessen Gedröhne doch selbst seine Helden
nicht mehr verstehen – Troja längst im Fernen.

Was rätst du mir? Getrost und heiter sein?
Hoch in die Wolken starren? Ihre Gesichter scheinen
samt den Konturen als Jackett mit falschen
holländischen Spitzen. Doch per Fallschirm
in das Vergangene springen, Nachkriegsstätten
mit Straßenbahn und Fluß, seiner offengelegten
Ader und der Zweistelligkeit der Wäschemarken?
Unmöglich. Die elf Meter im Quadrat dem
gesprengten Schulgebäude gegenüber
darben im Hirn verengt zur Nervenzelle, mit der
Decke aus Fries auf jener harten Werkbank
unter dem Schwan wo du's ihm bis zum Wecken
gern gabst damals, dem Jungen in Serge und schiefer Mütze.
Hoch in die Wolken starren wo all diese Fetzen
verstreut sind überall, genau wie dort in jenem
Quadrat bemüht das Auge den Verlust zu lehren?

Es lohnt sich nicht du Liebe. Was wird überleben
außer den Klimalaunen? Andre Zeiten eben,
andre Revers, Manieren, andres Dogma.
Und ich bin jetzt der einzige der nochmals
ganz dich erinnern könnte am Jahrhundert-Ende
außerhalb jeder Zeit. Das heißt: ganz ohne Kleider
auf einem Laken. Doch vermutlich widersetzt sich
der Körper den Erinnerungen letztlich
wenn er verwest ist. Als ein Opfer jenes Treibens
der Macht die ihm den besten Teil verweigert
wie einer Sünde – und erst recht: das Recht auf
Zukunft. Zum größern Ruhm vielleicht auch
der Erzengel die ihren Griffel spitzen ungeduldig:
Torso, die Schenkel, das Gesäß, Profil und Schultern –
alles ist jetzt nichts mehr als bloß Bestrafung
für die Umarmung. Heißt – der Untergang der Statuen.

Und rechtzeitig zur Hilfe komm ich eh nicht.
Also auf dein bescheidenes Pompeji
bricht nieder der Vesuv meines Vergessens
all dieser Kränkungen, des Wahnsinns, besser –
Verrückungen im Raum, all dieser Asien,
Europen, Pflichten und anderer rasender
Gefühle hingejagt zur Schlachtung von der Meute
der Tage, Jahre und so fort. Und du bist leider
begraben unter dieser Lava. All mein Singsang
ist selbst nur ein zusätzliches Begräbnis-Rinnsal
für dich, und keine Ausgrabung der alten
und einzigen, um nicht zu schreien – blutsverwandten! –
Zivilisation. Also leb wohl du Freundin.
Ich habe dich vergessen. Das Sackleinen
des Nichtseins steht genau wie irgendein Gewebe
dir gut jetzt zu Gesicht. Und es bewahrt grad eben –

nicht wie Erspartes leichthin rasch vergeudet –
auch um jede Erfrierung zu vermeiden –
die Wärmereste die vom Ausbruch übrigbleiben.

1993
(Ralph Dutli)

## Hommage an Piranesi

Irgendwie Mondkrater, irgendwie Kolosseum; andern-
falls in den Bergen. Und ein Mensch im Mantel
spricht mit einem Menschen, der hält einen Stab in den Händen.
In der Nähe sucht ein Hundchen was zu fressen in Abfällen.

Nicht wichtig worüber sie reden. Über Erhabenes
offenbar; über solche Gegenstände wie etwa die Gnade
oder das Streben nach Wahrheit. Über das berechtigte
Gefühl völlig natürlich mit einem Pilger zu sprechen.

Die Felsen – oder Überbleibsel zerbrochener Säulen –
sind von wilder Vegetation bedeckt. Und die Neigung
des Pilgerkopfs bezeugt eine gewisse Versöhntheit
mit der Welt überhaupt und dann mit der örtlichen

Fauna insbesondere. »Ja«, sagt seine Pose,
»mir ist es gleichgültig, wenn es sticht. Nichts Böses
liegt darin. Die Spitzigkeit ist von vielen nur eine
Eigenschaft der Oberfläche. Nehmen Sie die Vierbeiner:

es stört sie nicht; auch uns dürfte es nicht, denn wir haben
zweimal weniger Beine. Kann schon sein, dort oben
auf dem Mond ist alles anders. Aber hier wo Gegenwärtiges
mit Vergangenem gemischt ist, gibt Spitzigkeit ein herrliches

– besonders für Barfußsohlen – Gefühl gewissermaßen
des Unterschieds. Im Prinzip kann man nur ertasten
was gegenwärtig ist – natürlich *nur* wenn man
seine Epidermis erzogen hat. Ich lehne Schuhwerk ab.«

All das spielt dennoch in den Bergen. Oder dann inmitten
uralter Ruinen. Und die Arme, gekreuzt über den Rippen
des Mannes im Mantel, markieren deutlich einen Unbewegten.
»Ja«, sagt seine Pose, »im Prinzip ähneln die Silhouetten

der Hüttendächer den Bergen und ihren Konturen.
Das ist natürlich kein Lob der Hütten, keine Spur von
Vorwurf gegen die Bergspitzen, doch bestätigt es die Neigung
der Natur zu schlichter Geometrie. Den Konus sich aneignend,

hat sie sich ein bißchen hinreißen lassen. Bauernhäusern
gleichen von fern die Berge, und aus der Nähe besser:
Tagelöhnerhütten. Man braucht nicht mal stark betrunken
zu sein, um die Ähnlichkeit des Zeitweiligen und des

Gleichbleibenden zu sehn, des Jetzigen und des Vergangenen.
Erst recht – im Gehen. Als Pilger wißt ihr seit langem schon
daß es dem Schicksal eher paßt, wenn der Mensch sich als Diener
dessen weiß, was hinterm Rücken liegt, als des Kieses

unterm Fuß oder des Flimmers weit voraus. Der Luftflimmer
da vorn stellt sich als Zukunft vor und sagt ›lauf immer
schön zu mir‹. Doch je mehr ihr euch dem Trugbild
nähert, bekommt es, dünner werdend, den bekannten Umriß

des Vergangenen: dieselben Abhänge, dieselben Grasbüschel.
Deshalb geh ich beschuht.« »Aber gerade so«, entwischt es
dem erwidernden Pilger, »sind Sie doch erschienen. Lustig –
daß Sie sich so ausdrücken. Noch gar nicht lange her muß es

sein, daß Sie ein Punkt im Flimmer, dann ein Fleck nur waren.«
»Ach, wir sind nur zwei Vergangenheiten. Zwei solche paaren
sich zu *einer* Gegenwart. Und das, wie ich meine, nur im besten
Fall. Im schlechteren erhalten wir doch letzten

Endes nicht mal das. Im schlimmsten Falle aber zeichnet
des Künstlers Bleistift oder Kohle eine Landschaft leider
ohne uns. Bezaubert von leichtem Rauch und fernen Plätzen
hat das Künstleraug ja recht, Details geringzuschätzen –

will sagen, meine und auch eure Existenz. Wir sind mithin
das was die Landschaft gar nicht braucht, wie der Gevatterin
Piroggen. Nicht im Jetzt, nicht in der Zukunft. In ihrer Hybride
schon gar nicht. Denn Landschaft ist Vergangenheit hienieden

in reinster Form, ohne Besitzer. Wenn sie einfach Farbe
eines Dinges in der Entfernung ist; dessen Antwort gerade
auf die Gewohnheit des Raumes, über den Körper
auf eigene Art zu verfügen. Deshalb ist Vergangenes öfter

schwarz-weiß, braun oder dunkelgrün. Genau darum
erweist sich der Künstler manchmal vom bergigen Raum
bezaubert oder von Ruinen. Und man muß Giovanni letztlich
dafür würdigen, daß er aufmerksam ist gegen kleine Fetzchen

unserer Art, wenn er das alte Rom betrachtet oder die Alpen.« –
»So sind Sie also aus der Vergangenheit gekommen?« fragt der alte
Pilger unruhig. Doch sein Gegenüber schwieg, schaute müde
auf das Hundchen, das doch noch etwas in dem Haufen Müll des

Wegrandes zu fressen gefunden hatte und jetzt winselte
vor lauter Glück, daß auch es am Leben war zumindest.
»Aber nein«, ließ er fallen, »wir spazieren hier einfach so, auf alle Fälle.«
Und die Landschaft wird überschwemmt von widerhallendem Bellen.

1993–1995
(Ralph Dutli)

## 25. Dezember 1993

Was braucht es für ein Wunder? Die Schafhirtsweste,
eine Prise vom Heute, ein Körnchen vom Gestern,
zur Handvoll des Morgen rück dann, flinker Blick,
einen Fetzen des Raumes, ein Himmelsstück.

Und das Wunder geschieht. Denn Wunder vergessen
nur ungern ihre Erde, bewahren Adressen,
sie wollen ans Ende und finden irrlichternd
selbst noch in der Wüste den Einzigen, Richtigen.

Und verläßt du das Haus – knips den Stern an mit seinen
vier Lichtern, zum Abschied soll hell er dir scheinen,
daß die Welt ohne Dinge er fortan begleite
und leuchtend dir nachblicke, für alle Zeiten.

1993
(Ralph Dutli)

## MCMXCIV

Eine blöde Zeit: es gibt nichts zu stehlen und keinen bei dem.
Die Legionäre kehren mit leeren Händen von den Kriegszügen zurück.
Die Sibyllen verwechseln Vergangenheit und Zukunft wie Bäume
und die Schauspieler denen keiner mehr applaudiert
vergessen die großen Repliken. Im übrigen ist Vergessen die Mutter
der Klassik. Irgendwann werden diese Jahre
als eine Marmorplatte wahrgenommen werden
mit einem Netz von Äderchen – die Wasserleitung, die Reiserouten
des Steuereintreibers, stickige Katakomben,
jemandes Faden der ins Labyrinth führt usw. und usf. –
samt einem Büschel
Ginster das aufragt aus dem Spalt in der Mitte.
Und es war eine Epoche der Langeweile und der Dürftigkeit
als es nichts zu stehlen gab geschweige denn
zu kaufen, noch weniger als Geschenk darzubringen.
An Cäsar lag es nicht, er litt stärker als die andern
am Fehlen von Luxus. Auch den Sternen kann man nichts vorwerfen
denn eine niedrige Wolkendecke nimmt
den Planeten die Verantwortung
vor dem bewohnten Gebiet: Abwesenheit ist ohne Einfluß
auf Anwesenheit. Die Marmorplatte
fängt gerade damit an – denn Einseitigkeit
ist der Feind der Perspektive. Vielleicht verschwand
schlicht bei den Dingen rascher als bei den Menschen
der Wunsch sich zu vermehren.

1994
(Ralph Dutli)

# Byzantinisches

Ein Zug aus Punkt A der aus dem Tunnelrohr
hervorrinnt mündet dröhnend in das breit dahingedehnte
Meer wo die Runzeln sich sammeln ohne den Chor
der Stirnen; die sind wolkenhaft geballt zum Turban des Propheten.
Du holst mich vom Bahnhof ab, kämpfst dich durch Körper ringsum
und der braunäugige örtliche Bulle hält mich für einen Datschenbesucher.
Nicht mal der Mond wird erkennen was wir hier tun,
ins Fenster guckend wie ans Ende des Aufgabenbuches.
Wir sind an den Ausgrabungsstätten der Zukunft die als Quell
hier sprudelt, d. h. des Lebens ohne uns, längst mühsamen Morse-
zeichen und Semaphor hinterher übers Meer bestellt
nackt wie Mutter es geboren hat, zum Gedenken an geborstenen
Marmor. Und wenn der Suchtrupp uns nach tausend Jahren
                                                            in der tierischen
Menge aufruft, an der Plattfüßigkeit uns erkennend unter vielen,
stellen wir uns tot, wenn wir unterm Schuhabsatz knirschen:
dem Original der Leere die Kopie vorziehend.

1994
(Ralph Dutli)

# Robinsonade

Ein neuer Himmel hinter dreimalneun Erden.
Säuglinge kreischen um die Aufmerksamkeit
des Storchs. Greise verbergen den Kopf unterm Flügel
wie Strauße, stoßen mit dem Schnabel
nicht in Federn – unter die eigenen Achselhöhlen.
Man könnte erblinden vom Überfluß an Ultramarin,
einem unbekannten, mit Segel. Wendige Pirogen
ähneln einem stark abgenagten Fisch – getilgt
bis zum Laich! Ruderer ragen daraus hervor, enthüllen
das Geheimnis der Bewegung. Als Opfer eines Schiffbruchs
habe ich diese Insel (vielleicht ist es auch ein Kontinent)
in zwanzig Jahren zur Genüge bewohnt,
und die Lippen rühren sich von selbst wie beim Lesen
und sprechen »tropische Pflanzenwelt, tropische Pflanzenwelt«.
Am ehesten ist das eine Brise; besonders in der zweiten
Tageshälfte. Das heißt, wenn der
bereits glasige Blick nicht mehr unterscheidet
zwischen dem Abdruck der eigenen Ferse im Sand und der
Ferse von Freitag. Genau das ist der Anfang
der Schriftkultur. Oder – ihr Ende.
Besonders aus der Sicht des abendlichen Ozeans.

1994
(Ralph Dutli)

# Aus Albert Einstein

Für Peter Vail

Gestern brach morgen an, um drei Uhr nachmittags.
Heute ist schon »nie mehr«, Zukunft überhaupt.
Was nicht mehr ist, bevorzugt das Einerlei des Alltags
mit feuchter Zeitung und ohne Ei im Suppenkraut.

Es reicht, »Iwanow« zu sagen, schon blitzt eine andere Ära
grade jetzt und hier vor dir auf – statt der Jahre im Sieb.
So wie Soldaten im Graben über die Brustwehr spähen
nach dort, wo es sie schon längst nicht mehr gibt.

Dort herrscht Schnupfenepidemie, weil die Blumen nicht duften
und das Laub murrt beharrlich wie ein Idioten-Argument,
und eine Stadt vom Typ Schachbrett für schwarz-weiß Getupfte
wo die Gelben siegen, ist ein Unentschieden, das uns nicht kennt.

Dort dämmert es früher herab vom Korridor-Lämpchen
und die Bergkette macht hellhörig der eingerollte Wigwam,
um nirgendwo nach Mitternacht einzubrechen (ohnehin schändlich!)
klopfen unentfachte Sterne um die Mittagszeit bei dir an.

1994
(Ralph Dutli)

Mir warfen sie alles vor – minus das Wetter,
und oft hab ich mir selber gedroht grausam gern.
Doch bald leg ich die Schulterstücke ab und werde
ganz einfach zum einzelnen Stern.

Ich werd flimmern durch die Drähte als Leutnant des Himmels,
mich in eine Wolke verziehn, hören wie der Donner rollt,
nicht mehr sehn wie die Truppe unterm Ansturm
des Massengebrauchsartikels
kopflos flieht, von einer Feder verfolgt.

Wenn ringsum nichts mehr ist von allem was war,
ist egal, nimmt man dich durch Umkreisung oder Blitz.
Ein Schüler der einmal im Traum Tinte sah –
und jetzt bessere Muster für Multiplikationen besitzt.

Und erwartest du für Lichtgeschwindigkeit kein Danke am Ende,
so weiß vielleicht die Panzerung des allumfassenden Nichts
die Versuche ihrer Verwandlung ins Sieb anzuerkennen
und wird mir für Öffnung danken: den lichtdurchbrochenen Riß.

1994
(Ralph Dutli)

## Triton

Die Erdoberfläche ist
ein Zeichen daß es erlaubt
ist im Kosmos zu leben,
denn hier kann man sit-
zen, das Licht löschen, auf-
stehn, am Fenster kleben.

Acht andere Planeten mei-
nen daß diese Schlüsse falsch
sind und ganz ohne Belang,
und wir hören ihr »Nein!«
wenn sie uns töten rasch
oder sind wir bloß krank.

Nichtsdestoweniger exi-
stiere ich und mir sind,
was ich offen erkläre,
im Endergebnis letzt-
lich lieber als das win-
zige Einzelsein – die Meere.

Zwar kein Feind der Ebenen, bin
ich ein Freund der Gletscherwelt,
ein Schätzer von Wüsten und Ber-
gen – besonders: der Apenninen –
von dem was, wohlgemerkt
der Kosmos im Überschuß enthält.

Den Status himmlischer Kör-
per erkennen wir aufgrund
des Reliefs. Aber ihr Relief
fließt nicht noch strömt
es, so daß der Blick rundum
besiegt auf Grenzen trifft.

Jegliches Leben paßt
zur Landschaft. Ist sie grau,
dürr, begrenzt und hart,
welches beispielhafte Maß
baut sie für Geist und Herz auf,
was hält sie für Aorten parat?

Wenn du etwa oben hockst
auf dem Sirius – ringsum
nur Fantasy schwarz-braun
aus Schotter und Block.
Macht den Schuhabsatz krumm
und glänzt nicht im Raum.

Himmel & ihre Körper ha-
ben kein anderes Milieu,
sei auch der Raum gekrümmt.
»Viele lebten ohne Liebe«, sagt
der Dichter, »na schön,
aber keiner ohne Wasser bestimmt.«

Daher – mein Sentiment.
Viel rascher als der Tourist
der schnurstracks auf den Knopf
der Kamera drückt im Moment
wo das Land wellenförmig ist,
spricht die Molluske mir im Kopf.

Mit ihr singt der Chor
der Chordaten, bestärkt
von fünf Litern nicht-
blauen Blutes: von Muskeln & Po-
ren des Festlands eroberte ener-
gisch die Brandung mich zurück.

Wenn ich am Ufer steh
eines Meeres und die Stirn
runzelnd aufs Wasser blick,
freu ich mich schlicht an dem,
was es in der Galaxie doch nir-
gendwo sonst noch gibt.

Meere bestehen aus Wel-
len – seltsamen Dingen, ein-
zig in der Plural-Form,
vom Eigenwillen bestellt,
war jedes Handwerk einst
ihnen eingeimpft von vorn.

Denn Wasser ist wesentlich
die Summe seiner Teil-
chen, vom bunten Wech-
sel verändert jeden Augenblick;
der Nachrichten-Unsinn stei-
gert noch ihren Lichteffekt.

Der Begriff der Welle liegt
beschlossen gleich im Klang
des Worts »Welle«. Und doch
wird es vom Seitenblick
wie einem Stempel markant
geprägt – nicht unterjocht.

Im Antlitz des Buchstabens »B«*
gastiert doch deutlich, schau:
die Acht – die leibliche Toch-
ter der Unendlichkeit, seit je
die Eigenschaft von jedem Blau,
Tintenfäßchen und anderm noch.

* »B« = russisch V wie »volnà«, Welle

Der Welle als Form sind
fremd: Rhombus, Dreieck, Ku-
bus, aller Winkelkram.
Daher der Reiz des Wassers. In
ihm mutet etwas wie Lippenju-
bel und Gischt auf der Wange an.

Durch die Neigung den Sinn
zu vernachlässigen dessen Tiefe buch-
stäblich ist, erinnert der Meeresraum
an Sprache, Schriftzeichen, find
ich: zerrissen durch und durch,
wie Gesetzestafeln behaun.

Genau aus diesem Grund,
indem sie ihre eigene Schrift
in ihm erkennt, singt die Sängerzunft
seine lockere Franse – und
mithin das Stimmband-Gedicht
oder die Pupillen-Unterkunft.

Könnte sie sprechen auch selbst,
würde die Welle den Zuhörer in
einem einzigen Stündchen um
den Verstand bringen letzt-
lich mit dem Satz: »Verzeih, ich bin
nicht von dieser Welt.« Und

das wäre ganz klar für mich
die Wahrheit. Diesen Weltrum-
mel halten wir mit Händen fest –
in ihm gibts Verwandtschaftspflicht,
schaut man sich das Kolosseum
an und sagt: »Zu welchem Zweck?«

Anders die Welle deren Rau-
schen dem »hurra!« etwa gleicht –
ein Rauschen das in sich umfaßt
»morgen«, »jetzt«, »gestern«, aus
dem gewaltigen Summenreich
kommt, in kein Heft je paßt.

Dort wo Vergangenheit plus
Zukunft zu zweit
faulenzen und die Gegenwart
schaffen: Geschmack muß
diktieren was Volumen heißt.
Von daher kommt die Meeresart.

Geschwindigkeit namens »Licht«,
weißer Zwerg und Quasar
erinnern an den Chaos-Typ:
also Brand, Gewirr, Basar.
Die Materie ist Ästhetin die sich
lieber in die Meere begibt.

Ein beliebiges davon muß
viel eher Abdruck der Zeit
sein als bloß ein Gemisch
aus Katastrophe und Nasenlust,
oder Fest der Diademe bei
dem Eigene vereint sind am Tisch.

Durch sich verwandelnd zwei
Drittel des Planeten zum Abgrund
ist das Meer kein Simulant.
Mittels »B« alias Wellen meint
es einzig durch seinen Mund –
ich bin kein Menschenland.

Um so mehr wenn es drei
Viertel sind. Das Festland
für die Welle: nur Episode, doch
für den Fisch darin weit
schlimmer als die letzte Wand:
Jenseits, Stick- und Sauerstoff.

Bei Entzifferung des »Was-
sers« wird sein Wesen enthüllt:
»Unendlichkeit-was-erblaut«
im Profil und En-face –
das heißt doch die Welt
ist nicht um unsertwillen erbaut.

Ob nicht in der Sehnsucht
nach Ewigkeit, Jenseitskram,
Engelsflügel und so fort
die Trägheit der Herde zuckt,
in ihrer Umgebung verdammt
tief in den Fels verbohrt?

Und ist die Erde nicht ganz
einfach ein Gefäß? Eine Sor-
te Tasse, völlig henkellos?
Und wir, pflügend und tan-
zend: Felder & Foxtrott –
ein Saum, eine Borte bloß?

Die Sterne nicken: aha!
Bordüre, Besatz, Ligatur
der Leben deren Zahl am End
doch nie den Blick von Hekta-
ren-Gedonner, dem Aufruhr
in den Meeren ablenkt.

Sie sehn mehr, wer weiß.
Im Grunde wird ihre Glut
im Kosmos erklärbar schlicht
durch Mangel an Spiegeln; leich-
ter zu verstehn was sie tun
als sich abzufinden damit.

Doch auch die Meere ihrerseits
sind überhaupt nicht uns
zugewandt sondern himmelwärts,
schätzt man sie im Gegenteil
als von einem Blinden erfun-
denes Alphabet-Feuerwerk.

Sind wir in eine Falle getau-
melt oder wenn keiner mehr
uns braucht an seiner Hand,
sehn wir Meere im Traum,
borgen wir viel schwe-
rer als wir schulden im Wachzustand.

Im Anblick vieler Wasserton-
nen die auf uns zurasen gehetzt,
sich aufbäumend wild und nackt,
schwebt uns Freiheit vor von
allem, auch von einem selbst
und der Schicksalsmacht.

Wenn sie denn überhaupt
existiert – und der Streit darum
ist heftiger am Ende-der-Welt –
ist sie nicht beseelt, so glau-
be ich, denn der Meeresraum
ist weiter als die Seele weit.

Bricht man das Zirkuszelt ab,
ist traurig zu denken daß
das Gewesene mit, sagen wir
mal: mir, zum Nichts verschwappt
und (mein Mund schnappt ha-
stig nach Luft) nicht zur Welle wird.

Doch bist du ein klein we-
nig Misanthrop und Bösewicht,
so ist, ziehst straff dir den Gürtel du,
dir angenehm, dieser Freiheit jäh
die Brust hinzuhalten, wenn du nicht
gar noch den Schritt tust – auf sie zu.

1994
(Ralph Dutli)

Für Jelisaweta Leonskaja

IN DER LUFT starker Frost, und Nadeln hagelt es.
Wir ziehn uns Pelzenes an und Wattenes.
Um in Schneewehn zu tappen samt unseren Säcken –
wär besser ein Rentier als ein Kamel mit zwei Höckern.

Im Norden, wenn sie an Gott noch glauben,
haben sie den Kommandanten des Lagers vor Augen,
wo sie uns allen gleichsam die Flanken zerprügeln,
wo man hört: ihr könnt eh nie genug davon kriegen!

Im Süden ist der weiße Beschlag selten, ganz richtig,
dort glaubt man an Christus, war ja selber ein Flüchtling:
In der Wüste geboren, nur Sand-Stroh da draußen,
und gestorben sei er, hört man, auch nicht zu Hause.

Mit Brot und mit Wein laß uns gedenken hier drinnen
eines Lebens, gelebt unterm offenen Himmel,
um in ihm auch noch später die Haft zu vermeiden
der Erde – denn dort ist mehr Raum um zu bleiben.

Dezember 1994
(Ralph Dutli)

DIE CLOWNS ZERTRÜMMERN den Zirkus. Die Elefanten
sind nach Indien entlaufen,
die Tiger handeln auf der Straße mit Stangen und Reifen,
unter der löchrigen Kuppel windet sich
am Trapez, als seis im Kasten, der Frack
des enttäuschten Illusionisten,
und die Pferdchen, die Decken abgeworfen, posieren für das Porträt
eines neuen Motors. In der Arena,
in Sägespänen ertrinkend, schwingen die Clowns
aus Leibeskräften Vorschlaghämmer und zertrümmern den Zirkus.
Das Publikum ist nicht da oder es applaudiert nicht.
Nur ein gedrilltes Bologneserhündchen
kläfft unaufhörlich im Gefühl, daß es dem Zucker
näher kommt: daß jetzt, jetzt gleich eintritt
neunzehnhundertfünfundneunzig.

1995, New York
(Ralph Dutli)

# Ein Glas Wasser

Du stehst im Glas vor mir du süßes kleines Wasser,
schaust mich mit Augen an die flink dem Hahn
entlaufen sind, in denen deine durchsichtige Wache
sich glänzend verdoppelt – sie paßt sich eng dir an.

Du weißt daß ich deine Zukunft bin: ein Trichter,
ein beseelter Pfeiler und gekoppelt an den Verlust
der Perspektive; vor dir liegen Fasern und dicht ist
die Dämmerung der Eingeweide, des Arterienbluts.

Doch das verwirrt dich nicht mal. Im Gefängnisinnern
gibts überhaupt mehr Varianten für die obdachlose
Substanz als in der mit Tüll vergitterten
Freiheit – erst recht in der absolut grandiosen.

Du hast ja völlig recht wenn du meinst auch ohne
mich kommst du aus. Doch je länger ich lebe,
desto später verwandelst du dich in Regen vor dem
Fenster: das Pflaster schleifend, den Gehsteig fegend.

1995
(Ralph Dutli)

# Via Funari

Seltsame Fratzen starren aus deinem Fenster hervor,
im Hof des Palazzo Gaetani mieft es nach Tischlerleim,
und Gino's, wo früher ein Café war und ich die Schlüssel holte
hat dichtgemacht. An Gino's Stelle
kam ein Lädelchen: handelt mit Krawatten und Socken,
die notwendiger sind als er oder wir –
in fast jeder Hinsicht. Und du bist weit weg in Tunesien
oder Libyen, betrachtest die Rückenseite der Wellen
die als Spitzenborte an die italienische Küste schlagen:
beinah Septimius Severus. Ich glaube nicht daß an alledem
das Geld schuld ist, der Lauf der Zeit oder ich.
Jedenfalls nicht weniger wahrscheinlich ist
doch, daß die berühmte Unbeseeltheit
des Kosmos, erschöpft von ihrer öden
Unendlichkeit, für sich eine irdische
Zuflucht sucht – und wir kommen ihr gerade zupaß. Und man sollte noch
dankbar sein wenn sie sich auf eine Wohnung beschränkt,
einen Gesichtsausdruck oder ein paar Gehirnzellen
und uns nicht gleich niederstreckt in die Erde
wie es mit den Eltern geschah, dem Bruder, der kleinen Schwester, G.
Der Klingelknopf ist nur ein Krater
im Kleinformat der bescheiden gähnt
nach einer Berührung mit dem Kosmos, dem Krümel
von einem Meteoriten:
auch die Treppenflure sind übersät von diesen Pocken aus dem Jenseits.
Wir haben uns also verpaßt. Ich fürchte, die nächste Gelegenheit
kommt nicht so bald. Vielleicht auch nie mehr.
Sei nicht traurig: ich glaube nicht daß ich dir etwas Größeres
offenbaren könnte als Canopus dem Sirius,
auch wenn sie gerade hier, vor deiner Tür
ineinanderprallen am hellichten Tag
und nicht in der wachsamen, das Teleskop umschmiegenden Nacht.

Herbst 1995; Hotel Quirinale, Rom
(Ralph Dutli)

# August

Kleine Städte wo sie lieber nicht die Wahrheit reden.
Wozu brauchst du sie – sie ist eh schon von gestern.
Ulmen rauschen vorm Fenster, einer Landschaft recht gebend
die einzig der Zug kennt. Irgendwo summt eine Wespe.

Sich eine Karriere aus dem Kreuzweg bastelnd
ist der Held jetzt selber eine Ampel; plus weiter vorne – der Fluß.
Und der Unterschied zwischen dem Spiegel
in dem du dich betrachtest
und jenen die dich langsam vergessen, ist nicht sonderlich groß.

Bei Gluthitze geschlossene Läden, umschlungen vom Geklatsche
oder schlichtem Efeu, damit man nicht zur Unzeit hereinplatzt.
Ein sonnengebräunter Jüngling – ins Vorzimmer tapsend
einzig in Unterhosen – nimmt dir die Zukunft ganz einfach.

Deshalb dämmert es so lange. Abgegossen wird der Abend
in die Form eines Bahnhofplatzes samt Statue usw.
wo der Blick in dem zu lesen steht »sei doch verdammt«
direkt proportional ist zu den abwesenden Leuten.

Januar 1996
(Ralph Dutli)

# Englische Gedichte

## Galatea Encore

Als ob sie ein thermometer unter der zunge hätte will sie nicht
reden. Als ob da, mit einem thermometer im sphinkter
bewegungslos bei einem blatt-besäten teich
eine statue steht weiß wie ein pesthauch des winters.
Nach so einem schnee ist da wirklich nichts: die ins & outs
von jahrhunderten, zerdrücktes heidekraut.
Das heißt wieder dort stehen wo man angefangen hat –
wenn das eigene gesicht langsam zum plagiat
des wetters wird, wenn Pygmalion sich in luft auflöst.
Und du kannst ruhig deine falten vernebeln; zeig deinen nabel.
Endlich die zukunft! soll heißen, das was ein gletscher ausstößt
ausgebleichtes geröll mitten unter den buchstaben der vokabel
»niemals«. Daher auch diese routiniertheit einer göttin, née
alabaster; soll doch jeder pubertierende schüler sich am strauß
dieser farben und der temperatur des knies sattsehn.
So siehts in einer jungfrau innen eben aus.

1983
(Raoul Schrott)

# Ex Voto

Für Jonathan Aaron

So etwas wie ein feld in Ungarn, doch nach unschuld schaut
es nicht aus. So etwas wie ein langer breiter fluß, bloß
ohne seine brücken. Darüber ein unaussprechlicher umlaut
von augen und die sicht getrübt, alles andere als schmerzlos.
Ein posthumer ausblick in dem man worte und ihren sinn
mehr am echo als an dem was man zu sagen hat mißt.
Ein engel in den wolken gleicht einer blondine
die in einem Auschwitz von straßenverkäufen hin und weg ist.
Und ein stein markiert die stelle wo ein spatz gesessen hatte.
In den auslagen sagen die handlinien des kais
einer mücke die nach der fassade
einer villa – oder womöglich eines hotels – heischt
ihre flache zukunft voraus. Man verliert umso mehr an interesse
je weiter man geht; es zieht einen nichts mehr in diese gegend hin.
Ein ziellos treibender eisberg hat etwas gegen schlechte presse:
er erleidet einen hitzeschock, schmilzt und wird zu hirn.

1983
(Raoul Schrott)

# Epitaph für einen Kentauren

Zu behaupten er wäre unglücklich hieße entweder zu viel
oder zu wenig zu verraten: je nachdem wer im publikum sitzt.
Trotzdem, seine flanken rochen mehr als bloß verschwitzt
und auch seinem galopp fehlte der olympiareife stil.
Er sagte: Sie meinten nur ein monument, aber etwas ging daneben:
die leibliche mutter? das fließband? die wirtschaftslage?
Oder vielleicht kam es doch nicht zum krieg, man klärte die streitfrage
mit dem feind und ließ ihn wie er ist, vermutlich um vorzugeben
man porträtiere Unnachgiebigkeit, Unvereinbarkeit – etwas in der art
was einem weniger die eigene tugend oder einzigartigkeit beweist
als wahrscheinlichkeit. Jahrelang, einer wolke ähnlich, hat er ausgeharrt
in olivenhainen, über seine einbeinigkeit staunend, der urgeist
der unbeweglichkeit. Er lernte sich zu belügen und machte offenbar
mangels besserer gesellschaft eine kunst daraus, auch um die klarheit
des verstands zu wahren. Er starb ziemlich jung – denn was tier war
an ihm stellte sich als weniger langlebig heraus als seine menschlichkeit.

1988
(Raoul Schrott)

# Infinitiv

Für Ulf Linde

Liebe wilde, obwohl ich eure sprache immer noch nicht beherrsche,
frei von pronomen und gerundien,
habe ich gelernt, in palmblätter gewickelte makrelen zu braten und
rohe schildkrötenbeine zu mögen,
den geschmack ihrer langsamkeit. Gastronomisch, das muß ich zugeben,
waren die jahre seit ich hier
ans ufer geschwemmt wurde, eine non-stop reise, aber zu guter letzt
weiß ich leider nicht mehr,
wo ich bin. Schließlich ritzt man seine kerben nur solange ein,
wie einen niemand dabei nachäfft.
Während ihr begonnen habt, mich nachzuäffen, noch bevor ich euch
überhaupt entdeckt habe.
Schaut nur, was ihr mit den bäumen gemacht habt! Obwohl es zweifellos
schmeichelhaft ist, selbst von euch
noch für einen gott gehalten zu werden, habe auch ich euch meinerseits
nachgeäfft, besonders euch
mit euren jungfrauen – teils damit sich die nacht über die vergangenheit
mit ihrem verhängnisvollen schiff
herabsenke, aber auch, um eine zukunft, die es an schwangeren segeln
vollkommen fehlen läßt,
hinter wolken verschwinden zu lassen. Inseln sind grausame feinde,
jederzeit, außer der gegenwärtigen.
Und schiffbrüche eine flucht vor der grammatik in reine kausalität.
Schaut nur, wie ein leben
ohne spiegel sich auf die pronomen auswirkt, von den eigenen
gesichtszügen nicht zu reden!
Vielleicht trieben auch eure urahnen unter ähnlichen umständen wie ich
an diesem wundervollen strand an.
Daher mag auch euer verhalten mir gegenüber herrühren. In euren augen
muß ich zumindest eine insel
innerhalb einer insel sein. Wie auch immer, da ihr jeden meiner schritte
beobachtet, wißt ihr genau,
daß es mich nicht nach dem partizip perfekt oder der mitvergangenheit
gelüstet – nun, kaum mehr,

als nach dieser eurer vorzukunft irgendwo tief in einer feuchten höhle,
ausgelegt mit getrocknetem kelp
und federn. Ich schreibe dies mit meinem zeigefinger auf den nassen,
glasigen sand bei sonnenuntergang,
inspiriert vom blick auf die palmen, die chinesischen schriftzeichen
ihrer gegen einen himmel
aus platin gespreizten wedel. Obwohl ich eure sprache nie studiert habe.
Und überhaupt: die brise zerzaust sie
viel zu schnell als daß sich aus ihnen eine botschaft lesen ließe.

1994
(Raoul Schrott)

## Love Song

Bist du am Ertrinken segle ich dir zur Hilfe
pack dich in meine Decke gieß dir Tee in die Tasse.
Bin ich ein Sheriff würd ich dich einriegeln
und dann deine Zelle von innen betrachten.

Bist du ein Vogel ich würd eine Platte brennen
und nachtlang nichts hören als deine hohen Triller.
Bin ich ein Sergeant ich schwörs du wärst ganz gerne
mein Rekrut und *oh boy!* würdest lieben den Drill.

Bist du Chinesin deine Sprache erlern ich,
ich würd Riechzeug abbrennen in spaßigen Kleidern.
Bist du ein Spiegel stürm ich rein zu den »Ladies«
dir die Nase zu pudern meinen Lippenstift leihen.

Und liebst du Vulkane wär ich gern die Lava
ström als endloser Strom ganz geheim nun …
Und bist du meine Frau wär ich gern dein Lover
denn die Kirche will definitiv keine Scheidung.

1995
(Ralph Dutli)

# An der Müllkippe der Stadt Nantucket

Für Stephen White

Es ist das vergängliche das bei hellichtem tag das vergängliche frißt
und seinerseits dem tode geweiht ist spät im november:
die möwen die die halde zu müll zerhacken, *semel pro semper*,
versuchen den schnee an zahl zu übertreffen, zumindest noch eine frist

herauszulesen. Die lettern dieses rücksichtslosen ur-alphabets gleißen
in jeder denkbaren weise auf dem gebrandschatzten wall
der luft; sie schreiben das vorwort zur anarchie des abfalls:
am anfang, da war ein kreischen.

In ihren stotternden W's entziffert man keinen hunger sondern die geile
gier scharf zu kommas verkrümmter krallen
auf das was sie überleben wird oder sonst das gleiten
einer aus einem fetten buch gerissenen seite

während ein ratternder windmesser seine schalen im kreis dreht
wie bei einer übergeschnappten tee-zeremonie und der Atlantik
grimmig gegen die dunkel dräuenden wolken angeht
allein mit seiner dünung und ihrer athletik.

1995–1996
(Raoul Schrott)

# Anhang

# Die Kälte der Zeit und das Licht der Tinte

## *Exilant, Niemand, Bruchstück der Weltpoesie: Joseph Brodsky (1940 bis 1996)*

»There is no love without memory, no memory without culture,
no culture without love. Therefore every poem is a fact
of culture as well as an act of love and a flash
of memory – and, I would add, of faith.«

»Es gibt keine Liebe ohne Erinnerung, keine Erinnerung ohne Kultur,
keine Kultur ohne Liebe. Deshalb ist jedes Gedicht ein Faktum
der Kultur wie ein Akt der Liebe und ein Blitzlicht
der Erinnerung, und ich würde anfügen – des Glaubens.«

Joseph Brodsky, »Beyond Consolation«.
In: The New York Review of Books, 7. Februar 1974

Joseph Brodsky war früh die Figur einer Legende, gegen deren Eigenmacht er sich selber öfter zu wehren hatte. Es schien, als hätte das Repertoire der im Weltgedächtnis bewahrten Dichterschicksale einige seiner markantesten Muster hervorgezaubert, um sie diesem 1940 in Leningrad geborenen, am 28. Januar 1996 in New York verstorbenen russischen Dichter zu verpassen. Ein politischer Prozeß wegen »Parasitentums« im März 1964, Verbannung und Zwangsarbeit im russischen Norden, die Ausweisung aus der Sowjetunion 1972, das New Yorker Exil und weltweiter Ruhm durch den Literaturnobelpreis 1987, ständige Bedrohung durch die Herzkrankheit und der frühe Tod mit fünfundfünfzig Jahren: lauter Elemente, von der eine auf das Charisma der Poesie setzende Dichterfigur nur hätte träumen können.

Anna Achmatowa, die letzte Vertreterin des Silbernen Zeitalters der russischen Dichtung, hatte in ihren letzten Lebensjahren (sie starb 1966) gerade diesen jungen Dichter unter allen, die zu ihr nach Komarowo pilgerten, besonders gefördert. Auf ihm lag mithin der Segen der klassischen russischen Moderne, gleichsam auch der Segen Ossip Mandelstams und Marina Zwetajewas. Als »zweiten Ossja« bezeichnete ihn Nadeschda Mandelstam (eine Koseform des Namens »Ossip«, der eine russifizierte Form des biblischen Vornamens Iossif/Joseph darstellt).

Wer früh mit solch schwerem Segen versehen wurde, hat viel daran zu tun, sich von ihm bisweilen frei zu halten. Brodskys Gedichte werden immer wieder bemüht sein, die Vorläufer zu überwinden und zu überbieten. Und dennoch berief er sich auf sie, betonte die Filiationsbeziehungen. Als er 1987 seine Nobelpreisrede hielt, nannte er zuerst die Namen von fünf Dichtern, die nie den Literaturnobelpreis erhalten hatten, deren Bedeutung für sein Werk er jedoch hoch einschätzte: Ossip Mandelstam, Marina Zwetajewa, Robert Frost, Anna Achmatowa und Wystan Hugh Auden (in dieser Reihenfolge). »Und jeder von ihnen strahlt so hell, daß es mir die Sprache verschlägt.«* Fügt man diesem Quintett der Moderne auch noch Brodskys wichtigste Dialogpartner aus Antike, Mittelalter und Renaissance hinzu – Ovid, Dante und John Donne –, ergibt sich ein kapitaler Chor, in dem und gegen den sich eine Dichterstimme zu behaupten hatte. Brodsky wollte bis zum Schluß – und darüber hinaus – ein Teilhaber jener Weltpoesie und Weltkultur sein, von der Ossip Mandelstam noch 1935 in der Woronescher Verbannung träumte (»Akmeismus ist Sehnsucht nach Weltkultur«).

Brodsky verschlug es die Sprache nicht, auch nicht, als er im März 1964 vor einem verständnislosen Gericht stand. Gefragt, von wem er autorisiert worden sei, Gedichte zu schreiben, antwortete er: »Ich nehme an – von Gott.« Das absurde Gerichtsverfahren wegen »Parasitentums« und »Nichtstuerei« kaschierte nur den wahren Sündenfall: das unkontrollierte, vom Schriftstellerverband unbeaufsichtigte, die Jugend mit dem heimtückischen Virus der Freiheit gefährdende Gedichteschreiben eines »Kosmopoliten«. Von der ihm auferlegten fünfjährigen Zwangsarbeit im russischen Norden mußte Brodsky dank internationaler Proteste nur achtzehn Monate absitzen. Er kehrte Ende 1965 aus Norinskaja (Archangelsker Gebiet) in seine Geburtsstadt Leningrad zurück und widmete sich mit ungebrochenem Starrsinn wieder dem einzigen Beruf, der seine Berufung war.

* Joseph Brodsky: *Flucht aus Byzanz.* Essays. Carl Hanser Verlag 1988, S. 7/8 (übersetzt von Hans Christoph Buch).

Ausgesprochen politisch waren seine Gedichte gerade nicht. Sie zeigten nur einen unerhört freien, gern sarkastischen Ton und beschworen – als Gegengesang gegen propagandistische Jubeltöne – menschliche Tragik, Einsamkeit und Desillusion, die zerstörerische Zeit und die Hinfälligkeit alles Existierenden. Nur im Untergrund des Samisdat zirkulierten sie, wanderten durch fiebrige Hände und geduldige Schreibmaschinen und verbreiteten so ihr – in den Augen der Aufpasser – »schädliches Gift«.

Ungewöhnlich für sowjetische Verhältnisse war seine paradox vitale Konzentration auf das Thema des Todes. Sein früher »Judenfriedhof bei Leningrad« (1958), das Nachruf-Gedicht auf Fedja Dobrowolskij (1959) mit der Voraussage eines Herztodes, seine »Große Elegie an John Donne« (1963) mit der Ansprache der auffliegenden Seele an den sterbenden »Metaphysical Poet«: Brodsky war ein eigentümlicher Totenpoet in seinen frühesten Schaffensjahren, und er sollte es in den Jahren vor seinem Tod wieder werden durch die nüchterne Ankündigung seines Ablebens, durch testamentähnliche Texte, Einübungen in die Sterblichkeit – mit dem Blick auf die Unsterblichkeit.

Am Teppich der Weltkultur wob Brodsky auf eigene Weise, verknüpfte antike Sujets (von Odysseus bis zum verbannten Ovid) mit der Nervosität der anglo-amerikanischen Dichtung und den besten Mustern der russischen Moderne – in einem zuweilen schnoddrigen Mix aus Alltagsslang, philosophischem Parlando und stupender Klassizität. Subtile Lyrismen, paradoxe Sarkasmen und zynisches Frotzeln, erhabene Archaismen und schroffe Kolloquialismen ergaben einen sublim bis derb gewobenen Text.

Von der Unruhe des frühen Streuners in »Ich wie Odysseus« (1961) bis zu den illusionslosen Versen von »Ithaka« (1993) ist Brodskys Dichterfigur kein glücklicher Heimkehrer wie bei Homer, sondern der aufbruchsüchtige, nach dem Unbekannten gierende Odysseus, wie er in Dantes *Inferno* auftritt – und katastrophal untergeht. Dantes Odysseus beschwört die »heiße Glut« des Meerfahrers: »Die mich hinaustrieb, nach der Welt zu forschen / Und nach den Lastern und dem Wert der Menschen« (Canto XXVI, 97–99).

Brodskys ebenso horizontgieriger russischer Odysseus ist seine wichtigste Maske. Im Jahr der Exilierung 1972, als er von Andrej, seinem Sohn aus der Verbindung mit Marina Basmanowa, Abschied nehmen mußte, wählte er in »Odysseus an Telemachos« noch einmal diese die Rührung bannende, Distanz gewährende Selbstmythisierung. Der Odysseus-Mythos ist ein Lebensmuster, das er früh und dann immer wieder ansteuerte und gerne veränderte. Allerlei Kämpfe, Irrfahrt und Exil, aber – keine Wiederkehr.

### *Gegen die Übermacht der Biographie: das Diktat der Sprache*

Diverse Gedichte lassen sich um die wichtigsten Einschnitte in Brodskys Biographie gruppieren. Die Verbannung 1964/1965 in Norinskaja spiegelt sich in »Neue Stanzen an Augusta« und »Der 1. Januar 1965«. Der unangepaßte Rückkehrer kommentiert sarkastisch die Breschnew-Epoche in »Das Ende einer schönen Epoche« (1969) – und spekuliert auf seine Flucht aus einem schäbigen Paradies. Das endgültige Exil, der »Wechsel des Imperiums«, ist zentrales Lebensfaktum in »Das Jahr 1972«, »Wiegenlied von Cape Cod« (1975), »Redeteil« (1975/1976) und »Fünfter Jahrestag (4. Juni 1977)«. Auch die Gedichte für »M. B.« werden von Biographischem bestimmt: Ein Drama um große Liebe, Verrat und Trennung, das diesen Dichter vom Liebes-Utopiker (»Prophezeiung«, 1965) zum melancholischen Liebeselegiker (»Sechs Jahre später«, 1968; »Liebe«, 1971 u. a.) voller wiederkehrender Träume werden ließ.

Selbst die mit dem Exil installierte Figur des Dichters als Reisender – mit Vorliebe in die kulturgesättigten italienischen Metropolen Venedig, Florenz und Rom – scheint sich vom »authentisch Erlebten« (»Ich war in Rom« usw.) zu nähren und bezeichnet doch einen Reisenden in den Territorien der Weltliteratur, der jene Stätten der Kultur in einen Brennpunkt für den Dialog mit Ovid, Dante, Puschkin und Mandelstam verwandelte. Diese Poesie ist ein Geflecht von Sinneseindrücken, setzt Signale der Präsenz, beschwört die Orte. In Wahrheit ist Brodskys Ort die Literatur selber.

Gegen die Übermacht der Biographie und der romantischen Legende (der einsame, verbannte Dichter als Widerpart des staatlichen Kolosses) setzte Brodsky immer wieder dezidiert die Dynamik des Werks, die Eigenwelt von Sprache und Schrift, die Autonomie der Poesie. Die Ersetzung von Leben durch Text ist eines seiner wichtigsten poetologischen Postulate. Die Poesie für ihn – eine dichtere »Realität« als das zwischen Banalitäten kreuzende Leben.

Brodskys Dichtung scheint nicht denkbar ohne die existentielle Dimension, die Motive des Leidens, der Einsamkeit, des Exils, der Verlorenheit.

»Einsamkeit ist der Mensch im Quadrat« (»An Urania«, 1982). Aber auch Leiden ist Zitat und hat seit der Bibel ihre Rhetorik. In seinem sarkastischen »Gespräch mit dem Himmelsbewohner« (1970) stilisiert sich das Ich ohne zu zögern zum modernen Hiob – der soeben Kierkegaard und den russischen Philosophen Lew Schestow gelesen hat. Das Ausbleiben einer Antwort »von oben«, die Stummheit der transzendenten Instanz, bleibt eine Konstante im Werk dieses Skeptikers und Agnostikers. In »Wiegenlied von Cape Cod« (1975) schickt sein einsamer Exilant eine magere Rede »nach oben / in Richtung der altherkömmlich stummen Gebiete«.

Und doch kommt das Wort »Gott« bei Brodsky verdächtig oft vor. In einem Staat von dekretiertem Atheismus berief er sich in einem Prozeß lakonisch auf Gott. Seine Beziehung zum eigenen Judentum war schwankend und nicht leicht zu fassen. Brodsky vertauschte jedoch immer wieder in seinen Äußerungen Gott mit der *Sprache*, deren Diktat er sich als Dichter zu fügen habe. Noch in der Vergöttlichung des Wortes und der Schrift bezog er sich nur scheinbar distanziert auf jüdisch-christliche Wurzeln.

Dieses dem Diktat der Sprache ergebene Ich bezeichnete sich in aller Nüchternheit auch als simples Fragment der Grammatik, als »Wortart«, als unpersönlichen »Redeteil« im gleichnamigen Zyklus von 1975/1976: »Vom Ganzen des Menschen bleibt – als Teil – / bloß Sprache übrig. Er als Sprachanteil. Als Redeteil.« So manche Gedichte beschwören die Sprechwerkzeuge – Stimmbänder, Zunge, flüsternder Mund –, aber stärker noch die kühleren, abstrakteren Schreibinstrumente: Feder, Tinte, Papier. Als pseudo-göttliches Gerät der Poesie. Die Tinte – eine Lichtquelle, wie in Gedicht VIII der »Römischen Elegien« (1981): »Doch welche Helle, wenn Tinte und Nacht zusammen- / fließen; welch strahlendes Dunkel, welch finsteres Gleißen!« Brodsky ist ein wahrer Tinten-Mystiker. Das Schreiben ist für ihn das einzige Mittel, mit der kratzenden Feder in der Hand »in Kleinschrift die Angst zu verlernen« (»Anmerkungen eines Farns«, 1989).

## *Gott ist Zeit ist Wasser*

Bei aller Vergöttlichung der Schrift war »Gott« für Brodsky die Zeit, und ihr Abbild – das Wasser. Im Wasser verbirgt sich der Anfang einer Theologie. Ein Schlüssel für Brodskys kapitale Beziehung zu Ihm findet sich in seinem Venedig-Essay *Ufer der Verlorenen.* Zu den wichtigsten Ritualen des Exils gehörten seine Reisen nach Venedig, meist zu Weihnachten und zum Jahresende. Für dieses Ritual war das Wasser ausschlaggebend, es war eine Pilgerfahrt ans Wasser, eine Besinnung auf die Zeit. Denn Venedig war für ihn die Stadt der Zeit, also die Stadt Gottes:

> »Ich bin immer ein Anhänger der Vorstellung gewesen, daß Gott die Zeit ist, oder zumindest daß Sein Geist es ist ... Jedenfalls habe ich immer gedacht, wenn der Geist Gottes auf dem Wasser schwebte, dann muß das Wasser ihn gespiegelt haben. Daher meine Empfänglichkeit für das Wasser, für seine Falten, Runzeln und Kräuselungen, und, da ich ein Mensch des Nordens bin, für sein Grau. Ich glaube einfach, daß das Wasser das Bild der Zeit ist, und immer zum Jahreswechsel versuche ich – in ein wenig heidnischer Weise –, dem Wasser nahe zu sein, am liebsten in der Nähe eines Meeres oder Ozeans, um zu beobachten, wie eine neue Zuteilung, eine neue Gabe von Zeit daraus emportaucht ...
>
> So kam es, daß ich meine Augen auf diese Stadt richtete ... Das vertikale Spitzengewirk venezianischer Fassaden ist die beste Spur, die die Zeit-alias-Wasser schlechthin auf der terra firma hinterlassen hat ...«*

Reflexion über die Zeit, die alles zermahlende, zerstörerische, gleichgültige Zeit, ist seine Obsession. Daher auch Brodskys Eigenart, Jahrestage, Jubiläen, Geburtstage in Gedichtform zu begehen. Als hätte er sich an diesen künstlichen Gittern und Sieben festhalten müssen, damit nicht alles verlorengehe. Ein Beispiel ist das ominöse Gedicht »Fünfter Jahrestag (4. Juni 1977)« auf das Datum seiner Ausweisung aus der Sowjetunion. Auch das beharrliche Ritual seiner Weihnachtsgedichte gehört zu den Versicherungen gegen die Übermacht der Zeit. Ebenso das am 24. Mai 1980 entstandene Gedicht auf seinen vierzigsten Geburtstag: »Statt des wilden Tiers ging ich rein in den Käfig«. Es ist ein geraffter Lebensrückblick, dessen Sprecher beinah psalmenhafte Dankbarkeit bekundet und zugleich der stolze Meister seines Schicksals bleiben will: »Was soll ich denn sagen vom Leben? Es dauert schon lange. / Solidarisch fühl ich mich allein mit dem Kummer. / Doch solang sie mir das Maul nicht mit Lehm vollschlagen, / wird aus ihm nichts als Dankbarkeit kommen.«

Wie die Zeit dem Menschen zusetzt, was sie mit ihm anrichtet, ist Brod-

* Joseph Brodsky: *Ufer der Verlorenen.* Aus dem Amerikanischen von Jörg Trobitius. Carl Hanser Verlag 1991, S. 31–33.

skys Leibthema, in der grotesken Beschwörung des Alterns in »Das Jahr 1972« und anderswo. Der Zahn der Zeit ist sein Stachel. Brodsky ist ein besessener Erforscher der Zeit, schon in »Nature morte« (1971): »Denn Staub ist letztendlich / nur Zeit: ihr Fleisch und ihr Blut.« Und in der wunderbar winterlich gedehnten Zeitwahrnehmung der »4. Ekloge: Winter« (1980): »Zeit ist Kälte« und »Zeit ist das Fleisch des stummen Weltalls.«

Doch die von Brodsky beschworene »reine Zeit« (in »Wiegenlied von Cape Cod«: »Denn in der reinen Zeit gibt es nichts, / keine Hindernisse die ein Echo erzeugen«) ist dem Menschen feind, der die Verhaftung mit dem Raum braucht. Ein ambivalentes Projekt bezeichnet das Ziel der Lyrik, sich vom Raum zu lösen, in der (ihm überlegenen) Zeit aufzugehen, sich mit der Zeit zu vereinen. Aber allein der Raum schafft die Schönheit, laut Brodskys Venedig-Essay: »Es ist, als würde der Raum, der hier mehr als sonst irgendwo um seine Unterlegenheit der Zeit gegenüber weiß, ihr mit der einzigen Eigenschaft antworten, die die Zeit nicht besitzt: mit Schönheit«. Der Preis für die Ankunft in der »reinen Zeit« wäre absolute Einsamkeit.

## *Fliegenbeine denken*

Beides ist bei Brodsky vorhanden, Weltgier und Weltabkehr. Seine Dichterfigur ist voller Mißtrauen der menschlichen Gattung gegenüber: »Menschen liebe ich nicht« (»Nature morte«, 1971). Aber auch im selben Jahr: »Ich liebte wenige. Doch immer fester« (»Daß das Schicksal ein Spiel ist«, 1971). Und noch der Schluß des »Triton« (1994) beschwört einen »Misanthropen und Bösewicht«. Im Gedicht »Geh nicht aus dem Zimmer« (1970?) spricht ein starrsinniger Eremit, ein moderner Kellerlochmensch oder Höhlenbewohner, der sich weigert, fortan in die Welt der parteilich dressierten Mastodonten hinauszutreten. Er verbarrikadiert sich am Schluß gegen »Chronos, Kosmos, Eros, Rasse und Virus«. Es ist nicht nur eine Zurückweisung der matschigen Breschnewschen Paradieseswelt und ihrer Zumutungen, sondern eine radikale Absage an die Welt im Geiste der späten Zwetajewa. Die Welt ist – Sowjetunion.*

Selbst seine über viele Jahre hin entstandenen heillosen Weihnachts-

* Ralph Dutli: Geh nicht aus dem Zimmer! Bossa Nova, Breschnew und Horaz: Ein unbekanntes Gedicht von Joseph Brodsky. In: Frankfurter Allgemeine Zeitung, 29. Oktober 2005, Nr. 252, S. 44.

gedichte beschwören Ausgesetztsein, Kälte und Hunger, die Flüchtlingsströme der modernen Völkerwanderung, die Wüste der Welt (auch der westlichen Welt). »Und was die Wüste betrifft: überall ist die Wüste« (»Im Streichholzlicht«, 1989).* Er hielt nicht viel vom behaglichen Begriff der Heimat, wollte der Rufer in der Wüste bleiben – auch als er mit Ehrungen überhäuft in Amerika angekommen war –, noch in dem stilisiert ägyptischen Dekor seines Gedichtes »Brief in die Oase« (1991). Es ist ein Brief an die Verschonten und Wohlbehaltenen, in der Oase Verbliebenen, während die mit dem Talisman des Wüstensandes versehene Outcast-Figur – eine Variante des aufbruchsüchtigen Nicht-Heimkehrers Odysseus – die Öde vorzieht.

Mit der Menschenleere längst abgefunden hat sich das Ich des Gedichtes »In diesem Zimmer« (1986) mit seinen vier Kammern des Todes – vermutlich eine Verarbeitung des Beinah-Todes bei einer von Brodskys Bypass-Operationen. »Im dritten lag überall dicker Staub wie das Fett / der Leere denn in ihm hatte noch keiner gelebt. / Mir gefiel das besser als jedes Zuhause / weil es danach überall so sein wird da draußen.«

Doch Weltverweigerung und Wille zu verstummen waren nie Brodskys letztes Wort. In seiner Stockholmer Rede von 1987 bezeichnete er die Poesie als »kolossalen Beschleuniger des Bewußtseins, des Denkens, der Wahrnehmung der Welt«. Brodskys Werk besticht durch eine Fülle rasanter Wahrnehmungen, atemloser Bilder, aufblitzender Orte. Durch gesteigerte Welt-Wahrnehmung in zahllosen Details.

Das Monumentale wie das Unscheinbare ergeben sich seinem dichterischen Zugriff, das Banale wie das Exquisite. Ob Leichtblütiges wie die »5. Ekloge: Sommer« (1981), ob desaströses Kriegsgeschehen in Afghanistan (»Verse von der Winterkampagne des Jahres 1980«): sein Sprachorgan, das Erkenntnisinstrument der Poesie, war auf Erkundung aus. Am besten ist Brodsky auch da, wo sich seine Sprachmacht auf das Kleinste und Vergänglichste einläßt, etwa in der einundzwanzigteiligen Gedichtfolge »Fliege« (1985). Dieses ironische Philosophieren über Fliegenbeine ist einmal mehr eine tiefgründige Reflexion über die Zeit. Was Brodsky der ihrem Ableben entgegensehenden Fliege in einem Wechselbad von kühler

* Ralph Dutli: Was braucht es für ein Wunder? Joseph Brodskys heillose Weihnachtsgedichte. In: R. D.: *Nichts als Wunder*. Essays über Poesie. Ammann Verlag, Zürich 2006.

Betrachtung und schierer Identifikation andichtet, ist ein Meisterstück des Virtuosen. Keine spröde Gedankenlyrik – Brodskys Sinn für das Konkrete und Sinnlichkeit sind Garantien dagegen. In einem seiner Liebesgedichte, »Ich war nur, was / du mit der Hand berührtest« (1981), wird die Entstehung einer Welt durch die Liebe als Entstehung der Sinnesorgane gefeiert, entworfen wird eine sinnliche Kosmogonie.

### *Seelenflug und die Muse der Distanz*

Der Flug der Seele über Zeit und Raum – ihr Rundblick und Überblick – ist ein für Brodsky zentrales Motiv. Die Keimzelle findet sich schon in dem Gedicht »Ich fühle immer öfter Müdigkeit« (1960) des Zwanzigjährigen: »Sag Seele, sag mir wie das Leben denn / so aussah aus der Vogelperspektive«. Bis hin zum fulminanten »Habichtschrei im Herbst« (1975), ja bis zum Schlußteil der »Fliege« (1985) bleibt der Seelenflug alias Vogelflug ein Bild für den dichterischen Akt und ein Mittel der Distanznahme. Berühmtestes Beispiel ist die »Große Elegie an John Donne« (1963), das gewaltige Gedicht vom Schlaf der Welt. Die Stimme der Seele, die zum schlafenden/sterbenden Dichter spricht, ist auch die Zeiten und Räume überfliegende, eine und einende Stimme der Weltpoesie. Der Seelenflug – ein archaisches, schamanistisches Motiv – ist das verblüffende Korrektiv eines Dichters von scheinbarer intellektueller Kühle.

Die von Körperlichkeit und Sterblichkeit sich ablösende Stimme der Poesie ist auch ein Mittel der Distanznahme vom eigenen Leidenskraftwerk und Schicksal. Brodsky pflegte den »Blick von der Seite« – auf die eigene, fremde Existenz. Im Lebensrückblick des Gedichtes »Statt des wilden Tiers« (1980) heißt es: »Erlaubte meinen Stimmbändern alles, bloß keine Klagen.« Keine Lyrik ist der Weinerlichkeit und Sentimentalität abgeneigter als Brodskys Dichtung. Aufrichtigkeit bedeutet bei ihm nicht Bekenntnishaftigkeit und Gefühlserguß. In »Neues Leben« (1988): »Stell dir vor je aufrichtiger die Stimme desto weniger naß / ist sie von Tränen, irgendwelcher Liebe, Angst oder / Leidenschaft.«

Die Muse des späten Brodsky wird nicht Euterpe, die Muse der Lyrik, noch Klio sein, die Muse der Geschichte, sondern Urania, die Muse der Astronomie: »Muse des Punktes im Raum! nur durchs Fernrohr / erkennbarer Dinge! Subtraktion ohne Rest! / Muse der Null! / Die du der Kehle Befehl / gabst, Abstand zu nehmen vom Gestus / der Klage, der Gurgel

Geduld / rätst« – so klingt es manifestartig im »Litauischen Notturno: Für Tomas Venclova« (1973).* Womit sie nicht nur die Muse der Himmelsfernen wäre, sondern auch der beharrlichen Distanz zum Ich und dessen seit lyrischen Vorzeiten gepflegten Klagetönen.

### *Ein »Niemand« im Exil*

Brodsky war der eingeschworene Exilant, er schuf eine Poetik des Exils, weil er im letzteren eine anthropologische Grundsituation sah, weil er den Menschen als Vertriebenen im Weltall denken wollte, aber ohne Selbstmitleid und Pathosbedürfnis – nachzulesen in seinem Essay »Der Zustand, den wir Exil nennen« von 1987.**

Im Exil, von seiner Muttersprache abgeschnitten, die der kompetente Nachfahr Heines als portatives Vaterland mit sich nahm und in seine Gedichte rettete, betrieb Brodsky das paradoxe Projekt einer Verniemandung seiner Dichterfigur, eines Aufgehens in der Anonymität, eine De-Individualisierung. Rußland im Wahn des kollektiven »Wir« war für ihn das Territorium einer stolz behaupteten Würde des Individuums gewesen. Noch seine Nobelpreisrede von 1987 ist ein Plädoyer für das Individuum, für das »unverwechselbare Gesicht«. Das freiheitliche Amerika mit seinem vermeintlich hyper-individualistischen »pursuit of happiness« aber bedeutete ihm das prekäre Gelände einer Verniemandung in der Masse.

Im Exil wollte seine Dichterfigur ein »Niemand« werden, den Namen tragen, den der listenreiche Odysseus dem Zyklopen Polyphem zurief. Ein »völliger Niemand, ein Mensch im Regenmantel« ist der Protagonist des nur Monate nach der Exilierung entstandenen Venedig-Gedichtes »Lagune« (1973). In »Neues Leben« von 1988, kurz nachdem der Literaturnobelpreis diesen Niemand endgültig aus der anonymen Masse herausgehoben hatte, erklingt es als Mahnung: »Und antworte wenn einer dich fragt ›wer bist du?‹ / ganz einfach ›ich bin – Niemand‹, wie dem Polyphem einst Odysseus.« Selbst die »Flüsse« (im Gedicht von 1986) sind Fließbänder der Anonymisierung. Das Ziel wäre: Wasser zu werden, um Spiegelbil-

* Joseph Brodsky: *An Urania*. Gedichte. Carl Hanser Verlag 1994, S. 57f. (übersetzt von Birgit Veit).

** Joseph Brodsky: *Der sterbliche Dichter*. Über Literatur, Liebschaften und Langeweile. Aus dem Amerikanischen von Sylvia List. Carl Hanser Verlag 1998, S. 31–46.

der abzuwaschen, die Identität, Schicksal und Schmerz hinter sich zu lassen (»so unruhig unaufhaltsam trauernd irrt / es dauernd weiter hin zur Mündung wird / es – Anonymität«).

Brodskys Brüche und Widersprüche, die Risse und Metamorphosen seiner Selbstmythisierungen machen seine Faszination aus. Sein Merkmal ist nicht die heile Ganzheit eines Lebens-Werks, sondern die virulente Selbstreflexion in der Schaffung einer Dichterfigur, ein komplexes Wechselspiel von »Selbstschöpfung und Selbstvernichtung« (Jens Herlth).* »Vertumnus«, den etruskisch-römischen Gott des Wandels, der Wende, des Wechsels der Jahreszeiten, den Metamorphosengott (Ovid, *Metamorphosen*, 14. Buch), ruft Brodsky in seinem großen Nachruf-Gedicht von 1990 an.

### *Verbündung mit dem Meer (die Molluske spricht)*

Das gewollte Aufgehen im Status eines Niemand war auch ein Motor von Brodskys Verbündung mit dem Meer. Einer seiner beharrlichsten persönlichen Mythen betraf den eigenen Ursprung im Meer und das letztendliche Aufgehen im Meer, Eingehen ins Meer.** Letzteres ist auch das Element der russischen Poesie und ein Element der Freiheit – das Petersburger Poesie-Meer Puschkins und Mandelstams. Brodskys Geburtsstadt Leningrad/Petersburg ist vom Wasser umgebene, vom Meer geprägte Geschichte. Den eigenen Ursprungsmythos, den schlichten Anfang der dichterischen Gabe, verknüpfte er nur allzugern mit jenem Meer. Im Zyklus »Redeteil« von 1975/1976: »Ich bin im baltischen Sumpfland geboren, bin groß geworden / dort, wo die zinkgrauen Wogen stets zu zweit anrollten / – Quelle all meiner Reime.«

Das Exil aktualisierte erneut das Meer, seinen Appell. »Wiegenlied von Cape Cod« (1975) ist eine Reflexion über Zeit und Raum und das Exil, über Meer und Leere, eine Einkreisung des Nichts und der Beharrlichkeit des Gedichts. Nur am Meer, mit dem Meer in Sichtweite, sind Einsamkeit, Verlorenheit und herzkrankes Gedichtexil zu reflektieren. Noch in den illusionsfreiesten Versen des Spätwerks wie in »Ithaka« (1993) behält das Meer

* Jens Herlth: *Ein Sänger gebrochener Linien.* Iosif Brodskijs dichterische Selbstschöpfung. Böhlau Verlag, Köln 2004.

** Ralph Dutli: Meer – Zeit – Gott. Joseph Brodsky im Exil & im Element. In: Akzente, Zeitschrift für Literatur, Nr. 6, Dezember 2005.

seinen immerzu wirksamen Reiz: »Die Insel stimmt auch nicht oder zuviel Blau / hat dir die Pupille verwöhnt so blasiert ist dein Aug: / von dem Stück Erde wird die Welle doch nie / den Horizont je vergessen, mag auch anrennen sie.«

Beim spätesten Brodsky spielt das Meer die entscheidende, erhebende, berauschende und zersetzende, vernichtende, alle Bindungen auflösende Rolle. Seine Dichterfigur geht im Spätwerk dem Meer entgegen – dessen anonymem Element wie dem eigenen Tod. »Triton« von 1994 ist eine beinah heitere Besinnung auf den Ursprung aus dem Meer und Ausrichtung auf das Ende. Triton – eine Meeresgottheit, Sohn des Poseidon und der Amphitrite: halb Mensch, halb Fisch. In 37 Strophen reflektiert, besingt, ironisiert Brodsky dieses Ur-Meer, Ursprung und Zielraum. Der Dichter als Weichtier: »spricht die Molluske mir im Kopf«. Der Schritt hin zum Meer ist der letzte Schritt zur Freiheit und zum Tod. Zehn Jahre nach Brodskys Tod läßt sich »Triton« als sein meerisches, meergenährtes Testament lesen.

### *Das Leben ist denkbar ohne uns (die Kälte der Zukunft)*

Brodskys letzter Gedichtband, postum 1996 erschienen, doch noch von ihm selber komponiert, trägt den Titel *Landschaft mit Hochwasser*. Die gewaltige Flut, Tsunami oder Sintflut, die Zivilisation und Menschheit mit sich fortreißt, wird in der Voraussicht erinnert im Gedicht »In der Umgebung von Atlantis« vom Februar 1993. Überschwemmte Landschaft alias Menschheit – ein Grundmuster im Auge des Apokalyptikers.

Nach aller Distanz von eigenem Leiden, eigener Lebenszeit gibt es bei Brodsky eine noch radikalere Distanznahme: nicht nur vom Jahrhundert (»Fin de siècle«, 1989), sondern von einer ganzen Ära, von der Menschenzeit. Der Blick von »nach uns«, aus dem »Danach«, dem Jenseits, der Zukunft war früh und wurde immer stärker seine Perspektive. Es ist kein trostreicher Blick. Der pessimistische Visionär sieht nach der Menschheitskatastrophe Mischwesen kommen, Hybriden, Mutanten, die er im Zyklus »Kentauren« (1988) beschwört, Wesen der Zukunft – halb Tier, halb Mensch; halb Mensch, halb Ding oder Möbel.

Überhaupt die Zukunft – der illusionslos-antiutopisch eingestellte Brodsky hielt nichts von ihr, stand ihr mißtrauisch gegenüber. Sie ist bei ihm ein Zeitraum der Kälte, der Vereisung, des Totseins, der Abwesenheit der Liebe. Im erwähnten »Vertumnus«-Gedicht von 1990 heißt es: »denn Vereisung / ist eine Kategorie der Zukunft, einer Zeit / wo du niemanden mehr lieben wirst, / auch dich selber nicht«. Sie ist schlicht die Ära des Todes: »Die Zukunft bricht / immer an, wenn jemand stirbt.«

Vertumnus ist für Brodsky auch der Gott der besten Teile der Vergangenheit, der er mehr zutraute als der Zukunft. In seinen *Erinnerungen an Petersburg*: »Auch weil zurückzublicken lohnender ist als das Gegenteil. Morgen ist einfach weniger verlockend als gestern. Aus irgendeinem Grund strahlt die Vergangenheit nicht solch immense Monotonie aus wie die Zukunft. Zukunft ist reichlich vorhanden und damit Propaganda. Wie Gras.«*

»Mein Leben hat sich langgezogen«, lautet ein Leitmotiv der »4. Ekloge: Winter«, schon 1980. Und 1989 in »Die Bienen nicht entflogen«: »Das Leben ist denkbar ohne uns«. Brodsky sah sich als Dichter des Zu-Ende-Gehens. Sein Buch- und Gedichttitel »Das Ende einer schönen Epoche« ist typisch für diese Haltung. Das Ich in den zentralen »Römischen Elegien« (1981) spricht als »Spätling und sterblichster Enkel« und in der zwölften und letzten Elegie als »Bruchstück« in einer Ruinenwelt. Das erhabene romantische Dichterbild der Vergangenheit wird bei diesem postmodernen Splitter und Spätling immer wieder in der Zerstückelung vorgeführt – wenn nicht gar provokant herabgesetzt: als »Spuckfleck« in »Das Ende einer schönen Epoche« (1969), als weggeworfene »Kippe« und »Aas« im Gedicht »Nur die Asche weiß« (1986).

Brodsky war ein Dichter, der sich als gebranntes Kind und Exilant jede Hoffnung auf Intaktheit und Heimkehr und Heil verbat. Simple Wiederkehr an den Ort des Geschehens wäre Tautologie, eine Figur, die er immer wieder geißelte: als bloße Wiederholung im Klischee, öde Vermassung, sinnlose Vermehrung des ohnehin Vorhandenen (der Schluß der »Anmerkungen eines Farns« von 1989 lautet: »und Furcht vor Tautologie ist Garantie für Wohlergehen«).

Brodsky weigerte sich selbst nach der Wende, als das »Imperium« untergegangen war, nach Rußland zurückzukehren. Als Lebender nicht und erst recht nicht als Toter, um der Vereinnahmung durch ein quasi-staatliches

* Joseph Brodsky: *Erinnerungen an Petersburg*. Aus dem Amerikanischen von Sylvia List und Marianne Frisch. Mit Photographien von Barbara Klemm. Carl Hanser Verlag 1986/2003, S. 14/15.

Grab und dem russischen Stereotyp des zu Lebzeiten geschundenen, nach dem Tod verklärten Dichters zu entgehen. Also wollte er in seinem »irdischen Paradies« Venedig begraben sein, auf der Friedhofinsel San Michele; in jenem Venedig, das der Exilant »siebzehn Winter lang« aufsuchte, ohne dabei je an Wiederholung oder Tautologie zu denken. Denn in der Kunst war Tautologie und Klischee für ihn unmöglich, und Venedig für ihn – der Ort der Kunst schlechthin.* Aber von Brodsky stammt auch das Diktum, wonach Dichter »immer zurückkehren, wenn nicht selber, dann auf dem Papier«.

## *Ein einzelner Stern / die Lichtquelle der Poesie*

Brodsky stand am Ende des 20. Jahrhunderts für die Frage, was in diesen scheinbar poesiefernsten Zeiten die Figur des Dichters noch tun soll, noch tun kann, noch tun muß. Bei aller Skepsis und Illusionslosigkeit war dieser verkappte Theologe voller Glauben an die Autorität der Sprache und die strafende oder erhebende Macht der Poesie. Seine Essays sind ohnehin energische Plädoyers für Wert und Würde der Sprache und mithin der Poesie: Sie sei (so seine Nobelpreisrede) die »höchste Form der Sprache« und sogar »die Bestimmung unserer Gattung«. In »Ein unbescheidener Vorschlag« (1991) geht er noch weiter, bezeichnet verwegen anachronistisch die Poesie als »nicht einmal eine Kunstform, sondern unser anthropologisches, genetisches Ziel, unser sprach-evolutionärer Leitstern«. Und im selben Essay hochgemut auch noch als »die einzig verfügbare Versicherung gegen die Vulgarität des menschlichen Herzens«.**

Wider alle provokante Erniedrigung des Erhabenen und alle scheinbaren Demutsgesten des »Spätlings« und »Bruchstücks« wird bei Brodsky – wenn auch gebrochen – das Licht der Poesie zelebriert. In einer Art Testament-Gedicht von 1994 spricht das Ich – im Anschluß an Ossip Mandelstams späteste Gedichte – als Stern, als Lichtquelle, als ein das Nichts durchbrechendes Licht der Poesie:

* Ralph Dutli: Goldener Taubenschlag der Zeit. Begegnung mit dem verlorenen Paradies: Russische Dichter in Venedig. In: R. D.: *Nichts als Wunder*. Essays über Poesie. Ammann Verlag, Zürich 2006.

** Joseph Brodsky: *Von Schmerz und Vernunft*. Über Hardy, Rilke, Frost und andere. Aus dem Amerikanischen von Sylvia List. Carl Hanser Verlag 1996, S. 275, 280.

Mir warfen sie alles vor – minus das Wetter,
und oft hab ich mir selber gedroht grausam gern.
Doch bald leg ich die Schulterstücke ab und werde
ganz einfach zum einzelnen Stern.
(...)
Und erwartest du für Lichtgeschwindigkeit kein Danke am Ende,
so weiß vielleicht die Panzerung des allumfassenden Nichts
die Versuche ihrer Verwandlung ins Sieb anzuerkennen
und wird mir für Öffnung danken: den lichtdurchbrochenen Riß.

Es ist das Gedicht, das Brodsky an den Schluß der letzten Abteilung (»Brief in die Oase«) seines letzten Gedichtbandes *Landschaft mit Hochwasser* (1996) setzen wollte.

Die Bedeutung Brodskys für die heutige russische Poesie kann gar nicht hoch genug veranschlagt werden. Selbst wo sich die zeitgenössischen Dichter gegen ihn abzugrenzen versuchen, stehen sie noch immer unter seiner unsichtbaren Fuchtel. Vor lauter Einflußangst verheddern sie sich in seinen in die Zukunft gespannten Fäden. Aber gerade Brodsky hatte in einem seiner Essays über Marina Zwetajewa dafür plädiert, sich den Einflüssen der Vorgänger zu öffnen, sich offenzuhalten für die überdauernde Stimme der Weltpoesie. Einflußangst sei »eine Angst – und Krankheit – des Barbaren, nicht der Kultur, die ganz Kontinuität ist, ganz Echo«.

Brodsky sah sich als »Dichter am Jahrtausendende«, aber auch als sonores Kettenglied einer überzeitlichen Weltpoesie. Er war ein Dichter vielfältiger Masken und Metamorphosen, ein russischer Odysseus und vom Tod besessener Ironiker, ein Beschwörer von Fliegenbeinen und Seelenflug, ein Liebeselegiker, Exilant und Erforscher der Zeit, Pathosbrecher und pessimistischer Visionär der »Kälte der Zukunft«, ein verkappter Theologe der Sprache, seine Widersprüche kultivierender Skeptiker, energischer Teilhaber an der Lichtquelle der Weltpoesie. Und er hinterließ ein lyrisches Werk von phänomenalem Facettenreichtum. Kippe, Aas, Bruchstück? Glanzstück der russischen Poesie der zweiten Hälfte des 20. Jahrhunderts – und auf eine unabsehbare kalte, von ihm selber beharrlich beargwöhnte Zukunft hinaus.

Ralph Dutli

## *PS zur deutschen Übertragung:*

Die wichtigsten formalen Züge von Brodskys Dichtung sind die kühnen Zeilensprünge und der unreine, dissonante Reim. Noch im gebrochenen Reim hält Brodsky zarte (zuweilen kräftig ironische) Bande mit der Tradition aufrecht. Der Vorrat an Reimen ist im Russischen – einer hochflektierten, also formenreichen Sprache – riesig, im Deutschen winzig. Dichter der zehner und zwanziger Jahre wie Majakowskij oder Zwetajewa haben diesen immensen Reimvorrat noch einmal um Hunderte von verwegen experimentellen Reimen erweitert. Brodsky ist der Vollender dieser Tradition: In einer eigentümlichen Erotik des Reimens läßt er Wörter und Dinge sich paaren, die in der Tradition noch nie sich gereimt haben. Es gibt keinen spielfreudigeren *Verpaarer* des scheinbar Unvereinbaren. Brodsky der Klassizist war ein furioser Innovator der Reimtechnik, ein paradoxer Futurist. Das ist nicht nur ein Spiel: der neue Reim ist Erkenntnisinstrument. Und ein Signal des Unreinen, Gebrochenen, von der langen Existenz der Sprache Gezeichneten, in die Kälte der Moderne Verstoßenen.

Jede Übertragung hat, durchaus im komplexen Zusammenklang mit reinen Reimen, ebenso neue Funken zu schlagen aus dem traditionellen Wortgut. Die unreinen Reime sind kein Privileg der russischen Moderne. Es gibt auch in der deutschen Dichtungstradition (von den unreinen Freiheiten des Volksliedes ganz zu schweigen) einen Dichter wie Heinrich Heine, der in seiner Spätzeit im Pariser Exil »Rotznas« auf »Mozart« reimte.

Auch der unreine Reim ist ein Abbild des Exils. Reine Reime halten sich in den Grenzen ihres heimatlichen Territoriums auf, des traditionellen Reimlexikons, eines gewohnten sprachlichen Vorrats. Die unreinen haben den Sprung über die Grenzen gewagt.*

* Ralph Dutli: Der Reim ist der Reiz (Lob des unreinen Reims). In: R. D.: *Nichts als Wunder*. Essays über Poesie. Ammann Verlag, Zürich 2006.

# Dank

an Maria Brodsky und Ann Kjellberg (The Estate of Joseph Brodsky); an Lev Loseff für Einblick in den entstehenden Kommentar der Brodsky-Ausgabe in der Sankt Petersburger Buchreihe »Novaja Biblioteka Poėta«; an den Deutschen Übersetzerfonds e. V. Berlin für die Förderung meiner Brodsky-Übertragungen in diesem Band; an meine Freunde aus Odessa und Namensvettern des Dichters, Polina und Boris Brodski, Heidelberg, für viele Auskünfte zu sprachlichen Zweifelsfällen, Slangwörtern, sowjetischen Alltagsrealien.

R. D.

# Notiz

Als Grundlage für jede Ausgabe von Gedichten Joseph Brodskys gelten seine sechs autorisierten Gedichtbände:

*Ostanovka v pustyne* /Haltestelle in der Wüste, Gedichte 1958-1969/. New York 1970 (revidiert: Ann Arbor 1988)
*Konec prekrasnoj ėpochi* /Das Ende einer schönen Epoche, Gedichte 1964–1971/. Ann Arbor 1977
*Časť reči* /Redeteil, Gedichte 1972–1976/. Ann Arbor 1977
*Novye stansy k Avguste* /Neue Stanzen an Augusta, Gedichte an M. B., 1962–1982/. Ann Arbor 1983
*Uranija* /Urania, Gedichte 1973–1987/. Ann Arbor 1987
*Pejzaž s navodneniem* /Landschaft mit Hochwasser, Gedichte 1986–1996/. Dana Point 1996

Das allererste Brodsky-Buch unter dem Titel *Stichotvorenija i poėmy* (Gedichte und Poeme) erschien 1965 in New York ohne den ordnenden Zugriff des Autors, der im russischen Norden auf das Ende seiner Verbannung wartete. Die Komposition des letzten Gedichtbandes *Landschaft mit Hochwasser* aber bestimmte der am 28. Januar 1996 verstorbene Brodsky noch selber, erlebte die Veröffentlichung jedoch nicht mehr.

Die Gedichtsammlungen überschneiden sich bezüglich der Entstehungsjahre der Texte. Der Band *Neue Stanzen an Augusta* mit Gedichten für »M. B.« vereint Gedichte aus zwei Jahrzehnten (1962–1982) und stellt ohnehin eine Besonderheit dar. Innerhalb der andern Bände sind die Gedichte nicht chronologisch geordnet. Eine chronologische Wiedergabe der Gedichte nach Entstehungsjahren findet sich in den von G. F. Komarow herausgegebenen russischen Ausgaben *Sočinenija Iosifa Brodskogo* in vier Bänden, Sankt Petersburg 1992–1995, und erweitert in bisher sieben Bänden ab 1998.

Für eine größere deutschsprachige Auswahl bietet sich eine vorsichtig chronologische Abfolge der Gedichte an. Gezeigt werden soll, zehn Jahre nach seinem Tod, die Entwicklung des Lyrikers Brodsky von seinen Jugendwerken bis zu seinen allerletzten Texten. Die ersten fünf Zwischentitel im Buch bedeuten ebenso eine Zuordnung zum betreffenden Gedichtband wie eine annähernde Zuordnung zur jeweiligen Schaffensperiode; die sechste Abteilung »Englische Gedichte« bezeichnet keine chronologische, sondern die Sprachgrenze und repräsentiert in kleiner Auswahl die von Brodsky selber – wie die Mehrzahl seiner Essays – in Englisch geschriebenen Gedichte, von denen kein russisches Original existiert.

Es handelt sich beim vorliegenden Band um eine repräsentative *Auswahl*, keine komplette Wiedergabe des jeweiligen Gedichtbandes und keine Wiedergabe der von Brodsky eigenlogisch verwirklichten Komposition innerhalb der Bände. Ein Beispiel für den Vorrang des chronologischen Prinzips im vorliegenden Band: Zu Beginn der letzten, »Brief in die Oase« betitelten Abteilung in seinem letzten Gedichtband *Landschaft mit Hochwasser* (1996) fügte Brodsky mehrere an der Schwelle der sechziger/siebziger Jahre entstandene, bis dahin verloren geglaubte, dann in seinen Papieren wiederaufgetauchte Gedichte ein. Ein ausgewähltes Gedicht aus dieser Gruppe, »Geh nicht aus dem Zimmer« von 1970 (?), steht dem chronologischen Prinzip zufolge im vorliegenden Band in der Abteilung »Das Ende einer schönen Epoche«.

Aus jedem der Gedichtbücher sollte eine Auswahl geboten werden, ein Schwerpunkt unseres Bandes liegt jedoch auf Brodskys letztem Gedichtbuch *Landschaft mit Hochwasser*, um den hierzulande noch gänzlich unbekannten Facettenreichtum seines letzten Schaffensjahrzehnts sichtbar zu machen. Bei der Zusammenstellung, die ein gutes Hundert von Gedichten und Zyklen Brodskys vereinen sollte, ging es dem Herausgeber auch darum, neben den rund 75 von ihm neu ins Deutsche übertragenen Gedichten und Zyklen auch eine Auswahl der besten Brodsky-Übertragungen seiner Vorgänger in den Band aufzunehmen. Dokumentiert wird damit auch die Geschichte der deutschsprachigen Brodsky-Übertragungen, die in folgenden Büchern zu finden sind:

Jossif Brodskij: *Ausgewählte Gedichte.* Deutsch von Heinrich Ost und Alexander Kaempfe. Bechtle Verlag, München 1966

Jossif Brodskij: *Einem alten Architekten in Rom.* Ausgewählte Gedichte. Aus dem Russischen von Karl Dedecius, Rolf Fieguth und Sylvia List. R. Piper Verlag, München 1978

Joseph Brodsky: *Römische Elegien und andere Gedichte.* Aus dem Russischen von Felix Philipp Ingold. Carl Hanser Verlag, München/Wien 1985

Joseph Brodsky: *An Urania.* Gedichte. Aus dem Russischen von Birgit Veit und Sylvia List, Felix Philipp Ingold und Curt Meyer-Clason. Carl Hanser Verlag, München/Wien 1994

Joseph Brodsky: *Haltestelle in der Wüste.* Gedichte. Aus dem Russischen übertragen von Ralph Dutli, Felix Philipp Ingold, Alexander Kaempfe, Sylvia List, Heinrich Ost, Birgit Veit. Herausgegeben von Ilma Rakusa. Suhrkamp Verlag, Frankfurt am Main 1997

Joseph Brodsky: *Weihnachtsgedichte.* Aus dem Russischen von Alexander Nitzberg. Carl Hanser Verlag, München/Wien 2004

Raoul Schrotts Auswahl aus den englischen Gedichten erschien im »Akzente«-Heft Nr. 1, Februar 2001. Textgrundlage ist hier die von Ann Kjellberg edierte Ausgabe

*Joseph Brodsky: Collected Poems in English*, New York 2000. Felix Philipp Ingolds Übertragung von »Girolamo Marcello gewidmet« wurde in der »Neuen Zürcher Zeitung« vom 7. Februar 1996 und in »Schreibheft« Nr. 47, Mai 1996, veröffentlicht.

Joseph Brodsky legte eine Liste von Gedichten an, die in dem nicht-autorisierten New Yorker Band von 1965 abgedruckt wurden und die er als unreife »Juvenilia« aus künftigen Gedichtsammlungen ausschließen wollte. Der Herausgeber des vorliegenden Bandes hat jedoch auch vier jener ausgeschiedenen Jugendwerke aufgenommen, die ihm bedeutsam schienen. Gemäß dem Wunsch der Nachlaßverwalter Brodskys (The Estate of Joseph Brodsky) muß diese Entscheidung begründet werden. »Ein Judenfriedhof bei Leningrad«, ein 1958 entstandenes Gedicht des Achtzehnjährigen, sollte die teils noch von sowjetischen Vorbildern abhängigen (Boris Sluzkij: »Über die Juden«), teils bereits entschieden eigenen Töne in der frühesten Schaffensphase Brodskys dokumentieren, und mehr noch: eine frühe Konzentration auf das Thema des Todes. Bei der Aufnahme von »Ich wie Odysseus« (1961) ging es darum, die über dreißig Jahre währende Kontinuität der Odysseus-Maske Brodskys zu belegen, deren Wirksamkeit über »Odysseus an Telemachos« (1972) und »Neues Leben« (1988) bis hin zu »Ithaka« von 1993 reicht. Eine andere Maske, die für die russische literarische Tradition (Puschkin, Mandelstam) höchst relevant ist, nämlich die des verbannten Ovid, erscheint lange vor Brodskys endgültigem Exil in dem »Fragment« von 1964/1965 (»Naso ist zum Sterben nicht bereit«), das Brodsky in keinen seiner Gedichtbände aufnahm. Das Gedicht »In memoriam Fedja Dobrowolskij« (1959) repräsentiert ein früh gepflegtes Genre: den dichterischen Nachruf auf Freunde und Vorläufer. Es enthält eine zumindest merkwürdige Voraussage eines Herztodes im amerikanischen Exil: »Eines Tages wird ihm – dem Herzen – /etwas zustoßen. / Dann wird sich einer von uns, /achttausend Kilometer westlich von dir, /auf dem schmutzigen Asphalt hinstrecken, /seine Bücher gleiten ihm aus der Hand …« Das Gedicht gehört somit in eine Reihe von »Nachrufen auf sich selbst«, die in »Vertumnus« (1990) einen Höhepunkt findet. Es steht hier auch deshalb, weil in ihm das für Brodsky ungewöhnliche »Wir«-Gefühl der damaligen Leningrader Boheme-Szene aufscheint.

Jede Auswahl ist subjektiv, eine bescheidene Annäherung an eine »ideale Ausgabe«. Brodsky selber träumte von einem »ideal book« von 100 Gedichten, wie er es in den von Edward Mendelson herausgegebenen *Selected Poems* von W. H. Auden, einem seiner Lieblingsdichter, verwirklicht sah. Wichtiges Kriterium für die Aufnahme eines Gedichtes in eine fremdsprachige Auswahl ist natürlich auch, ob eine gelungene Übertragung vorliegt oder geschaffen werden kann.

Joseph Brodskys Gedichte entwerfen ein Netz vielfältiger intertextueller Bezüge und Anspielungen, Dialoge und Polemiken, Masken und Selbstmythisierungen. Jedes Gedicht würde einen eigenen Kommentar verdienen, was im Rahmen dieser deutschsprachigen Auswahl nicht zu leisten ist. Hingewiesen sei auf den mehrere hundert Seiten umfassenden russischen Kommentar von Lev Loseff, dessen Brodsky-Ausgabe voraussichtlich 2006/2007 in der Reihe »Novaja Biblioteka Poėta« in Sankt Petersburg erscheinen wird und von dessen Kenntnisreichtum der Herausgeber des vorliegenden Bandes bereits profitieren durfte. Erfreulich ist die Tatsache, daß auch im deutschen Sprachraum eine ernstzunehmende Brodsky-Forschung eingesetzt hat, daß es – innerhalb der »Bausteine zur Slavischen Philologie und Kulturgeschichte« – eine Reihe von »Brodskij-Studien« geben wird, deren erster Band hohe Maßstäbe setzt: Jens Herlth: *Ein Sänger gebrochener Linien. Iosif Brodskijs dichterische Selbstschöpfung*, Köln 2004. Außer dieser Studie waren die folgenden Arbeiten für den Herausgeber erhellend und hilfreich:

Valentina Polukhina: *Joseph Brodsky: A Poet for Our Time*, Cambridge 1989; Lev Loseff/Valentina Polukhina (Hg.): *Brodsky's Poetics and Aesthetics*, London 1990; David Bethea: *Joseph Brodsky and the Creation of Exile*, Princeton 1994; Lev Loseff/Valentina Polukhina (Hg.): *Joseph Brodsky. The Art of a Poem*, London 1999; Andrej Rančin: *Na piru Mnemoziny. Interteksty Iosifa Brodskogo*, Moskau 2001.

In der vorliegenden Leseausgabe müssen wir uns auf wenige Erläuterungen zu Namen und Orten beschränken:

*S. 8* Fedja Dobrowolskij: Bekannter Brodskys, der 1959 auf einer geologischen Expedition ums Leben kam. Brodsky selber ging vor der gesetzlichen Frist mit fünfzehn Jahren von der Schule ab, arbeitete als Fräser in einer Fabrik, als Helfer des Prosektors in der Leichenhalle des Krankenhauses beim Leningrader »Kresty«-Gefängnis, als Gehilfe auf geologischen Expeditionen, die ihn in asiatische Weiten führten.

*S. 12* Arbat: altes Moskauer Wohnviertel unweit der Kreml-Westseite.

*S. 17* John Donne: (1572–1631), bedeutendster Dichter der von T. S. Eliot wiederentdeckten »Metaphysical Poets« des englischen 16./17. Jahrhunderts; Brodsky übersetzte mehrere seiner Gedichte und druckte sie im Anhang zu seinem Band *Haltestelle in der Wüste* ab.

*S. 23* »Neue Stanzen an Augusta«: der Bericht an die Geliebte M. B. – Marina Basmanowa – über die Zeit der Verbannung im russischen Norden, in Norinskaja (Archangelsker Gebiet), spielt im Titel an auf die von Boris Pasternak ins Russische übertragenen »Stanzas to Augusta«, die der exilierte Lord Byron an seine Halbschwester richtete.

*S. 26/27* Polydeukes: lat. Pollux, der »Faustkämpfer«, in der griech. Mythologie der unsterbliche der Dioskuren, Bruder des sterblichen Zwillings Kastor, des »Rossebändigers«. Euterpe: Muse der lyrischen Poesie, dargestellt mit der Doppelflöte. Kalliope: Muse der epischen Dichtung und der Wissenschaft, dargestellt mit Buchrolle und Griffel.

*S. 28* Naso: Ovid (Publius Ovidius Naso); der im Jahr 43 v. Chr. geborene römische Dichter von »Metamorphosen« und »Liebeskunst« wurde 8 n. Chr. von Kaiser Augustus nach Tomis ans Schwarze Meer verbannt und schrieb dort seine Klage- und Exil-Dichtungen »Tristia« und »Epistulae ex Ponto«; er starb 18 n. Chr., ohne Rom wiedergesehen zu haben. In der russischen Tradition ist der verbannte Ovid eine wichtige Identifikationsfigur für Alexander Puschkin und Ossip Mandelstam.

*S. 41* Wäscherinnen-Brücke: der »Pratschetschnyj Most« in Sankt Petersburg, am Zusammenfluß von Fontanka und Newa.

*S. 46 (und S. 91)* Lobatschewskij: Nikolaj (1792–1856), russ. Mathematiker, Schöpfer einer nicht-euklidischen, vierdimensionalen Geometrie.

*S. 46* Der helläugige Tschude: sibirischer Stamm, dessen Angehörige sich aus Angst vor dem Eroberer Jermak in der Erde vergruben. Rurik: skandinavischer Fürst, Waräger, von den Slawen zum Anführer berufen, gründete im Jahr 862 in Nowgorod die Urzelle eines russischen Staates. Die Dynastie der Rurikiden erlosch 1598 mit dem Tod der Söhne Iwans des Schrecklichen.

*S. 68* Die Nadel der Admiralität: Wahrzeichen der Stadt Petersburg, Turm mit 72 Meter hoher vergoldeter Spitze, auf der ein kleines Schiff steht; 1727 bis 1738 von Korobow an der Stelle erbaut, wo 1712 das erste russische Meeresschiff vom Stapel lief; 1806 bis 1823 von Sacharow erweitert. Rossi-Perspektive: Carlo Rossi (1775–1849), von Zar Nikolaj I. mit der Umgestaltung Petersburgs beauftragter klassizistischer Architekt; die Rossi-Straße liegt zwischen Aleksandrinskij-Theater und Lomonossow-Platz.

*S. 70* Postumus: in den Epigrammen des Martial (ca. 40–104 n. Chr.) eine Nebenfigur (II, 10/12); Horaz (65–8 v. Chr.) jedoch richtete eine Ode (II, 14) an einen Freund namens Postumus (»Ach, wie im Flug, Postumus, Postumus, entfliehen die Jahre«).

*S. 83* Sedow: Georgij (1877–1914), russ. Polarforscher; ein nach ihm benanntes Schiff blieb im Winter 1937 unter spektakulären Umständen im Packeis stecken.

*S. 88* Cape Cod: »Kabeljau-Kap«, der östlichste Punkt des amerikanischen Kontinents, am Atlantikufer südlich von Boston.

*S. 90 (und S. 203)* Belsazar: letzter König von Babylon, 555–539 v. Chr.; Anspielung auf das warnende Zeichen an der Wand (Menetekel), das seinen Sturz voraussagte (Buch Daniel, 5, 25).

*S. 114* Ming-Dynastie: von 1368 bis 1644, umfaßte zwanzig Kaiser und bedeutete in China eine Blütezeit von Handel, Kultur, Gelehrsamkeit, aber auch eine Epoche grausamer politischer Repression, was Brodsky zur Parallele von Chinesischer Mauer und »Eisernem Vorhang« veranlaßte.

*S. 116 (und S. 132)* Terek: Fluß im Nordkaukasus, mündet ins Kaspische Meer.

*S. 118* Aiwasowskij: Iwan (1817–1900), russ. Maler von Seestücken, Schiffbrüchen usw.

*S. 121* Winterkampagne 1980: der Afghanistan-Krieg der Sowjetunion in Breschnews Spätzeit.

*S. 134* Jaroslawna: Gattin des Fürsten Igor aus dem altrussischen »Igor-Lied« (12. Jh.); hier ist die Oper »Fürst Igor« von Alexander Borodin gemeint, 1890 vollendet von Rimskij-Korsakow und Glasunow.

*S. 137* Drittes Vatikanisches Moskau: Brodsky verballhornt mit seinem Ausdruck »Tretjerimsk« die historisch-religiöse, politisch instrumentalisierte, um 1520 vom Pskower Mönch Filofej formulierte Vorstellung von »Moskau, dem Dritten Rom« (»und ein viertes gibt es nicht«), laut welcher nach dem Fall Konstantinopels im Jahr 1453 die göttliche Gnade auf Moskau übergegangen sei. Die deutsche Übertragung verballhornt das »Zweite vatikanische Konzil« und koppelt es mit der (mit dem Unkraut assoziierten) Hauptstadt Moskau.

*S. 139* Oredesch und Saimaa: Fluß und See unweit von Petersburg und in Karelien/Ostfinnland, die auch literarische Assoziationen wachrufen; in Wyra an der Oredesch lag das mütterliche Landgut der Familie Vladimir Nabokovs, mit dem finnischen Saimaa-See assoziierte Ossip Mandelstam die Sommeraufenthalte seiner Kindheit.

*S. 142* Simonides von Keos (556–467 v. Chr.): griech. Oden- und Epigramm-Dichter, Rivale Pindars.

*S. 149* Tanaïs: antike Bezeichnung des Don-Flusses, der bei den Griechen die Grenze zwischen Europa und Asien bedeutete.

Lesbia, Julia, Cynthia, Livia, Michelina: von den römischen Elegikern besungene Frauengestalten, von Catull (Lesbia) und Properz (Cynthia); Julia war die Tochter des Kaisers Augustus, Livia dessen Gattin; unter diese literarischen und historischen Gestalten mischt Brodsky seine Römer Bekanntschaft Michelina.

Kasímir: Malewitsch (1878–1935), russ. Maler, Begründer des Suprematismus; sein »Weißes Quadrat auf weißem Grund« von 1918.

*S. 152* Stschi: russische Kohlsuppe.

*S. 153* Ein Herr aus Perm: Sergej Djagilew (1872–1929), russ. Kunstkritiker, Impresario, Animator der Pariser »Ballets russes«, der aus der Ural-Stadt Perm stammte; begraben auf der venezianischen Friedhofinsel San Michele.

*S. 154* Georg: der Drachentöter in Vittore Carpaccios Bildzyklus in der Scuola di San Giorgio degli Schiavoni (Venedig).

*S. 157* Urania und Klio: in der griech. Mythologie die Muse der Astronomie, dargestellt mit Himmelsglobus und Zeigestab; und die Muse der Geschichtsschreibung, mit Griffel und Buchrolle.

*S. 167* Der Große aus Halikarnassos: der griech. Geschichtsschreiber Herodot (ca. 484–425 v. Chr.).

*S. 208* Vertumnus: etruskisch-römische Gottheit des Jahreszeitenwechsels, der Wende und der Verwandlung (Properz, 4. Buch, 2; Ovid, »Metamorphosen«, 14. Buch).

*S. 213* Beteigeuze: zweithellster rötlicher Stern an der linken Schulter des Orion.

*S. 216* Ein Caravaggio gilt soviel wie zwei Berninis: gemeint sind die Darstellungen dieser Künstler auf den italienischen Banknoten (100 000 bzw. 50 000 Lire).

*S. 221* Aminase: eig. Aminasin, ein in der sowjetischen Psychiatrie zur Behandlung von »Dissidenten« verwendetes psychotropisches Präparat, das zur Strafe verabreicht wurde und starke Schmerzen verursachte (Hinweis von Lev Loseff).

Mitschurin: Iwan (1855–1935), russ. Agronom und Pflanzenzüchter, lehrte die Vererbbarkeit erworbener Eigenschaften; hatte großen Einfluß auf Trofim Lyssenko, der die sowjetische Landwirtschaft mit anti-genetischen Vorstellungen jahrelang blockierte.

*S. 235* Stjenkas Fürstenmädchen: eig. Stepan Rasin (1630–1671), genannt Stjenka, Donkosaken-Hetman, 1667 Anführer einer Bauernrevolte, wurde in Moskau hingerichtet; Held diverser Volkslieder, laut einem davon opferte er, als die Rebellen über sein Liebesleben murrten, eine seiner Geliebten der »Mutter Wolga«, indem er die persische Fürstentochter in die Wellen warf.

*S. 247* Triton: in der griech. Mythologie Meeresgottheit, Sohn des Poseidon und der Amphitrite: halb Mensch, halb Fisch.

*S. 258* Septimius Severus: römischer Soldatenkaiser 193–211 n. Chr., aus Leptis Magna (Libyen) stammend.

# Textnachweis

Jossif Brodskij: Ausgewählte Gedichte. Deutsch von Heinrich Ost und Alexander Kaempfe. Bechtle Verlag, München 1966: Seite 7, 8, 10 und 17 unserer Ausgabe


Jossif Brodskij: Einem alten Architekten in Rom. Ausgewählte Gedichte. Aus dem Russischen von Karl Dedecius, Rolf Fieguth und Sylvia List. R. Piper Verlag, München 1978: Seite 13, 34, 37, 40 und 73 unserer Ausgabe (Übersetzungen von Sylvia List)


Joseph Brodsky: Römische Elegien und andere Gedichte. Aus dem Russischen von Felix Philipp Ingold. Carl Hanser Verlag, München/Wien 1985: Seite 78, 83, 101, 121, 144, 151 und 154 unserer Ausgabe


Joseph Brodsky: An Urania. Gedichte. Aus dem Russischen von Birgit Veit und Sylvia List, Felix Philipp Ingold und Curt Meyer-Clason. Carl Hanser Verlag, München/Wien 1994: Seite 64, 107, 111, 116, 120, 126, 127, 129, 157, 158, 171, 172 und 197 unserer Ausgabe (Übersetzungen von Birgit Veit, Sylvia List und Felix Philipp Ingold)


Akzente. Zeitschrift für Literatur, 48. Jahrgang, Heft 1, Februar 2001: Seite 263, 264, 265, 266 und 269 unserer Ausgabe (Übersetzungen von Raoul Schrott)


Schreibheft 47, Mai 1996: Seite 223 unserer Ausgabe


Alle andern Gedichte wurden von Ralph Dutli für den vorliegenden Band übersetzt.

# Inhalt

## Haltestelle in der Wüste



## Das Ende einer schönen Epoche

## Redeteil



## Urania

## Landschaft mit Hochwasser

## Englische Gedichte



## Anhang